AF482643

Restif de la Bretonne

Monsieur Nicolas' Abenteuer im Lande der Liebe
(Ein Erotik Klassiker)

e-artnow 2018

Hugo Bettauer
Gesammelte Romane: Das blaue Mal + Die Stadt ohne Juden + Der Kampf um Wien + Die freudlose Gasse: Die besten Romane Hugo Bettauers mit sozialem Engagement

Anonym
Josefine Mutzenbacher: Meine 365 Liebhaber (Erotik, Sex & Porno Klassiker)

Anonym
Peperl Mutzenbacher: Tochter der Josefine Mutzenbacher (Erotik, Sex & Porno Klassiker)

Wilhelmine Schröder-Devrient
Das Tagebuch der Mademoiselle S. Aus den Memoiren einer Sängerin (Ein Erotik, Sex & Porno Klassiker): Erotischer Roman im Briefstil

Restif de la Bretonne
Anti-Justine oder die Freuden der Liebe (Ein Erotik, Sex & Porno Klassiker): Retif de la Bretonne war ein Gegner der "Grausamkeit des Marquis de Sade" und kämpfte für "Freude am Sex"...

Restif de la Bretonne

Monsieur Nicolas' Abenteuer im Lande der Liebe (Ein Erotik Klassiker)

Titel der Originalausgabe: Monsieur Nicolas, ou Le Cœur humain dévoilé

Übersetzer: Anonymer Autor, unbekannt.

Impressum:
Cover Bild: Peter Fendi (1796–1842).

e-artnow, 2018
ISBN 978-80-268-8691-4

Werkausgabe:
Monsieur Nicolas' Abenteuer im Lande der Liebe; Gala Verlag GmbH; 1961. Übersetzer unbekannt.

Editorische Notiz:
Die Rechtschreibung, Interpunktion, Lautschrift und grammatische Besonderheiten blieben unverändert.

Bibliographischer Nachweis (Erstdruck):
Monsieur Nicolas, ou Le Cœur humain dévoilé; Paris 1796-1797, Privatdr.

Inhaltsverzeichnis

1   11
2   35
3   41
4   57
5   69
6   81
7   93

Am 22. November 1734 erblickte ich in Sacy das Licht der Welt. Mein Vater war zweimal verheiratet: das erstemal mit Marie Dondene, von der er sieben Kinder hatte, das zweitemal mit Barbe Ferlet-de-Bertro. Auch diese schenkte ihm sieben Kinder, von denen ich das erste bin. Ich wurde von Edme-Nicolas, meinem ältesten Stiefbruder, in Vertretung meines Urgroßvaters mütterlicherseits, und von meiner ältesten Stiefschwester Anne, in Vertretung meiner Großmutter mütterlicherseits, Anne-Marguerite Simon, zur Taufe getragen, denn der Greis konnte infolge des schlechten Wetters nicht nach Sacy kommen. Ich erhielt in der Taufe die Namen Nicolas Anne Edme, und mein Vater wünschte, daß Nicolas mein Rufname sei. Aber bei der Ausstellung der Taufurkunde ließ Jacques Beraut, der Schulmeister des Ortes, den Namen Anne weg, obwohl er genannt worden war.

Meine Mutter vereinigte in sich einen lebhaften Geist, ein gütiges Herz und körperliche Schönheit. Obwohl blond, war sie lebhaft bis zur Heftigkeit, aber sie konnte sich auch bis zur zartesten Milde mäßigen. Mein Vater war jähzornig, wußte sich aber doch menschlich weich zu zeigen. Liebe, Mut, Furchtsamkeit, Ungeduld, Zorn, Verachtung, Treue, Mitleid, alle diese Gefühle herrschten in mir mit einer leidenschaftlichen, außerordentlichen Kraft. Ohne Zweifel wurde ich von meiner Mutter in einer heißen Umarmung empfangen, was die Grundlage meines Charakters bildete.

Ich bekam die »temperamentvollste« Frau der ganzen Gegend als Amme. (Meine Mutter durfte mich nicht stillen, da es ihr mein Vater – wohl aus guten Gründen – verboten hatte.) Die gute Frau Lolive Lemoine entwöhnte ihr Töchterchen Nannette, das schon ziemlich groß war, um mich an ihre Brust zu nehmen, aber die gute Frau konnte den leidenschaftlichen Wünschen ihres Mannes, der schon achtzehn Monate zur Enthaltsamkeit gezwungen war, nicht widerstehen, und man glaubte, mich im sechsten Monat entwöhnen zu müssen. Meine Entwicklung ist dadurch beeinträchtigt worden, aber ich will meiner Amme keinen Vorwurf daraus machen. Sie hat mich immer zärtlich geliebt, so daß ich undankbar sein müßte, wollte ich ihr als meiner zweiten Mutter die schuldige Achtung versagen.

Ich war neun Monate alt, als man mich zu dem Advokaten Collet, einem Freunde meines Vaters, nach Vermenton brachte; es war an einem schönen Sonntag, dem Festtag des Schutzheiligen, Mitte August. Man erzählte mir später, daß sich dort zwei kleine Mädchen, die eine fünf-, die andere dreijährig, heftig darum stritten, wer von ihnen meine Frau sein sollte. Man nannte mir auch ihre Namen, und, seltsam, ich wurde zwar nicht ihr Gatte, aber ich habe sie beide angebetet.

Ich erinnere mich, daß ich über das Lob meines schönen Gesichts sehr erfreut war, aber ich war für dieses Lob nur insofern empfänglich, als die Person, die es äußerte, mir Zutrauen einflößen mußte, vor allem aber wenn es junge Mädchen waren. Der Instinkt zog mich seit meiner frühesten Jugend zum anderen Geschlecht, doch flößten mir verheiratete Frauen mit all den Widerwärtigkeiten ihres Hauswesens den größten Abscheu ein... Ganz besonders gut gefielen mir junge Mädchen, die eine rosige Hautfarbe hatten. Thomas Piôt, ein Freund meines Vaters, besaß vier erwachsene Töchter. Marie, die zweite, hatte schöne Farben; Madeleine, die dritte, war blaß und ziemlich fleischig; Nannette, die jüngste, war regelrecht schön. Den Vorzug gab ich Marie, weil sie ein hübsches rotgeblümtes Halstuch trug, das die rosige Färbung ihres Gesichts noch besser hervorhob.

Jeden Sonntag lief ich gleich nach dem Mittagessen heimlich zu meiner Schönen, weniger wegen der Leckereien, die sie mir in den Mund steckte, als wegen der stürmischen Liebkosungen, die ich erwarten konnte, und um von ihr auf dem Arme getragen zu werden, wenn sie zur Vesper ging. Ich glaube diese Liebkosungen näher beschreiben zu müssen, da sie nicht nur für meine sittliche Entwicklung, sondern auch für meine Gesundheit von schädigendem Einfluß waren, indem sie meiner ohnehin sehr glühenden Phantasie zuviel Schwung gaben. Marie küßte mich auf die Wangen und auf die Lippen, die immer appetitlich waren. Sie ging aber noch weiter, wenn auch alles, was sie tat, in größter Unschuld geschah: sie griff mit der Hand unter mein Kleidchen und tätschelte und streichelte mich. Dann verschlang sie mich fast mit ihren Küssen. Aber um mich deutlicher ausdrücken zu können, muß ich mich der Sprache der Gelehrten bedienen und meine Leser mögen es den Damen zartfühlend übersetzen: *Mentulam testiculosque titillabat, quoadusque engerem; tunc subsidebat velatis oculis humore vitreo, et aliquoties desciebat.* [Sie kitzelte Penis und Hoden, damit ich eine Erektion bekäme, dann kauerte sie sich mit von glänzender Feuchtigkeit verschleierten Augen nieder und senkte sich mehrmals herab.] Ich erwiderte ihre Liebkosungen mit einem ausgelassenen Lachen.

So wurde durch viele kleine Ursachen mein erotisches Temperament, das mich in so viele Abgründe stürzen sollte, zur Entfaltung gebracht. Dies sei allen Eltern, die hübsche Kinder haben, eine gute Lehre!

Ich wiederhole: Marie war dabei ebenso unschuldig wie ich selbst; aber sie handelte nach einem blinden Triebe. Als Zeugin der Zärtlichkeiten, mit denen mich ihre Schwestern und alle andern jungen Mädchen überschütteten, fühlte sie sich durch meine Vorliebe für sie so geschmeichelt, daß ihre Liebe zu mir sich zur Leidenschaft auswuchs. Mein zierliches Gesichtchen mußte in einer Gegend, wo das Blut der Bewohner infolge der Sumpfluft, die sie einatmen, träg und dickflüssig war, sehr gefallen; ich war eben ein Wunderkind. Wenn Marie mich auf dem Arm zur Kirche trug, umringten alle jungen Mädchen sie, um mich abzuküssen. Ich erinnere mich, wie eines Tages ein kräftiger Bursche meiner Trägerin ins Ohr flüsterte: »Mariechen! Gesteh nur, daß du den hübschen Jungen gern hast! Du wirst einmal eine gute Mutter und eine gute Frau werden. So einen hättest du sicher selbst einmal gern, nicht wahr? Ich wünsche ihn dir, und ich möchte gern der sein, der ihn dir macht!« Marie errötete und senkte die Augen, aber gleich darauf erhob sie sie wieder und verfolgte Jean Nollin mit ihren Blicken, solange sie ihn sehen konnte. Nach einiger Zeit heiratete sie ihn, und ich war bei der Hochzeit.

Ein Ereignis aus dem gleichen Jahre 1738 beweist, wie schädlich es sein kann, wenn sich zwei Ehegatten allerlei Freiheiten vor Kindern erlauben, wenn diese unschuldigen Geschöpfe auch in einem Alter sind, wo sie noch nichts davon verstehen.

Ich war eines Tages bei einem Manne namens Cornavin, der vor kurzem ein hübsches Mädchen, Nannette Belin, geheiratet hatte. Sie bewohnten ein kleines Häuschen, das ihnen mein Vater vermietet hatte. Der Mann machte Rebenstöcke und jedesmal, wenn er einen zugespitzt hatte, küßte er seine junge Frau und nahm sich noch andere Freiheiten, die bei mir ein naives Erstaunen hervorriefen. Mein Gesichtchen erschien der jungen Frau so komisch, daß sie jedesmal, wenn ihr Mann sie liebkoste, in schallendes Gelächter ausbrach. Ich lachte mit, wenn ich sie so fröhlich sah, und dann lachte sie noch lauter. Ihr Mann führte sonderbare Reden; seine Worte mißfielen mir sehr, zweifellos wegen ihrer Frechheit, vielleicht aber auch aus einem Gefühl der Eifersucht heraus, die sich beim männlichen Geschlecht selbst vor der vollendeten Entwicklung zeigt. Der Haß, den mir Cornavin damals einflößte, besteht noch immer in mir. Als er mit einer seiner Liebkosungen zu weit ging, lief ich wütend davon. Das Lachen der jungen Frau fand ich reizend, aber den Mann so abscheulich, daß ich nicht begreifen konnte, wie Nannette seine Liebkosungen dulden und sogar erwidern mochte.

Die Eindrücke dieser schlüpfrigen Szene haben sich nicht verwischt, und sie waren in meiner zarten Kindheit von schrecklichem Einfluß auf meine noch unentwickelten Sinne, besonders, nachdem mir Thomas Carré mit seiner Braut, die den Spitznamen Polie trug, in einer Scheune eine Wiederholung dieses Schauspiels gegeben hatte.

Thomas machte Strohbündel und seine Geliebte scherzte mit ihm. Ich freute mich über dieses gute Einvernehmen zwischen den beiden, aber plötzlich warf Thomas die Polie auf das frische Stroh. Ich sah darin eine Falschheit, da aber das Mädchen weiter lachte, fürchtete ich nichts. Bald aber wurde die Sache ernster; das Mädchen wehrte sich, Thomas drückte sie nieder, schließlich hörte ich Seufzer. Da erwachte das Mitleid in mir; mit einem Rebenpfahl bewaffnet, stürzte ich mich auf den Bösewicht, schlug mit aller Kraft auf ihn los und schrie ihn an: »Laß sie los, du Garstiger!« – »Oh, der kleine Teufel!« rief das Mädchen keuchend, »er ist da und sieht alles...!« Ich beschleunigte dadurch nur ihre Niederlage. Nach der Krisis herzte sie mich und verbot mir, irgend jemand zu sagen, daß Thomas sie geschlagen habe...

Ich sah alles ganz genau, ohne allerdings damals etwas davon zu verstehen, aber es wurde dadurch der Keim gelegt zu meinen Abenteuern mit Nannette Rameau und mit Marguerite Mine. Ich erinnere mich, daß damals mein Zutrauen zu den Frauen und Mädchen noch unerschüttert war. Ich sah in ihnen die einzig guten Wesen, barmherzig, unfähig mich zu täuschen, mich lächerlich zu machen. Eine gerade entgegengesetzte Meinung hatte ich von den Männern, nur mein Vater bildete eine Ausnahme. Ich sah in ihnen harte, strenge, spöttische, böse Geschöpfe, vor denen ich Angst hatte; sie erschreckten mich, und ich floh vor ihnen ebenso furchtsam wie vor den Hunden.

Die Einsamkeit von La Bretonne machte mich scheu wie die jungen Katzen, die in einem verborgenen Winkel aufwachsen. Mein Stolz und meine Ungeschicklichkeit entfremdeten mich noch mehr den Menschen; meine beiden älteren Brüder, die damals Seminaristen waren, verschüchterten mich außerdem durch ihren strengen Jansenismus...

Ein an sich ganz unbedeutender Vorfall verdient doch erwähnt zu werden, weil er meine außerordentlich große physische Empfindlichkeit beweist: als meine Schwester Margot, die mich anzukleiden pflegte, mich eines Tages im Scherz kitzelte, wurde ich ohnmächtig. Man dachte, sie hätte mich geschlagen und glaubte auch mir nicht, als ich sie verteidigte. Meine drei Schwestern, Marie, Marianne und Madeleine, alle drei große Betschwestern, riefen den Pfarrer, damit er in der Beichte herausbekomme, ob Margot gelogen habe, denn die Beichte dient auf dem Lande allen möglichen Zwecken. Das junge Mädchen aber rechtfertigte sich, was meine Eltern nur noch besorgter machte, denn sie sagten, wenn sie unter sich waren: »Er wird sicher nicht lange leben.«

Wenn Margot sich in diesem Falle durch die Beichte auch vollkommen reingewaschen hatte, so weiß ich nicht, wie sie sich vor dem Priester den Folgen einer weit schlimmeren Unbesonnenheit entzog, die trotz allem nur ihre Unschuld beweist. Eines Tages nahm sie mich und meine fast gleichaltrige Schwester Marie-Louison bei der Hand, führte uns in ein hochstehendes Hanffeld und hier *disposuit nos ignorantissime, quemquem nostrum sedentem e regione, dicens: »Hem coite!...« Maria-Ludovicella, pro sua intelligentia, oboediebat; ast ego nec voluntatem neque facultatem habebam, et nihil nisi conatus inertes efficiebam. Erubuit tandem Margaritella, et nos dimisit integros, fans: »Stulti vos, inquit abite!«* [brachte sie uns in ganz unkundiger Weise zueinander, so daß wir uns gegenüber saßen, und sagte: »Los, koitiert«. – Marie-Louise gehorchte voller Verständnis, doch ich besaß weder den Willen noch die Fähigkeit und brachte nichts zustande. Da errötete Margot und brachte uns Unschuldige wieder auseinander, indem sie sagte: »Zieht ab, ihr Toren!«]

Ich habe nie verstehen können, was Margot, die damals dreizehn Jahre alt war, damit beabsichtigte. Ohne Zweifel hatte ihr ein Junge einiges gesagt, oder sie hatte einmal eine Szene mitangesehen, wie ich sie vorhin geschildert habe. Man sagt, auf dem Lande sei die Unschuld zu Hause. Aber überall, wo sich Männer und Frauen zusammenfinden, gibt es Fäulnis und Verderbtheit.

Meine erste Freundschaft fällt in mein sechstes Lebensjahr. Holdes Gefühl, für das ich immer ebenso empfänglich war wie für die Liebe, ach könntest du sie in meinem Herzen überleben, wie du ihr vorausgegangen bist!...Mein erster Freund war ein Nachbarskind. Er war an demselben Tage wie ich geboren und hieß Edme oder, wie man bei uns zu Lande sagt, M'lo Berault.

Meine Anhänglichkeit an ihn war grenzenlos, aber ich bemerkte wohl, daß er sie nur schwach erwiderte. Das berührte mich peinlich. Um ihn an mich zu fesseln, machte ich ihm Geschenke. Damals begann ich die Einsamkeit zu lieben, aus einem Gefühl heraus, das ich erst heute erklären kann: es war Stolz. Ich fühlte, daß ich keine glänzenden Eigenschaften besaß; ich verkannte noch den Wert meiner Schönheit, denn auf dem Lande wird ja auch die Blume nicht geachtet, und die Tiere schätzt man nur nach ihrem Nutzen. Mein hübsches Äußeres hatte mir in Sacy nur Unannehmlichkeiten bereitet; ich fühlte mich schwach, unwissend, zu allem unfähig. Ich war das Spielzeug der großen Mädchen, die mich abküßten, um sich einen Spaß zu machen oder vielleicht auch, um die großen Burschen zur Eifersucht zu reizen. Diese waren mir wegen ihrer

Aufgeblasenheit unausstehlich. Recht gern dagegen hatte ich alte Männer und Frauen, weil sie mich lobten, vernünftig mit mir sprachen und sich niemals über mich lustig machten.

Aber am liebsten war mir das Zusammensein mit meinem Schulkameraden. Mit ihm fühlte ich mich eins und erfreute mich unserer Gleichheit. Ich weiß nicht, hatte ich von Höhlen erzählen gehört oder ist uns der Drang, einen Zufluchtsort aufzusuchen, angeboren, jedenfalls hatte mich schon immer eine kleine Tongrube in der Nähe meines väterlichen Hauses angezogen. Mit meinem kleinen Werkzeug zimmerte ich dort eine Bank und eine ganze Wohnungseinrichtung zurecht, schleppte allerhand unnützen Kleinkram von meiner Mutter und meinen Schwestern dorthin und richtete mich ein, ohne Betschemel und Kruzifix zu vergessen. Als alles fertig war, nahm ich M'lo Berault bei der Hand und führte ihn hin. Ich wollte mich an seinem Erstaunen weiden und mich seiner Dankbarkeit freuen, aber er war weder erstaunt noch dankbar, als ich ihm erklärte, daß ich ihn zum Mitbesitzer meiner Behausung mache. Doch gefiel ihm das Asyl wegen seiner Kühle. Wir beschlossen, jeden Tag in unserer Höhle zusammenzukommen, aber keinem ein Wort davon zu sagen. Ich war närrisch vor Freude! Es machte mir ungeheuren Spaß, hier jeden Tag meinen M'lo bewirten zu können. Die Mahlzeiten waren weder kostspielig noch schwer zu beschaffen. Der kleine Bauernbursche bekam zu Hause nur Schwarzbrot, bei uns aber aß man Weißbrot, und das war für ihn ein Festessen. Manchmal gab ich als Zuspeise Nüsse, runde grüne Erbsen oder einen Fladen, zuweilen Linsen, oder an den Tagen, wenn bei uns Brot gebacken wurde, Aschenkuchen. Dies letztere Gericht war für uns eine Köstlichkeit! Manchmal gab mir meine Amme, die viele Bienen hatte, Honig oder Met, oft auch Rosinen und Haselnüsse. Ich trug alles in unsere Höhle, und ich verzehrte diese Leckereien mit doppeltem Behagen, weil ich sie mit M'lo teilen konnte. (So vergrößerte ich später auch meine Liebesfreuden, indem ich meinem Freunde Loiseau alles erzählte...) Ich fesselte ihn durch die reichen Gaben an mich und war überglücklich.

Eines Tages hatten wir rohe Erbsen gegessen und viele, die durch Würmer angefressen waren, warfen wir auf die lockere Lehmerde neben unserer Hütte. Am nächsten Tage und die ganze folgende Woche regnete es, so daß wir unseren Zufluchtsort nicht aufsuchen konnten. Als es nach acht Tagen wieder schön wurde und wir zu unserer Höhle kamen, fanden wir – welch Erstaunen! – ein ganzes Feld junger Erbsenpflanzen vor. Unsere Freude war ebenso groß wie unsere Überraschung, vor allem, als wir an einer Erbse, die nicht ganz von Erde bedeckt war, erkannten, daß unsere wurmstichigen Erbsen so herrlich gewachsen waren. »Sind das unsere Erbsen?« fragten wir uns mit Verwunderung. Pflanzen, die durch unsere Mithilfe gekeimt hatten! Wir empfanden eine Art Vaterstolz: welch ein Ruhm! Ein Feldherr nach einer gewonnenen Schlacht hat keine so hohe Meinung von sich. Das war unser Garten, unser Eigentum, unser Königreich. Wir fühlten den unüberwindlichen Drang, es mit einem Zaune zu umgeben... So entsteht wohl der Begriff des Eigentums, die Quelle aller Laster und des Unglücks der armen Sterblichen!

Jeden Tag besichtigten wir unser Feld; jedesmal, wenn ein neues Blatt sich entfaltet hatte, bedeutete es für uns eine neue Freude. Mein Glück war zu groß, als daß ich es ganz in meiner Brust hätte verschließen können. »Papa«, sagte ich eines Abends, »ich habe Erbsen gesät, und sie treiben ebenso schön wie die Ihren.«

»Ei! Um so besser! Wenn unser Acker dann nichts bringt, wird uns der deinige schadlos halten.«

»Aber er gehört nicht mir allein; die Hälfte gehört M'lo Berault.«

»Nun, so werden wir die Ernte teilen!«

Welche Freude für mich! Insgeheim wünschte ich mir, das Feld meines Vaters möge mißraten, damit ich ihm meine Ernte zum Ersatz anbieten dürfe. Denn schon damals galt es in meinen Augen als das einzige Glück, nützlich sein zu können.

Kurze Zeit nachher, nach zwei Regentagen, fanden wir unsere Erbsen in voller Blüte; neues Entzücken! Alles war neu für uns, alles sonderbar und beglückend. Es bildeten sich die Schoten, sie füllten sich, der Tag der Ernte kam näher.

Eines Morgens ging ich, da M'lo nicht zu finden war, allein in unser Reich. Großer Gott! Welche Verwüstung. Einzelne Pflanzen waren herausgerissen: die Schoten, frisch geöffnet, schienen von einem Naschmaul, das hier sein Frühstück gehalten, geleert worden zu sein, denn ich sah auf dem Boden auch Brotkrumen verstreut. Ich war einer Ohnmacht nahe und ging mit Tränen in den Augen nach Hause. Mein Herz war schier gebrochen. Ach, wenn ich ein Mann und ein König gewesen wäre, wie grausam würde ich die Ungeheuer bekämpft haben, die mir die Ernte des ersten Feldes, das ich besät hatte, raubten.

Die Glocke rief zur Schule, und ich fand dort M'lo, die Augen auf das Buch geheftet. Ich war damals noch viel zu arglos, um ihn zu verdächtigen. Die Wahrheit habe ich erst zehn Jahre später erfahren... Dieses unglückselige Ereignis heilte mich für lange Zeit vollständig von der Sucht nach Besitz, die erst viel später wieder in mir erwachte.

Ich war schon bald sieben Jahre, als ich Zeuge eines Vorgangs wurde, der wiederum beweist, daß die Menschen auf dem Lande, wenn sie dicht beisammen leben, fast ebenso verderbt sind wie die Menschen in der Stadt. Man darf nicht vergessen, daß die Verderbnis durch die Dienstboten beiderlei Geschlechts und durch die Soldaten, die in ihre Dörfer zurückkehren, nachdem sie in der Stadt verführt worden sind, eingeschleppt wird...

Ein Dutzend Knaben, die doppelt so alt waren wie ich, also eben im Alter der Pubertät standen, zeigten mir am »Unteren Tor« von Sacy etwas, was ich nur in lateinischer Sprache erläutern kann: *Omnes, sine verecundia, mentulas exhibentes, ad retractionem praeputii certatim ludebant. An ad emissionem usque seminis emperunt, non potui, pro aetate mea, distinguere: sed erubescere vidi neminem.* [Alle holten ohne Scheu ihr Glied heraus und wetteiferten im Zurückschieben der Vorhaut. Ob sie es bis zum Samenerguß trieben, konnte ich bei meinem kindlichen Alter nicht unterscheiden; doch sah ich keinen erröten.]

Ich würde diesen Vorfall nicht erwähnen, hätte ich nicht wichtige Gründe dafür. Treibt einen am Ende der Knabenjahre die Natur zum Physischen in der Liebe oder wird man nur durch das aufgeklärt, was man sieht und hört? Ich glaube, die Natur wäre zu langsam, wollte sie nur durch Träume belehren; aber ein einziges Wort genügt, und wenn die Eltern auch in der tiefsten ländlichen Einsamkeit, ohne Dienstboten lebten, dieses Wort würde doch immer einmal ausgesprochen. Da die Aufklärung notwendig ist, was soll man also tun? Man wird es mit der Natur halten müssen, die das Licht mit den Kräften schenkt. Aber soll man, wenn die Erleuchtung durch einen Zufall geschieht, zu den Kindern sprechen? – Ich glaube ja, um sie vor physischen und psychischen Schäden zu bewahren. Wenn in der Jugend der erste Ausbruch der Sexualität verzögert wird, so ist alles gewonnen, denn die Gefahr liegt hauptsächlich im Mißverhältnis zwischen den Kräften und den frühreifen Begierden. Um diese hintanzuhalten und eine vorzeitige Aufklärung zu verhindern, müßten die Eltern auf dem Lande, wie es früher geschah, die Kinder von ihrem Tische fernhalten, wenn Fremde anwesend sind, und sie unter ihren Augen mit ländlichen Arbeiten beschäftigen. Aber das ist heute nicht mehr gut möglich. Den Eltern in den Städten bleibt nur die bedauerliche Möglichkeit, ihre Kinder rechtzeitig aufzuklären und ihnen mit dem Gift zugleich das Gegengift einzuflößen.

Meine Eltern wohnten bereits ein Jahr in La Bretonne, und ich war inzwischen neun Jahre alt geworden. Meine natürlichen Anlagen, die man schon in meiner ersten Kindheit geahnt hatte, traten mit den Jahren schärfer hervor. Eine Leidenschaft, die größte von allen, schlief damals noch in meiner Brust, aber sie sandte von Zeit zu Zeit ihre Strahlen hervor, bevor meine Kräfte ihr noch entsprechen konnten. Sie war die Folge meiner physischen Konstitution und daher unüberwindlich; sie verband sich mit einem lebhaften und schmerzlichen Gefühl, unter dem die Verschnittenen gewöhnlich leiden. Dieser noch ohnmächtige Trieb machte mich sehr scheu. Ich war schön: meine goldbraunen Haare lockten sich und gaben mir das Aussehen jener Engel, wie sie die italienischen Meister in ihrer lachenden Phantasie so schön gemalt haben. Der Reiz meines zarten Gesichts wurde durch eine Hakennase noch erhöht, ferner durch schöne Augen und durch die Frische meiner Lippen, die mir soviel Glück bescherten. Meine Haut war durchsichtig und weiß wie die Lilien. Ich war schlank und schmächtig, und das in einem Lande, wo die Gestalten sonst grobknochig zu sein pflegen.

Die großen Burschen spotteten, weil die Mädchen mich, einen so allerliebsten, aber schon so großen Jungen, abküßten wie ein kleines Kind. Ich schämte mich, aber die Mädchen durchschauten die Burschen und wurden durch ihre Worte nur noch mehr angespornt.

Eines Sonntags, als ich aus der Messe kam, sah ich mich plötzlich von fast allen heiratsfähigen Mädchen des Ortes auf einmal umringt. Sie küßten mich der Reihe nach ab, auf die Wangen, auf den Mund, und einige drückten mich sogar fest an ihren Körper. Mein Widerstand reizte ihre Angriffslust. Ich empfand gleichzeitig Beschämung und Lust. Als sie mich endlich losließen, begannen die großen Burschen ihre Sticheleien. Ich schämte mich und lief davon.

Seit diesem Tage konnte ich nicht mehr ausgehen, ohne daß mir die Burschen nachgelaufen wären, um zu spötteln. Da sie es wegen der Eltern und des Pfarrers nicht wagten, die Mädchen zu küssen, machte es ihnen Vergnügen, wenn diese mich mit ihren Liebkosungen verfolgten. Es wurde in Sacy Brauch, den »kleinen Monsieur Nicolas« festzuhalten und abzuküssen. Dies ärgerte mich sehr und raubte mir das letzte Zutrauen zu den Menschen.

Manchmal wälzte ich in meinem kleinen Kopfe sehr reife Ideen. Sonderbar ist, daß ich es mir sehr angenehm vorstellte, ein Mädchen gegen seinen Willen zu küssen, ihm Furcht einzujagen. Ich wollte es zur Flucht zwingen und es verfolgen: ich fühlte, daß dies meine Rolle sei und ich brannte darauf, sie zu spielen. Eine kleine Episode aus dieser Zeit wird diese sonderbare Idee näher beleuchten.

Oft kam in unser Haus eine Hausiererin aus Noyers, namens Frau Geneviève. Ein Mann, der nicht ihr Gatte war, führte ihren Wagen. (Dies gab mir die erste Ahnung von Sittenlosigkeit.) Dieser Mann, Comtois, war groß, stark und sehr blatternarbig; er hatte eine stolze Miene und trug den Hut immer schief auf einem Ohr. Das Aussehen dieses Herrn Comtois gefiel mir. Es erschien mir sehr männlich, und ich wünschte mir ebenfalls ein solches. Ich malte mir aus, wie die Mädchen vor mir fliehen würden, wenn ich auch so häßlich wäre; dieser Gedanke ließ mich vor Wohlbehagen erschauern. Denn man mußte nur gesehen haben, wie flink meine Schwestern und die beiden Mägde vor dem furchtbaren Comtois davonliefen; er holte sie aber immer ein. Ich sah die Angst, die sie hatten, wenn er sie festhielt: er war ein Held, ein furchtbarer Sieger! Wie schön erschien mir seine Rolle! Ich stellte einen traurigen Vergleich mit der meinen an: »Oh, wann werde ich blatternarbig sein?« rief ich aus…Ich sagte allen, daß ich mir die Blattern wünschte, um Herrn Comtois ähnlich zu werden. Man lachte darüber, denn er war einer der häßlichsten Menschen, die man je gesehen hatte, grob, vierschrötig, abschreckend häßlich. Trotzdem gefiel er Frau Genevieve, die andererseits mir nicht mißfiel: ein Grund mehr, ihn um sein Los, häßlich und geliebt zu sein, zu beneiden.

Meine Gedanken über das Weib wurden allmählich klarer; ich fühlte, daß es alles in sich vereinigt, was liebenswert ist. Nur statt daß die Frauen mich küßten, wollte ich sie küssen, denn dies gefiel mir durchaus besser. Während sich meine Eltern in vollkommener Sorglosigkeit wiegten, weil sie glaubten, ihr Sohn hasse die Frauen, während sich das Gerücht von meinem Widerwillen gegen das andere Geschlecht durch die Leute, die bei meinem Vater verkehrten, in der ganzen Umgebung verbreitete und man den kleinen Monsieur Nicolas für einen »Narziß« hielt, hatten meine Gedanken, wenn ich allein war, bei Tag und bei Nacht kein anderes Ziel als das schöne Geschlecht, das ich zu fliehen schien.

Die Mädchen, die am meisten auf sich hielten, gefielen mir natürlich am besten; und da der Körperteil, der die Erde berührt, am schwersten reinzuhalten ist, so achtete ich am aufmerksamsten auf die Fußbekleidung. Die Mädchen, die ich schon genannt habe, besonders aber Madeleine Champeaux, waren damals die elegantesten; ihre gepflegten und schön gearbeiteten Schuhe hatten statt der Schnallen, die man damals in Sacy noch nicht trug, blaue oder rote Bänder, je nach der Farbe ihres Rocks. Der Gedanke an diese Mädchen erregte mich; ich wünschte…ich weiß nicht, was…Nur war mir dunkel bewußt, daß ich sie mir unterwerfen wollte.

Damals sah ich in Sacy ein Fräulein. Seine Fußbekleidung war entzückend, ganz städtisch, farbige Stiefelchen mit edelsteinbesetzten Schnallen. Auch sonst war sie eine reizende Person. Sie blendete mich, und zuerst hielt ich sie für die junge schöne Colette, die mich in meiner Kindheit in Vermenton so sehr geliebkost hatte. Aber ich erfuhr dann, sie sei aus Noyers, eine

Verwandte des Pfarrers, ein Fräulein Suzanne Colas... Mit ihren köstlichen und frischen Zügen erschien sie mir wie eine Fee, eine Göttin. Ich träumte nur von ihr; Fräulein Colas machte mich den derben Schönen von Sacy untreu; ohne Zweifel hoffte ich, sie mir leichter unterwerfen zu können, da sie selbst doch auch schlank und zart war wie ich. Suzanne verschwand aber wieder und ich – vergaß sie. Allein sie hatte in mir den Trieb verstärkt, der mich zu den Frauen hinzog.

Ich bezweifle, daß die kleinen Neger, auch wenn sie so frühreif sind, daß sie mit neun oder zehn Jahren Vater sein können, die Frauen stärker begehren als ich. Man wird bald sehen, daß ich dieselben Fähigkeiten besaß wie jene, und dies Phänomen ist nicht das uninteressanteste in meinem Leben...

Hat aber diese Vorliebe für schöne Füße, die so ausgeprägt in mir war, daß sie unfehlbar meine heftigsten Begierden erweckte und mich über sonstige Häßlichkeit hinwegsehen ließ, ihren Ursprung im Physischen oder Moralischen? Sie ist bei allen, die sie hegen, überaus stark. Was ist die Grundlage dieses Gefühls? Hängt es zusammen mit einer Vorliebe für leichten Gang und graziösen, sinnbetörenden Tanz? Der Schuhfetischismus ist nur der Reflex einer Vorliebe für schöne Füße, die selbst den Tieren eine gewisse Anmut verleihen; man schätzt die Hülle dann fast ebenso hoch wie die Sache selbst. So war meine Vorliebe für schöne Schuhe, die ich schon seit meiner Kindheit hegte, eine erworbene Neigung, die einem natürlichen Gefühl entsprang.

Die Vorliebe für kleine Füße jedoch hat einen physischen Grund, wie es das Sprichwort erklärt: *»Parvus pes, barathrum grande! [Kleiner Fuß – große Scheide!]* Die Gunst dieses Umstandes erleichtert ja die Zeugung. Ich kann mich hierzu nur in der Sprache der Wissenschaft näher erklären: *Aperta vulva semper facilitat intromissionem ac projectum seminis in uterum.* [Eine offene Scheide erleichtert immer die Einführung des Gliedes und den Samenerguß in die Gebärmutter.]

Ich gebe hier eine andere Beobachtung wieder, die sich auf die schöne Form der Füße bezieht. Im reifen Mannesalter kannte ich zwei Frauen, die vollendet schöne Füße und Beine besaßen. Die eine war Rosette aus der Rue Fosses-Saint-Germain, die lange Zeit den Schülern des berühmten Malers Fragonard Modell gestanden hat; die andere die schöne Harris, Tochter eines Tischlers in der Rue Vieille-Boucherie. Sonderbare Umstände brachten mich in Beziehung zu ihnen und ich konnte mich überzeugen, daß sie auch sonst von ungewöhnlicher Schönheit waren, *praesertim ad mammas et ad concham Veneris; cuius venustas praecellebat quasquas venustates quas vidi in ceteris mulieribus*; [besonders was Brüste und Venusmuschel betrifft; ihr Liebreiz übertraf alles, was ich bisher bei anderen Frauen gesehen habe.] ihre Gesichter waren nicht die schönsten, aber sie waren unendlich liebenswert. Ihr Fuß war nicht der kleinste, aber wohl der schönste; weit entfernt, den Schuh unförmig zu machen, könnte man vielmehr sagen, daß er ihn noch vollkommener werden ließ. Nur diese kleinen, runden, kurzen Beine deuten auf ein *baratbrum grande* [große Scheide.] ...

Wenn ich irgendwo in ein Haus trat und dort die Sonntagsschuhe in Reih und Glied aufgestellt sah, so bebte ich vor Vergnügen; ich errötete und schlug die Augen zu Boden wie vor einem Mädchen... Als ich später in Courgis bei einem Schuhmacher hübsche Schuhe sah und er mir sagte, sie seien für Jeannette Rousseau, bekam ich einen ganz roten Kopf und fiel fast in Ohnmacht... Auch mit den Schuhen der Madame Parangon trieb ich später meinen Kult.

Zwei ältere Männer, Monsieur Restif aus Noyers, der Großvater der Restifs in Grenoble, und mein Onkel Droin wurden durch mein Äußeres getäuscht, als sie bemerkten, daß ich beim geringsten Lob meine großen Augen mit den langen Wimpern niederschlug. Sie sagten zu meinen Eltern: »Euer Sohn ist ja ein schüchternes Mädchen; seid ihr auch seines Geschlechtes sicher?«

Ich glaube, daß die Männer, die die Frauen am wildesten begehren ... *ob amplitudinem testiculorum, longitudinemque gracilis penis,* [Wegen des stattlichen Umfangs der Hoden und der Länge des schlanken Gliedes] was auch der Grund der unbezähmbaren Sinnlichkeit war, die mich in meinen schönsten Lebensjahren quälte... alle in den Jahren keimender Männlichkeit dieselbe Schüchternheit, dieselbe Schamhaftigkeit, dieselben seltsamen Neigungen haben. Dies rührt daher, daß sie schon fühlen, was andere eben noch nicht spüren. Ebenso darf man wohl glauben, daß Mädchen, die sehr schamhaft sind und leicht erröten, für die Freuden der Liebe am empfänglichsten sind ...

Ich will an dieser Stelle eine Beobachtung mitteilen, die den wahren Grund meiner Scheu vor hübschen jungen Mädchen erklären wird: Die alten und häßlichen nämlich mied ich nicht und errötete auch nicht in ihrer Gegenwart, wenn ich mangelhaft bekleidet war oder mich irgendwie vergangen hatte. Häufig waren es gerade die häßlichen Mädchen von Sacy, die mich verfolgten. Da hielt ich stand. Daraus schloß denn jeder, daß ich die alten und häßlichen liebe. Eines Tages ließ mich mein Vater insgeheim durch den Karrenjungen Germain nach dem Grunde meines sonderbaren Benehmens ausfragen. »Nein!« erwiderte ich, »die häßlichen Mädchen liebe ich nicht, aber ich habe auch keine Scheu vor ihnen.« Das beruhigte meinen Vater.

Am 6. Dezember 1745 beschlossen meine Eltern, mich zu meiner ältesten Stiefschwester Anne, die meine Taufpatin gewesen war, nach Vermenton in Kost zu geben. Dort war auch mein ältester Stiefbruder eben Vikar geworden. Aber erst am 29. Juni des nächsten Jahres kam es zur Ausführung dieses Entschlusses, da in Sacy mit diesem Tage die Schule schließt, um erst wieder nach der Weinernte zu beginnen. An diesem Tage fand eine Wallfahrt nach La Vierge d'Harbeaux bei Crevan statt. In der dortigen Kapelle befindet sich eine Quelle, deren Wasser nicht allein den Durst löscht, sondern auch noch andere, wunderbare Eigenschaften besitzt. Unter anderem hat es schon oft kinderlose Frauen fruchtbar gemacht ...

Da man wahrgenommen hatte, daß ich mich davor fürchtete, meine gewohnte Umgebung zu verlassen, denn ich hing mit ganzem Herzen an dem Schafböckchen, das ich aufgezogen hatte, an den Bienen, die ich betreute, bediente man sich einer List. Man schützte die Wallfahrt nach Harbeaux vor, an der ich mit meiner Schwester Margot teilnehmen sollte, und diese hatte den Auftrag, mich in Vermenton zurückzulassen. Ich sah mir die Kapelle an und trank von dem Wasser, das ich vortrefflich fand, denn ich war sehr durstig. Ich aß viele Kirschen, die ich leidenschaftlich liebte. Auf dem Rückweg kamen wir nach Vermenton, wo meine Begleiterin mich zurückließ; aber sie gab mir das Versprechen, mich am nächsten Freitag, dem Markttag, wieder abzuholen.

Als Margot weggegangen war, sagte mir Anne alles. Da drückte mich der Gedanke an das, was ich hatte zurücklassen müssen, so schmerzlich nieder, daß ich ohnmächtig wurde. Dieser Tag ließ mich zuerst einen mir bisher unbekannten lebhaften Schmerz fühlen, der mich noch jetzt, wenn ich daran denke, schaudern läßt. Ich kam nur halb zu mir selbst; ich verblieb in einer Art Betäubung, die meine Schwester so in Schrecken versetzte, daß sie eiligst meinen Bruder, den Vikar, holen ging. Endlich konnte ich weinen und dies gab mir Erleichterung. Die halbwilde Landschaft von La Bretonne, nach der ich mich sehnte, besaß für mich schon immer einen unaussprechlichen Reiz; sie war für mich, was den Schweizern ihre Berge sind. Man mußte mich jeden Samstag wieder nach Hause gehen lassen, und erst am Montag früh kehrte ich zurück, um mich rechtzeitig in der Schule von Vermenton einzufinden.

Am besten gefiel mir noch an meinem Verbannungsort die Schule, weil ich dort mit Altersgenossen zusammentraf. Ich war damals sehr scheu, trotzdem spielte ich manchmal mit den jungen Viards und Boudards. Diese Kameraden brachten mich zu Monsieur Collet, dem Notar und Richter, einem alten Freunde meines Vaters. In diesem Hause gab es vier oder fünf hübsche Mädchen, von denen eine, Colette, mir viel Güte erwies. Wenn man sich über mein bäuerisches Benehmen lustig machte oder meine Einfalt bespöttelte, verteidigte sie mich stets. Als sie mich eines Abends weinen sah, trat sie mitleidig zu mir und fragte mich nach dem Grunde meines Kummers. Ich antwortete: »Weil ich Heimweh habe ... und dann ... weil ich mich nach meinen Bienchen sehne ... nach meinem Böckchen ... und nach meinem Birnbaum ... und dann ... nach unserm Garten ... und nach Etienne Dumont ... und nach Vater und Mutter; und weil es mir hier nicht gefällt.«

»Bei uns?«

»Ja, bei meinem Onkel Miche Linard.«

»Und bei Monsieur Collet?«

»Ach, es ist doch nicht Sacy; mir gefällt es nur in La Bretonne!«

»Warum denn?«

»Weil es dort ganz einsam ist und ich die vielen Leute nicht leiden kann.«

»Aber« (sie lächelte über mein kindisches Wesen) »mißfallen wir dir auch, meine Schwestern und ich?«

»Hier alles, alles!«

»Auch ich?« (Das liebenswürdige Mädchen faßte mich zärtlich bei den Händen.)

»Nein, du nicht!« sagte ich schluchzend.

»Der arme Junge!« sagte Colette zu ihren Schwestern, »wenn seine Eltern ihn nicht bald von hier wegnehmen, wird er zugrunde gehen. Dieser Michel Linard ist auch wirklich unausstehlich!«

Ja, wenn ich nach Sacy zurückgekehrt sein werde, dann will ich mich an Colette erinnern, und die Gedanken an sie werden mir noch süßer sein als ihre Gegenwart. Ihr teures Bild wird lange meine Träume verschönern. Zwei- bis dreimal ging ich während des Sommers sogar auf die kahle Anhöhe von Terrapion, um den mir einst so furchtbaren Ort zu betrachten und gerührt zu sagen: »Dort wohnt sie, meine liebe Colette, die gute Freundin meiner Eltern, die noch viel schöner ist als Fräulein Colas, die Kusine des Herrn Pfarrers.«

Nach meiner Rückkehr nach Sacy glaubte man, der Aufenthalt in der Fremde habe mich geheilt; aber bald bemerkte man, daß ich nur noch scheuer geworden war. Auch die Mädchen liefen mir wieder nach. Und doch kam die Gefahr nicht von diesem Benehmen meiner Dorfgenossinnen, sondern von einer Fremden... So jung noch, sollte ich schon das seltsamste Abenteuer erleben, an und für sich und in seinen Folgen das außerordentlichste meines Lebens!

Meine Schulkameraden waren die jungen Rameaus. Edmond, Francois, Charles und Louis sowie deren Schwester Madelon nahmen Stunden beim Lehrer Jacques. Ihre Mutter haßte mich zwar, und doch überschüttete sie mich mit Liebkosungen. Ihre Söhne waren geistig sehr schwerfällig und dumm; in der Meinung des Dorfes war ich ihnen weit überlegen, obgleich sie reicher waren als ich. Ihre Mutter wußte dies, und es kränkte ihren Ehrgeiz. Sie versuchte daher, mich bei Messire Antoine Foudriat herabzusetzen, was ihr bei einem andern auch gewiß gelungen wäre. Dieser aber verstand es, in meinem Herzen zu lesen.

Sie war freundlich gegen mich und schmeichelte mir, aber sie hätte es gern gesehen, wenn ich mir irgend etwas zuschulden hätte kommen lassen, um mich dann im ganzen Dorfe in Verruf zu bringen. Diese mütterliche Eifersucht war ein seltsamer Zug an ihr. Aber sie erreichte nur, daß Messire Antoine mich nicht in die Anfangsgründe der lateinischen Sprache einweihte, wie er anfangs beabsichtigt hatte. Schon dadurch schadete sie mir ungemein, denn Messire Antoine war ein ausgezeichneter Lehrer und hätte mich in meiner Bildung sehr fördern können.

Madame Rameau hatte im August des Jahres 1745 eine hübsche Schnitterin aus Percy-le-Sec eingestellt, wo ihr Mann lebte. Obgleich ihre Ehe sehr glücklich war, lebten die beiden Ehegatten getrennt. Die Mutter weilte mit den Kindern auf dem Gute in Sacy, während der Mann die viel größere Besitzung in Percy bewirtschaftete.

Diese Schnitterin, ein dickes, hübsches, immer lustiges Mädchen, sah so verführerisch aus, daß sie die Eifersucht der Madame Rameau erregte, wenn auch zu Unrecht, wie ich weiß; der »Automat«, wie sie ihren Mann nannte, hatte nur Sinn für seine Felder. Die beiden Gatten tauschten ihre Schnitterinnen aus; die dicke Mathron, häßlich wie das böse Gewissen eines Wucherers, wurde nach Percy geschickt, und die appetitliche Nannette kam zu der Frau ihres Herrn.

Ich sah Nannette zum erstenmal am Marientag in der Kirche, wo alle Mädchen in weißen Kleidern waren. Ihr Anblick fesselte mich, aber auf eine Art, die ich noch nie empfunden hatte. Es war Begierde, nicht mehr Liebe, was ich empfand. Das Blut brannte mir in den Adern. Nannette war das erste Weib nach meinem Geschmack. Ich war erstaunt über diese neue, merkwürdige Empfindung... War das die Wirkung ihrer Schönheit, die nur zu den Sinnen sprach, wie die vieler Frauen, denen ich seither begegnete, in den dreißig Jahren meiner vollen Männlichkeit?...

Als Nannette die Kirche verließ, schlich ich ihr nach, um sie besser zu sehen, und sie entflammte meine Phantasie vollends; sie hatte etwas Lüsternes an sich, das ich noch bei keiner empfunden hatte, außer bei der schönen Ursule Lamas aus Nitry, von der ich bald sprechen werde... Ich folgte ihr, zitternd vor Wollust, immer möglichst nah, bis zur Haustüre der Rameaus. Als ich dann wieder im Garten von La Bretonne war, erinnerte ich mich an die früher erzählte Parade, die mir seinerzeit die fünfzehnjährigen Burschen am »Unteren Tor« vorgeführt hatten, und meine Hand forschte, zwar noch nicht befleckend, aber schon neugierig, nach der Ursache einer neuen Erscheinung, *altae rigidaeque erectionis* [einer hochragenden, starren Erektion...] ...

Am folgenden Tage ging ich auf dem Meßweg trotz meiner Schüchternheit zu den Rameaus, um sie mit ihrer Schwester Madelon abzuholen. Ich hörte, wie Fräulein Rameau leise zu der schönen Schnitterin sagte: »Nannette, siehst du den großen Jungen da? Wenn du ihn küssen wolltest, würde er davonlaufen!« Nannette lachte, doch wir mußten uns eilen, da es schon höchste Zeit war.

Als die Messe zu Ende war, gab ich der dringenden Einladung meiner Freunde und den lebhaften höflichen Bitten Madelons nach. Übrigens wurde ich in diesem Hause immer so freundlich aufgenommen, daß ich mich dort schon ein wenig heimisch fühlen durfte. Als wir den Hof betraten, sah ich, wie Fräulein Rameau der verführerischen Schnitterin etwas ins Ohr flüsterte.

Ich spielte mit meinen Freunden; als ich mich allein im Hintergrunde eines Mauleselstalles versteckt hatte, Tiere, die der alte Rameau zur Bestellung des Feldes verwendete, trat Nannette plötzlich leise hinter mich und hielt mich mit beiden Händen fest. »Ich werde dich jetzt nach Herzenslust abküssen!« sagte sie lachend. Ich suchte mich scheinbar ihr zu entwinden. Dies vermehrte nur noch ihr Verlangen. Sie drückte mich gegen ihren Busen, den schönsten, den ich noch gesehen habe... Heftig erregt erwiderte ich ihre Küsse. Da schien Nannette wie von Liebeswut ergriffen; sie umschlang mich und zwang mich, ihren ganzen Körper abzutasten... Sie schien besonders sinnlich zu sein; sie erblaßte, ihre Knie trugen sie nicht mehr, sie drückte mich an sich und stieß mich wieder zurück; schließlich erfaßte sie die Leidenschaft derart, daß sie besessen sein wollte, und sie traf alle Vorbereitungen dazu. Eine neue Sappho, unterstützte sie die Natur und ließ sie wirken, und sie erregte mich dadurch immer mehr. In diesem schrecklichen Augenblick, als meine Zeugungskraft zum erstenmal wirksam ward, wurde ich ohnmächtig!... Als ich wieder zu mir kam, fand ich mich mit Wasser übergossen und von meinen Freunden umgeben. Madelon sagte zu Nannette: »Du hast ihn wohl gekitzelt? Ich habe vergessen, dir zu sagen, daß man es nicht darf. Seine Schwester Margot hat mir gesagt, daß er bewußtlos wird, wenn man ihn kitzelt.« Nannette errötete und stammelte: »Das habe ich nicht gewußt!« Das war ihre ganze Erklärung; ich selbst hatte nur eine unklare Vorstellung von dem, was geschehen war.

Im Oktober kehrte ich wieder in die Schule des Lehrers Jacques zurück. Ich hatte es in Vermenton gelernt, wie man die Schule schwänzt, und fehlte nun öfters. Dies gab den Rameaus Gelegenheit, mich bei Messire Antoine anzuschwärzen. Ich bekam Hiebe! Eine tiefe Erniedrigung, die Mutter Rameau frohlocken ließ. Sie machte meiner Mutter einen Besuch, um ihr Bedauern auszusprechen, und meine Mutter fühlte sich mehr gekränkt als ich selbst.

Meine Eltern waren mit meinem Benehmen wenig zufrieden, meine Veranlagung versprach ihnen nichts Gutes. Ich schien zu jeder Beschäftigung untauglich. Wenn ein Fremder ins Haus kam, machte ich mich auf und davon und kam erst zurück, wenn die Luft wieder rein war. Vielleicht aber war dies nur eine Wirkung meines glücklichen Instinkts, der mir sagte, nur die Fremden, die zu uns kämen, könnten mich mit dem Laster bekannt machen, da dies in meinem väterlichen Hause etwas vollkommen Unbekanntes war.

Die Mädchen ließen nicht ab, mich zu verfolgen. Die älteste Tochter meiner Nährmutter, einer Nachbarin der Madame Rameau, hatte scheinbar etwas von der Szene im Mauleselstall bemerkt. Eines Tages machte sie den Mädchen des Dorfes Vorwürfe und gab ihnen zu bedenken, daß ich doch kein Kind mehr sei, und daß ihre Handlungsweise ihnen in den Augen der Leute schaden werde. »Du bist zu gutmütig!« sagte sie zu mir. »Wenn sie wiederkommen und dich küssen wollen, so mach' es wie bei Nannette... aber nicht zu heftig! Du wirst es nur zweimal tun müssen, dann werden sie dich schon in Ruhe lassen...«

Die Mädchen glaubten, meine Nährmutter habe mir geraten, mich gegen sie zu wehren. Eine von ihnen, die schöne Marguerite Bourdillat, die in meinem Alter war, traf mich eines Abends allein, näherte sich mir und sagte, daß sie mich küssen werde: Sie beugt sich über mich, ich rühre mich nicht; sie packt mich, ich drücke sie an mich; sie küßt mich, ich küsse sie wieder, dreimal, viermal; schließlich muß sich die kecke kleine Angreiferin sogar verteidigen, und bald flieht sie mit den Worten: »Was ist denn das? Ich habe gedacht, daß du immer davonläufst!« Ich antwortete, daß ich mir vorgenommen habe, nun nicht mehr davonzulaufen, sondern den Mädchen für einen Kuß drei zurückzugeben. »Ei, da werden sie alle an die Reihe kommen und große Augen machen; denn ich erzähle nichts.«

Ich war stolz auf diesen Erfolg. Als ich auf dem Heimweg an einer Schar großer Mädchen vorüberkam, die mich umringten, fühlte ich mich zuerst versucht, davonzulaufen, aber die Vernunft siegte. Ich warf mich zuerst Reine Mine an den Hals. »Ich glaube gar, er küßt dich!« rief Madeleine Champaut. Dann ereilte sie dasselbe Schicksal, und sie ließ mich gewähren. Dann küßte ich Agathe. Die drei Mädchen waren starr vor Staunen. Nun näherten sich mir die anderen Frauen und Mädchen und man spendete mir Beifall, als man sah, daß ich meine Sache so gut machte. »Das ist recht!« riefen sie. »Ha! ha! Glaubt ihr noch immer, daß ihr es mit einem Kinde zu tun habt?« – »Ich will alle Mädchen küssen!« rief ich aus.

Von diesem Tage an wagte kein Mädchen mehr, mich zu belästigen. Eine meiner Nachbarinnen, schön und immer zurückhaltend, lobte meinen Entschluß und gestand mir ganz verlegen, wie sehr ihr die Zudringlichkeit der erwachsenen Mädchen mißfallen habe. Es hätte wenig gefehlt, und ich würde auf der Stelle mit ihr mein Abenteuer aus dem Maultierstall wiederholt haben. Aber Marguerite war nicht dafür zu gewinnen...

Gegen Ende Juli, wenn das Gras hoch genug stand, um die Pferde auf die Weide treiben zu können, kamen die jungen Männer und die jungen Mädchen, die die Tiere hüteten, auf den Wiesen zusammen und ergötzten sich mit verschiedenen Spielen, die voller Anklänge an das Leben der alten Hirten waren.

Ich hatte in meinem väterlichen Hause noch keine bestimmte Beschäftigung, so war ich außer den Schulstunden und besonders während der Ernte und der Weinlese vollständig frei. Aber dieser Müßiggang war gar nicht nach meinem Sinn, und ich betrachtete ihn als eine unerträgliche Schande. Während des Tages pflegte ich die Bienen, die Lämmer und das Geflügel des Hofes oder ich arbeitete im Garten, dessen Unkraut ich den Kühen brachte. Wenn ich mich müde fühlte, las ich lateinische Bücher; ich verstand sie zwar nicht, aber ich fand die lateinischen Kirchenlieder so wohlklingend. Französisch konnte ich noch nicht lesen, obschon ich große Lust dazu verspürte, aber mein Vater versperrte alle Bücher in dieser Sprache und las uns nur abends, nach dem Nachtmahl daraus vor, wenn die ganze Familie versammelt war.

Angelockt von dem lauten Gelächter der Jugend, lief ich abends hinaus auf die Wiesen, wo man scherzte und spielte. Eines dieser Spiele, mit denen die Jugend sich erfreute, hieß »Der Wolf«. Man steckte einen Pfahl in die Erde und band an diesen einen langen Strick. Dann wählte man den ersten »Wolf«, gewöhnlich war dieser Titel sehr gesucht, sein Träger wurde an das Seil gebunden und man verband ihm die Augen, hierauf liefen die Mitspieler auseinander. Nun schleuderten die Knaben ihm ihre Hüte oder Mützen zu, die Mädchen ihre Schürzen oder Tücher, ja sogar ihre Unterröcke und Mieder. Der »Wolf« mußte nun erraten, wem der Hut, die Schürze oder das Tuch gehörte, und wenn er es nicht erriet, mußte er es zu seinem Pfahl legen, von dem man es wiederzuholen versuchte. Wenn der »Wolf« einen Buben erraten hatte, so wurde dieser »Wolf«; hatte er ein Mädchen erraten, so wählte dieses einen Burschen als Ersatzmann für sich. Wenn der »Wolf« einen Burschen erwischte, zauste er ihn gründlich; war es ein Mädchen, so »fraß« er es, das heißt, küßte es gehörig ab und nahm sich allerlei Freiheiten bei ihm heraus. Man konnte aber nur gefaßt werden, wenn man sich die Pfänder zurückholen wollte, die sich um den Pfahl herum häuften.

Dieses Spiel war für Kinder wie mich – trotz meines Abenteuers mit Nannette – höchst harmlos; aber manchmal beteiligten sich auch Burschen von fünfzehn bis zwanzig Jahren daran, und dann kam es zu ziemlich zweideutigen Zwischenfällen.

Aber Messire Antoine Foudriat wollte es nicht verbieten und unterließ auch jede Ermahnung zur Schicklichkeit; er sagte, daß seit mehr als fünfhundert Jahren nichts Besonderes dabei vorgekommen sei, und wenn man es verbieten würde, könnte es erst recht gefährlich werden...

Aber dieser brave Geistliche starb und sein Nachfolger, Messire Louis Jolivet, untersagte das Spiel, und nun entartete es wirklich und wurde so unzüchtig, daß die weltliche Gerichtsbarkeit einschreiten mußte. Von da an gab es keine Spiele mehr in Sacy, und man lebte dort ebenso eintönig wie anderswo dahin. Die puritanische Heuchelei war schon immer der größte Feind des Menschengeschlechts.

In jenem Alter und nach allem, was man bisher von mir gelesen hat, kannte ich die Süße des Kusses noch nicht. Ich spreche nun von der ersten Gelegenheit, bei der ich dieses entzückende neue Gefühl auch wirklich empfand.

Als ich eines Abends aus der Schule nach Hause kam, hörte ich, daß zwei meiner Kusinen, Gautherins aus Aigremont, eingetroffen seien; es waren Töchter einer Schwester der Mutter meines Vaters. Die blonde Marie, die ältere der beiden, sollte heiraten; sie war gekommen, dies ihrem Oheim mitzuteilen; die braune Nannon begleitete sie. Ich erinnere mich, daß Marie eine wunderschöne Gestalt besaß, sie glich der schönen Guéant, die leider nur wenige Jahre als Schauspielerin am Théâtre-Français wirkte.

Auch Nannon, die jüngere, war hübsch; ihre dunkle Hautfarbe machte ihre Erscheinung nur noch reizvoller. Marie umarmte mich, gab mir Süßigkeiten und überließ mich dann ihrer Schwester, die mich ganz in Beschlag nahm und sich nur mit mir beschäftigte. Sie gab mir einen Kuß, aber es war nur ein Kuß der Freundschaft...Noch nie hatten so weiche Wangen die meinigen berührt; ich verspürte eine Woge der Wollust in mir aufsteigen.

Diesen Kuß glaube ich noch heute zu fühlen, wenn meine Phantasie mich zu jenem Augenblick zurückführt. Ich nahm mir ein Herz und erwiderte ihn, ohne daß meine Kusine widerstrebt hätte, im Gegenteil, sie schien entzückt zu sein und war doppelt zärtlich.

Damals hatten wir eine Magd aus Nitry im Hause, ein braves und ganz hübsches Mädchen, Catherine Panneterat, die mich verschiedentlich vor den Verfolgungen der Mädchen in Schutz genommen hatte. Diese erklärte leise meiner Kusine, daß ich noch keinem Mädchen so freundlich entgegengekommen wäre wie ihr. »Ich weiß es«, erwiderte diese, »darum habe ich meinen kleinen Vetter um so lieber.« Ich war sehr stolz darüber, mein junges Herz schwamm in Wonnen, die um so lebhafter waren, da noch ganz unschuldig. Aber ich erinnere mich, wie groß auch das Vergnügen war, das mir Nannons Liebkosungen bereiteten, so fühlten sich doch meine Augen stets von den schönen Füßen Maries angezogen.

Dieses kleine Ereignis war von Bedeutung für mein Leben, weil es mir eine neue Macht offenbarte: die Süßigkeit des Kusses...Nur wundere ich mich, daß dieses Ereignis dem Abenteuer im Maultierstall folgte, statt ihm vorauszugehen; es war wohl nur deshalb, weil dieses gewaltsam herbeigeführt worden war.

Als ich nach dem Besuch meiner Kusinen zum erstenmal wieder ›Wolf‹ spielen ging, betrachtete ich mir die Mädchen meines Alters, die eine ebenso zarte Haut hatten wie Nannon Gautherin, besonders aufmerksam. Es gab unter ihnen zwei sehr hübsche; die eine hieß Marie Fouard, die andere Madeleine Piot, die Base jener rotblonden Marie, die mich als Kind auf ihrem Arm in die Vesper getragen hatte.

Marie Fouard hatte schöne schwarze Augen und schön geschweifte Augenbrauen; alles an ihr sprühte von Kraft und Temperament, und deshalb gefiel sie mir vielleicht am besten von beiden. Madeleine hatte eine hellere Haut, ein sanfteres Wesen, war weicher und zarter; ich hatte auch sie von Herzen lieb...

Man spielte »Wolf«. Mein Freund Etienne Dumont war auch dabei. Er war noch ein unschuldiges Kind mit großer Herzensreinheit, obwohl auch sie einst gefährdet worden war, wie die meine durch das, was mir und Marie Louison von Margot widerfahren war. Aber die ausgezeichneten Grundsätze, die seine Mutter in seine Seele gepflanzt hatte, schützten ihn.

Er wurde der erste »Wolf«; er war mein Nebenbuhler bei Marie Fouard und bemühte sich, sie zu fangen. Es gelang ihm auch; aber er handelte seinem Charakter entsprechend und raubte ihr nicht einmal einen Kuß, sondern begnügte sich damit, ihre Hand zu ergreifen und ihre Taille zu umschlingen. Dann ließ ich mich fangen. Er flüsterte mir zu: »Wenn du nicht »Wolf« sein willst, so werde ich dich nicht erraten, obwohl es mir schon langweilig wird.« – »Doch! Ich möchte es werden!« erwiderte ich, »damit ich meine Kusine Madeleine Piot auch so fressen kann, wie du Marie Fouard gefressen hast.«

Die Leidenschaft machte mich erfinderisch oder vielmehr zum Lügner; denn ich wollte doch Marie »fressen«. Etienne erriet mich also und ich wurde »Wolf«. Als ich Marie ergriffen hatte, die sich leicht haschen ließ, weil ich ihr lieber war als Etienne, erinnerte ich mich an alle wollüstigen Empfindungen, die ich schon genossen hatte, an die zufälligen Berührungen mit Ursule Rameau, an die begehrlichen Küsse Nannettens und an die weichen Wangen der Nannon Gautherin, und ich wünschte, sie bei der brünetten Marie wiederzuerleben. Ich tat so, als ob ich sie »fressen« wollte, aber ich küßte sie und ließ mich wieder küssen; *manus insertae pertractabant inguinam impuberemque concham*; [meine eingedrungenen Hände betasteten ihren Unterleib und ihre noch unentwickelte Muschel;] unschuldig, wie sie war, sträubte sie sich nicht und schien meine Begierden zu teilen... Dann sagte ich zu ihr: »Marie! Mein Freund Etienne und ich lieben dich; wen von uns hast du lieber?« – »Dich, Monsier Nicolas; Etienne ist ja nur ein Knirps.«

Er war wirklich sehr klein und seine Arme waren kaum stärker als meine Finger; ich war von dieser Antwort entzückt. Aber da ich fürchtete, Etienne Kummer zu bereiten, wenn ich Marie länger festhielt, ließ ich sie los. Bevor ich mir einen Nachfolger aussuchte, wollte ich zunächst auch noch Madeleine fangen. Dies war leicht, denn sie war eifersüchtig auf Marie und wäre sehr gern auch so ›gefressen‹ worden wie jene. Ich bemerke hier, daß ich weder damals, während meines Aufenthaltes in Courgis, wo mein Herz für Jeannette Rousseau brannte, noch später in Auxerre, wo ich Madame Parangon liebte bis zur Raserei, wie auch sonst in meinem Leben niemals ein einziges Wesen anbetete, sondern immer mehrere zu gleicher Zeit. Ich gestehe dies, damit man die Gründe, die ich zuweilen vorbringe, um zu beweisen, daß ich nur ein Weib geliebt hätte, nicht als stichhaltig ansehe.

»Fürchte nichts, liebe Madeleine«, sagte ich zu der hübschen Piot, als ich sie faßte; »ich werde kein böser ›Wolf‹ für dich sein und dir nichts tun!« Ich küßte sie mehrmals, statt sie zu beißen, was die andern ›Wölfe‹ öfters taten, und ich versuchte auch, ihren Busen zu küssen, wie ich es bei Nannette getan hatte, was mir hier aber nicht gelang. Endlich ließ ich sie laufen, ich hatte keine Lust mehr, den ›Wolf‹ zu spielen. Etienne hatte mir so nachlässig die Augen verbunden, daß ich unter der Binde hervorlugen und alles sehen konnte; ich erriet also bald den Eigentümer eines Hutes und wurde abgelöst.

Ich glaube, damals liebte ich nur Marie Fouard... Aber kann man in jenem Alter schon von Liebe sprechen? Mir scheint doch, denn ich spürte damals schon die Gefühle, die uns das andere Geschlecht einflößt. Ich fühlte beim Anblick Maries eine geheimnisvolle Erregung und fand bei ihr die Reize, die mein Herz begehrte.

Seit mein Vater in La Bretonne wohnte, besaß er weite Wiesengründe und konnte deshalb große Herden von Schafen, Rindern und Schweinen halten. Ihm gehörte ein wohlbesetzter Geflügelhof, in dem auch die Wassertiere nicht fehlten, denn mein Vater war nicht der Mann, irgendeinen Zweig der Landwirtschaft zu vernachlässigen.

Um seine Herden zu hüten, nahm er einen Hirten; früher hatte er seine Schafe auf die Gemeindewiese geschickt. Ich liebte die Gesellschaft dieses Hirten, und um ihn öfters besuchen zu können, gebrauchte ich eine kleine List: an allen Vortagen von Sonn-und Feiertagen schwänzte ich die Schule, um zu Jacquot hinaus aufs Feld zu laufen.

Nur unvollkommen vermag ich die Freude auszudrücken, die es mir bereitete, durch die Felder zu streifen und mir von Jacquot Geschichten erzählen zu lassen.

Meine lebhafte und empfindsame Seele erfreute sich an allem; ein wilder Winkel, eine dicht bewachsene Anhöhe, ein tiefes Tal, in dem der Blick durch ein unheimliches Gehölz eingeengt wurde, alles das erzeugte in mir eine Art von Niedergeschlagenheit und ich wurde erst wieder heiter, wenn wir auf die Hügel hinaufstiegen. Dort fühlte ich mich freier, die Furcht wich der Kühnheit; da stimmte ich dann irgendeine Lobeshymne an, die mir gerade in den Sinn kam.

Wenn wir einen Hasen sahen oder ein Nest aufstöberten, erreichte mein Glück seinen Gipfel; ich schwamm in Wonne. Nie mehr seitdem war meine Freude so rein, so vollkommen!

Eines Tages war Jacquot, der Hirte, verschwunden. Er hatte sich heimlich davongemacht, um an einer Wallfahrt nach Saint-Michel teilzunehmen, und war nicht zurückgekehrt. Im Hause gab es soviel Arbeit, daß man sich genötigt sah, mich die Herden hüten zu lassen.

Nun war ich allein, war frei, konnte tun und lassen, was ich wollte. So sehr ich auch um meinen mir teuer gewordenen Freund Jacquot trauerte und weinte, war ich doch glücklich und trunken vor Freiheitswonne. Man kümmerte sich nicht darum, wohin ich meine Herden auf die Weide trieb. Um mich aber vor den Wölfen zu schützen, gab man mir drei große Hunde mit, Pimard, Babillard und Friquette; namentlich der letztere war von wunderbarer Treue und Klugheit.

Der liebste Weideplatz war mir der von Grand-Pré. Die Leute von Nitry hielten ihre Weinlese immer ziemlich zeitig ab, denn sie sind sehr vergnügungssüchtig und brennen darauf, ihre Feste zu feiern. So konnte ich in den Weinbergen ungestört eine ergiebige Nacheernte abhalten; denn die lässigen Einwohner Nitrys hatten eine Menge von Früchten, die noch nicht ganz reif gewesen waren, hängen lassen, nicht nur Trauben, sondern auch Pfirsiche, Birnen, Äpfel und Quitten. Aber es war nicht nur nachlässiger Leichtsinn, den die Leute von Nitry dadurch offenbarten, sondern auch eine gewisse großmütige Freigebigkeit.

Sie ernteten nicht mit der peinlichen Sorgfalt wie die Bewohner von Sacy, sondern meinten: »Man muß ein wenig für die Armen übriglassen, die keinen Weinberg haben, damit auch sie eine Traube kosten können; denn einst, als die Früchte wild wuchsen, gehörte allen alles. Da soll man auch jetzt den Armen ein paar Edelfrüchte übriglassen, um sie nicht zum Diebstahl und zur Verzweiflung zu bringen, und damit der Wanderer und der Hirt, die an diesen Höhen vorüberziehen, ihren Durst stillen können.« Auch ich fand reichlich Früchte in den Weingärten des Mont-Gre, während meine Schweine, Schafe und Ziegen nach Grand-Pré wanderten, wo sie Quendel und anderes Unkraut abgrasten.

Wie fühlte ich auf diesen Hügeln mein Herz schwellen! Welche köstlidien Augenblicke genoß ich da! Wie oft wünsche ich mir diese Zeit wieder zurück. Dort verging mir der Tag viel zu rasch. Nur ungern kehrte ich nach Hause zurück, und am Morgen trieb ich in aller Frühe meine Herden wieder hinaus. Sie gediehen trefflich unter meinen Händen, und dank der Wachsamkeit meines treuen Hundes Friquette tat der Wolf ihnen keinen Schaden.

Gegenüber dem Mont-Gré, hinter dem Wäldchen von Bout-Parc, lag ein einsames Tal, das ich noch nicht zu betreten gewagt hatte; dichtes hohes Gestrüpp gab ihm ein düsteres Aussehen, das mich erschreckte.

Am vierten Tage nach der Weinlese von Nitry entschloß ich mich, mit meiner Herde dorthin zu ziehen. Im Grunde des Tales gab es Gesträuch und Gebüsch für meine Ziegen und eine Wiese für meine Kälber. Ein geheimnisvoller Schauer ergriff mich, und ich mußte an die Menschen in Jacquots Geschichten denken, die in wilde Tiere verwandelt worden waren.

Meine Herde graste ruhig rings um mich; die Schweine fanden wilde Rüben und wühlten die Erde auf, während das Mutterschwein ins Gehölz vordrang. Als ich ihm folgte, um es zurückzutreiben, bemerkte ich unter einer alten Eiche einen ungeheuren Eber. Ich zitterte vor Schrecken und Freude; denn dieses Tier ergänzte die Wildheit des landschaftlichen Bildes, das für mich so viele Reize besaß. Ich näherte mich soweit als möglich; da das stolze Tier es verschmähte, sich durch ein Kind stören zu lassen, fraß es ruhig weiter.

Mein Mutterschwein war eben in der Brunstzeit und näherte sich dem Eber, der sich sofort, als er sie spürte, auf die Sau stürzte. Ich war trunken vor Freude über den Anblick dieses Schauspiels und hielt meine Hunde zurück, um den Eber nicht zu stören.

Bald darauf zeigten sich auch ein Hase und ein Rehbock. Ich glaubte mich ins Land der Feen versetzt und wagte kaum zu atmen. Aber als plötzlich auch ein Wolf erschien, schrie ich auf. Ich ließ meine Hunde los gegen diesen gemeinsamen Feind; die Furcht, er könne meine Herde angreifen, löste den Zauber des Augenblicks. Meine Hunde schreckten mit dem Wolfe auch den Hasen und den Rehbock auf, die im Gehölz verschwanden, aber der märchenhafte

Reiz der Wildnis blieb. Ein Wiedehopf hüpfte auf den Zweigen der Birnbäume, deren Früchte ›Honigbirnen‹ hießen, weil sie so süß waren, daß Wespen und Bienen an ihnen naschten. Auch ich aß von diesen Birnen, die mir köstlicher schmeckten als alles, was ich bisher genossen hatte.

Da kam es mir in den Sinn: Dieses Tal gehört niemandem; ich will es in Besitz nehmen. Es soll mein Königreich sein, ich erobere es. Aber ich will hier ein Mal als Zeichen aufrichten, damit man erkenne, daß es mein Eigentum ist, wie es mein Vater aus der Bibel vorgelesen hat; es soll als Sinnbild dienen.

Sofort ging ich ans Werk und stieg dann auf den Denkstein, um mein Reich zu überblicken. Da ich niemand anders sah, hielt ich mich in meiner lebhaften Einbildungskraft für den Herrn dieses Ortes. In diesem Augenblick bewegte mich ein Gefühl, wie man es sonst in unsern Ländern wohl nicht kennt, das Gefühl eines Mannes, der erhaben ist über Könige und Gesetze. Aber auch dieser glückliche Tag endete allzu früh für mich.

Nach Hause zurückgekehrt, war ich traurig und schweigsam; die Heimkehr ins väterliche Haus und zu den Menschen bedrückte mich. Meine besorgte Mutter hielt mich für krank und umgab mich mit aller Liebe und Güte. »Aber ich fühle mich doch ganz wohl«, sagte ich. »Ich möchte ein Rehbock oder ein Wildschwein sein, um allein und ruhig im Walde leben zu können, oder noch lieber in jenem kleinen Tale, wo ich heute war.« – »Wo bist du denn gewesen, Nicolas?« fragte meine Mutter. »Jenseits von Bout-Parc.« – »Was? So weit, mein Kind!« – »Ach, wenn es doch noch weiter gewesen wäre!…Oh, wenn du wüßtest, wie schön es dort ist!« Dann schwieg ich wieder, denn die Worte fehlten mir, mein genossenes Glück zu beschreiben. Alle Talente, alle Eigenschaften sind Gaben der Natur; die Erfahrung erleichtert und erklärt ihren Gebrauch, aber sie verleiht sie nicht. Ich habe schon erzählt, daß ich die Schafe hütete; die kleinen Lämmer genossen meine besondere Aufmerksamkeit; ich erreichte es durch meine Sorgfalt, daß die Sterblichkeit unter diesen zarten Tieren geringer wurde. Im ganzen Jahre 1745 starb keines unserer Lämmer.

Auch die Bienen pflegte ich sorgfältig. Meine Eltern und die Dienstboten waren erstaunt über meine landwirtschaftlichen Talente, aber ich erreichte nicht das Ziel, nach dem ich strebte; denn mein Vater verstärkte immer mehr seine Absicht, mich in die Stadt zu schicken, nachdem ich von einem meiner älteren Brüder im Latein unterrichtet worden war. Eines Tages stellte sich der verschwunden gewesene Jacquot wieder ein, und er übernahm sein Hüteramt erneut. Ich führte ihn in mein heimliches Reich und verbrachte dort einen herrlichen Tag mit ihm und meinen Tieren. Am nächsten Morgen aber weckte mich mein Vater mit dem Rufe: »Nicolas! Nicolas!« aus dem Schlaf. Ich dachte, daß ich wieder in die Schule gehen solle, und mein Herz krampfte sich zusammen. »Ja, Vater!« antwortete ich. – »Wir gehen nach Joux zu deiner Schwester Marianne und deinem Schwager Marsigny. Bei dieser Gelegenheit wollen wir auch Monsieur Christoph Berthier, dem Sohn des guten Monsieur Berthier aus Nitry, einen Besuch abstatten.«

Als der Vater mein Zimmer verlassen hatte, erklärte meine Mutter mir, ich müsse mich bilden, ich werde in Joux bei meiner Schwester sein und mich wie zu Hause fühlen…

Nach unserer Ankunft in Joux aßen wir bei meiner Schwester und gingen erst gegen Abend zum Lehrer. Der Sohn des guten Christoph Berthier begrüßte meinen Vater recht herzlich, mich aber betrachtete er mit strengen Blicken. Seine Frau dagegen flößte mir durch ihr gütiges Antlitz viel Vertrauen ein; ich glaubte, meine gute Tante Madellon vor mir zu sehen.

Christoph Berthier hatte zwei erwachsene Töchter von fünfundzwanzig und zwanzig Jahren. Joson, die ältere, glich ihrer Mutter wie aus dem Gesicht geschnitten; Nannette, die zweite, war viel hübscher, aber hochmütig und spottlustig. Sie hatte das vornehme schöne Gesicht der Berthiers, und wenn sie nicht so weißhäutig gewesen wäre, hätte man sie für eine Römerin halten können. Anfangs mochte ich Nannette lieber, aber bald mißfiel sie mir, da sie stets von einem älteren Zögling aus Noyers sprach, einem gewissen Barbier, der damals in Ferien war.

Ich war noch nicht zwölf Jahre alt, aber mein gut entwickelter Wuchs und meine ernste Miene ließen mich älter erscheinen. Noch in diesem Alter litt ich an einer nächtlichen Schwäche, die sich jedoch seit längerer Zeit nicht mehr bemerkbar gemacht hatte. Zu meiner schmerzlichen Überraschung aber nahm ich in der dritten Nacht meines Aufenthaltes in Joux wahr, daß das Übel sich wieder eingestellt hatte.

Welche Schande für einen Jungen in meinem Alter, der in einem Hause lebt, wo erwachsene hübsche Töchter waren! Ich tat mein möglichstes, um meinen Platz zu trocknen, aber vergeblich; die Wolle trocknet schwer. Mein Bett war übrigens sehr gut, aber jetzt verwünschte ich es und hätte tausendmal lieber ein Strohlager gehabt.

Als ich aufgestanden war, trug ich das Bettuch ans offene Fenster und ließ die Luft darüberstreichen. Ich schlief (worüber man sich in Paris wundern wird) im gleichen Zimmer mit den beiden erwachsenen Mädchen des Hauses, im ersten Stock, während Vater und Mutter im Erdgeschoß schliefen.

Als ich ins Schulzimmer hinunterstieg, paßte ich auf, ob Nannette oben die Betten herrichten würde. Wartete sie damit bis gegen Mittag, so durfte ich hoffen, daß das meine inzwischen trocken geworden war. Und so geschah es. Aber sie muß doch etwas bemerkt haben, denn abends vor dem Schlafengehen sagte sie zu mir: »Monsieur Nicolas! Geben Sie acht, wenn Sie Ihr Nachtgeschirr benutzen!«

Dann lachte sie und flüsterte ihrer Schwester etwas ins Ohr. Ich nahm mir vor, auf der Hut zu sein und wagte kaum einzuschlafen. Aber da die mictio lectuli [Bettnässerei] eine Folge allgemeiner Schwäche ist, verschlimmerte ich diese nur durch meine ängstliche Vorsicht. Ohne wirklich ein Bedürfnis zu fühlen, griff ich zehnmal nach dem Geschirr, und trotzdem trat das Befürchtete ein. Ich war ganz trostlos!

Gegen Morgen hatte mich die Furcht etwas verlassen, und ich war eingeschlafen. Da träumte ich, daß ich den Nachttopf halte und ein Bedürfnis verrichte. Darüber erwachte ich, und das Unglück war geschehen. Ich wußte wohl, daß ich diesmal nicht entrinnen könne (denn es war schon Tag) und daß meine Schande offenbar würde. Und sie wurde es. Nannette, die etwas ahnte, machte morgens die Betten zurecht und fand Bettuch und Matratze ganz durchnäßt. Mit großem Geschrei lief sie eiligst zu ihrer Mutter. Ihr Vater und alle Schüler hörten es. Ich hätte in den Erdboden versinken mögen!

Seit diesem schrecklichen Tage verfolgte Nannette mich mit ihrem Spott. Sie behandelte mich wie ein verhaßtes Kind. Sie war das einzige Weib, das mich begreifen lehrte, wie man Schönheit hassen kann.

Heute lache ich darüber, wenn ich bedenke, daß ein hübsches Mädchen einen fast ebenso großen Jungen jeden Abend vor dem Schlafengehen vor die Haustür führte, damit er sein Bedürfnis erledige und genau aufpaßt, ob er sie auch nicht täuscht!…Aber es beweist die Unschuld der Sitten in dieser Gegend. Nannette beklagte sich bei meiner Schwester, die ihr erwiderte: »Er muß krank sein, denn weder zu Hause noch zu Vermenton, wo er diesen Sommer war, ist etwas derartiges vorgefallen.«

Trotzdem machte sie mir schwere Vorwürfe. Aber wozu half das alles? Schon die bloße Furcht vor diesem Unfall ließ ihn sich immer wiederholen…Ich hätte mich bei dieser Kinderei nicht weiter aufgehalten, wenn sie nicht der Anlaß zu einem merkwürdigen Abenteuer gewesen wäre.

Barbier, der junge Mann, von dem Nannette soviel gesprochen hatte, kam endlich. Das große Bett, in dem ich schlief, sollte ich mit ihm teilen. Nach der ersten Begrüßung hatte Nannette nichts Eiligeres zu tun, als ihm mitzuteilen, daß er mit einem Bettnässer schlafen solle. Diese Worte überraschten Barbier und er musterte mich: »Das ist ja nicht zu glauben! Na, wir werden sehen!« Ich wurde rot und schlug die Augen nieder; ich brachte keinen Bissen mehr die Kehle hinunter. Hatte mir der große Barbier schon vor seiner Ankunft mißfallen, so flößte er mir jetzt geradezu Entsetzen ein.

Nach dem Frühstück kam er ins Schulzimmer und begann mit den Demoisellen Garnier, den Töchtern des Amtmannes, den Demoisellen Barbier und Mademoiselle Mouchon, einem sehr reichen Mädchen, zu plaudern. Mir stiegen die Tränen in die Augen und Julie Barbier fragte mich, was mir fehle. Mein Mitschüler antwortete rasch: »Er hat ins Bett gemacht!«

Eine Lachsalve erscholl von allen Seiten. Ich wäre am liebsten in die Erde gesunken. Ich, ein großer Junge, das Orakel von Sacy, vielleicht schon Vater, sollte nun in Joux wegen eines Übels, das man nur bei Kindern findet, verspottet werden!…Mademoiselle Julie Barbier (die mit meinem Mitschüler dieses Namens aber nicht verwandt war) besaß ein zartfühlendes mildes Herz und las sogar schon Romane. Sie eilte zu mir, trocknete mit ihrem schneeweißen Taschentuch meine Tränen und suchte mich damit zu trösten, daß mich ein solches vorübergehendes Übel nicht herabsetzen könne; dann wandte sie sich an Barbier: »Wie roh Sie doch sind! Sie sehen doch, daß er keine Schuld an seinem Vergehen hat; ihm ist die Sache gewiß peinlicher als Ihnen.

Tröste dich nur, Monsieur Nicolas! Es ist nichts Schlimmes; so ein kleines Gebrechen, das dich in meinen Augen noch anziehender macht, verliert man leichter und sicherer als diejenigen, die diesem Herrn anhaften (wobei sie auf Barbier deutete). Du kannst gut lesen, du rechnest ausgezeichnet; und (fügte sie flüsternd hinzu) um zu wissen, was der taugt, der dich so roh behandelt, braucht man ihn nur reden zu hören.«

Diese letzten Worte versüßten mir wirklich meine Lage; ich dankte dem liebenswürdigen Mädchen und lächelte ihr zu. Sie streichelte mit ihrer weichen Hand zwei-oder dreimal meine Wange, und ich war beinahe glücklich.

Trotz der Liebenswürdigkeit Julies gefiel es mir in Joux wegen der nächtlichen Vorkommnisse nicht, aber ich fühlte hier weniger Heimweh als in Vermenton oder als später in Paris bei meinem ältesten Bruder, dem Abbé Thomas. Aus zwei Gründen wurde mir Joux erträglich: der erste und vorwiegende war die Gesellschaft Julies, der zweite, daß ich mich in der Nähe meines Heimatortes befand. Dieser Gedanke war mir immer gegenwärtig und bewahrte mich vor den Schmerzen des Heimwehs.

Julie war etwa fünfzehn Jahre alt, hübsch und gut gewachsen. Sie las gut, mit Gefühl und Grazie vor; weil sie die Bücher liebte, konnte sie auch vollkommen richtig schreiben. Sie kam eigentlich nur in die Schule, um ihre Brüder und Schwestern zu beaufsichtigen, was sie mit vielbewunderter Umsicht tat. Sie lernte Musik bei ihrem Vater und war wegen ihrer Milde und Sanftmut im ganzen Orte beliebt. Fast täglich brachte sie mir Kuchen und Süßigkeiten oder Obst; sie drängte mich, es zu nehmen, indem sie sagte: »Ich habe von Joson gehört, daß du bei Tische fast nichts issest. Ich glaube, du bist zu schüchtern, mein lieber Nicolas! Gib acht, daß du es nicht später mit deiner Gesundheit zahlst! Das reife Alter rächt sich oftmals für die Unbesonnenheit der Jugend!«

Eines Tages, als wir allein am Schreibtisch saßen, da die anderen Schüler noch nicht gekommen waren, sagte sie lächelnd zu mir: »Du hast keinen Grund, unglücklich über das zu sein, was man dir in unserer Gegenwart in so roher Weise vorgeworfen hat! Denn wenn dieser kleine Unfall nicht bewiesen hätte, daß du noch ein Kind bist, wie hätte ein Mädchen in meinem Alter es dann wagen können, so vertraulich mit dir zu verkehren, wie ich es tue?« Ich sah ein, daß sie recht hatte, und war beinahe beglückt durch mein Mißgeschick.

Je weniger ich mich aber fürchtete, um so seltener wurden meine Unfälle. Der letzte führte ein merkwürdiges lustiges Abenteuer herbei, das an die Vorgänge in den »Ergötzlichen Nächten« des Straparola erinnert.

Barbier beklagte sich heftig darüber, daß er mit mir schlafen müsse, obwohl das Bett groß genug war, daß ich ihn auch im schlimmsten Falle nicht belästigte. Er sprach so oft davon, daß mir Joson, die die Güte selbst war, ein besonderes Bett herrichtete. »Nein!« sagte Barbier, »der Gelbblütler soll nur bleiben, wo er ist! Ich werde in dem anderen Bette schlafen!«

»Werden es dann nicht Vater und Mutter erfahren?« fragte Nannette leise.

»Ach, sie sollen nichts merken!« erwiderte Joson.

»Gib nur acht!« mahnte Nannette mit dem schelmischen Naserümpfen, das ihr so gut stand, »dieser…wie hast du ihn genannt, Monsieur Barbier?« unterbrach sie sich laut auflachend.

»Gelbblütler!«

»Ja, dieser Gelbblütler ist gar zu lästig! Wenn ich meinem Vater alles gesagt hätte, würde er seine Hiebe schon bekommen haben!«

»Ach!« dachte ich, »also ist sie doch gut; sie hat nicht alles gesagt.«

Am folgenden Abend bereiteten Joson und Nannette für Barbier ein besonderes Nachtlager; es war ein langer niedriger Tisch, den sie mit Sesseln umstellten; mir blieb nur ein Strohsack, ein Leintuch und eine Decke. Ich fühlte mich nicht gekränkt, denn so konnte ich wenigstens das Bett nicht mehr beschmutzen, und sobald ich mich nicht fürchtete, stellte sich das Übel auch nicht mehr ein.

Wir waren also alle zufrieden, nur Joson nicht, weil sie glaubte, es wäre mir unangenehm. Als sie meinte, ich sei eingeschlafen, sagte sie zu ihrer Schwester: »Lieber würde ich selbst mein Bett verderben lassen, als einem so zarten jungen Menschen ein schlechtes Lager geben. Man sieht ja, daß es ihm hier nicht behagt, denn er ißt doch fast nichts. Das macht mir Sorgen.«

»Ach, laß nur!« sagte Nannette, »für ihn ist es gut genug. Er hat sicher kein Heimweh, dafür sorgt schon Julie Barbier; und daß er nicht ißt, so würde mich das auch beunruhigen, sähe ich nicht, daß er den ganzen Tag Leckereien mit ihr nascht. Nur gut, daß sie weiß, daß er ein Bettnässer mit gelber Blüte ist.« Dann lachte sie laut auf. »Sie weiß es«, sagte mein Kamerad, »und hat ihn nur noch lieber.« »Daran erkenne ich sie«, sagte Nannette, »sie ist immer die Trösterin der Unglücklichen.«

»Er ist sehr gut«, sagte Joson, »und deshalb hat man ihn auch gern; mir gefällt er. Monsieur Lemoine (Josons Bräutigam aus Oudun, der zweimal zu Besuch gekommen war) sagt, daß er ein sehr aufgewecktes Kind sei.«

»Er und aufgeweckt?!« rief Nannette; »er hat wohl seine Vernunft beim Schwätzerbrunnen gelassen, als er nach Joux kam.« (Es ist dies ein kleiner Brunnen, bei dem die Weiber von Joux meist laut schwätzend ihre Wäsche waschen.) »Er macht uns nur Schande, und dabei spricht er immerfort mit seiner süßen Julie.«

»Schüchternheit beweist Geist, liebe Schwester«, bemerkte Joson; »das sagt auch unser Vater, und die Dreisten sind fast immer Dummköpfe. Unser älterer Bruder in Noyers war auch schüchtern und dabei sehr klug. Der jüngere in Vezelay ist nicht halb so gescheit, und du weißt, was für ein Frechling er ist.«

So unterhielten sie sich, da sie glaubten, ihre Eltern schliefen schon. Aber es scheint, daß Lehrer Berthier, der nur ein Schlafzimmer für seine Zöglinge und seine Töchter besaß, der Unschuld der goldenen Jugend nicht unbedingt vertraute. Er war leise eingetreten, und da er Barbier, der ganz nahe bei dem Bette seiner Töchter schlief, hatte sprechen hören, faßte er Verdacht, dieser liege in deren Bett. Es wäre hier auf dem Lande nicht das erstemal gewesen, daß ein erwachsener Bursche mit jungen Mädchen in demselben Bette liegt, ohne daß irgend etwas Unschickliches vorgefallen wäre; in der Stadt wäre so etwas nicht denkbar. Barbier hätte ja den Vorwand gebrauchen können, daß das ungefährlich wäre, da beide Schwestern nebeneinander lagen.

In dieser Annahme näherte sich Monsieur Christoph Berthier ganz leise dem Bette und tastete mit der Hand nach dem vermeintlichen Missetäter. Nannette aber, die sich von einer Hand betastet fühlte, glaubte, es sei die ihres guten Freundes Barbier. »Was fällt dir ein?« sagte sie leise. »Geh doch weg, damit meine Schwester dich nicht hört.«

Der Vater wußte nicht, was er davon halten sollte, und er mochte wohl das Schlimmste daraus entnommen haben. Ohne ein Wort zu sagen, gab er seiner jüngeren Tochter eine Ohrfeige. Nannette stieß einen Schrei aus. Als Joson es hörte, schrie sie ebenfalls. Barbier, der dachte, es sei ein Dieb ins Zimmer eingedrungen, wollte von seinem Lager aufspringen; er warf den Tisch und die Stühle um und stürzte in der Mitte des Zimmers Berthier vor die Füße; der wußte nicht, was der Lärm zu bedeuten habe, und da er den vermeintlichen Schuldigen in seiner Gewalt sah, schlug er mit seinem Rohrstock auf ihn los; diesen Stock trug er nämlich immer bei sich, wie die Edelleute ihren Degen und die Italiener ihren Dolch.

Die beiden Mädchen schrien: »Diebe! Zu Hilfe!« und riefen nach ihrem Vater. Barbier, der sehr stark war, schlug auf den Lehrer ein, obwohl er ihn an seiner Waffe erkannt hatte. Schließlich kam die Mutter mit einer Lampe in der Hand, und man konnte den ganzen Schauplatz übersehen: Matratze und Federbett lagen auf dem Boden, der Lehrer und Barbier balgten sich auf der Erde; der Meister lag unten und schlug wie ein Rasender mit seinem

Rohrstock um sich; die Mädchen saßen halbnackt und zitternd im Bett; ich lag, fest in meine Decke eingehüllt, auf meinem Strohsack und stellte mich, als sei ich eben erst aufgewacht.

Allmählich klärte sich alles auf. Christoph nahm mich ins Verhör und ich antwortete, als ob ich von nichts wisse. Er war sehr freundlich zu mir und sagte, er wisse, daß mein nächtliches Vergehen, das zuweilen vorkomme, unverschuldet sei, und daß er mir daraus keinen Vorwurf mache. Mein Bett wurde dann wieder wie sonst in Ordnung gebracht und Barbier legte sich zu mir; von meiner Angst befreit, gab ich ihm keine Gelegenheit mehr, sich über mich zu beklagen.

Acht Tage später war Weinlese, die in Joux immer sehr spät abgehalten wird. Es regnete und ich wurde ganz durchnäßt; ich verkühlte mich und bekam Fieber. Diese Krankheit war mir noch fremd. Julie Barbier war eben bei mir, als ich den zweiten Anfall bekam.

Ich zitterte am ganzen Körper, und sie fühlte mir den Puls. »Mein Gott, du hast ja Fieber!« sagte das gute Mädchen. »Du mußt sofort ins Bett gehen und viel trinken. Ich will dich pflegen, soweit es möglich ist, aber auch Madame Berthier wird dich gut versorgen.«

Ich wollte mich anfangs nicht niederlegen, denn ich fürchtete mich nicht, wenn ich auch von zarter Konstitution war. Es ist nicht möglich, die liebevolle Sorgfalt Julies zu schildern. Sie holte mir zu trinken, und weil der Lehrer nicht da war, lief sie zu ihrem Vater und brachte mir einen sehr angenehmen Sirup, ich glaube, es war Violensaft. Von diesem Mittel trank ich, soviel ich konnte.

Wie mitleidsvoll sprach sie mir zu! Es war dies der Ausdruck ihres ausgezeichneten Charakters. Sie umarmte mich und küßte mir sogar die Hände. Man weiß, daß meine Sinne leicht erregbar waren, und daß mein Abenteuer mit Nannette in mir einen sechsten Sinn erweckt hatte, der gerade in den Knabenjahren köstlich ist. Erhitzt durch das Fieber, trunken von Juliens Liebkosungen, spürte ich den Stachel der Wollust, suchte ich den Genuß, dessen Süße meine Erinnerung bewahrte. Mademoiselle Barbier leistete nicht den geringsten Widerstand; sie gab sich mir hin... mit einer so zärtlichen Miene, mit soviel Mitgefühl, daß es schien, als hätten ihr die Bücher Sinne und Herz geöffnet. Was mich anbetrifft, so war ich, angestachelt durch die süßen Liebkosungen eines reizenden, sich hingebenden Mädchens, der Natur vorausgeeilt... Ich triumphierte!... Aber wie teuer mußte ich diese plötzliche übertriebene Überspannung meiner Kräfte büßen! Ich wäre beinah daran gestorben. Julie, älter als ich und schon Weib, befand sich ganz wohl dabei. Trotz des Schmerzes der Defloration, die ihr einen Schrei entlockte, hatte sie, wie sie mir gestand, alle Freuden der Liebe gekostet.

Sie war unendlich zärtlich, aber ich sank fast sterbend in ihre Arme. Ach, wie sanft war doch ihre Fürsorge! Langsam belebten mich ihre Küsse; sie stärkte mich mit einem Schluck Sirup... Glücklicherweise hatten wir Zeit, denn es kamen heute keine Schüler und sie hatte ihre Geschwister zu Hause gelassen. Welch ein Abend! Er bildet eines der wichtigsten Ereignisse in meinem Leben!... So liebevoll Julie auch war (die ich, ohne es zu wissen, zur Mutter gemacht hatte), fühlte ich doch, daß meine Empfindung für sie nicht echte Liebe, sondern nichts als eine sehr zärtliche Freundschaft war. Meine starke Erschöpfung vergiftete mir auch diesen zweiten Genuß, wie es seinerzeit bei Nannette der Fall gewesen war...

Merkwürdig ist es auch, daß ich am andern Morgen Julie gegenüber voll Scham und Verwirrung war, aber sie gab mir bald meine alte Sicherheit zurück... Zwei Tage blieb ich fieberfrei, aber am dritten überfiel es mich wieder mit verstärkter Gewalt. Julie verdoppelte ihre Fürsorge. Ich unterlag zwar nicht mehr sinnlichen Begierden, blieb aber sehr empfänglich für die rührende Pflege meiner Freundin. Aber so sehr ich sie liebkoste, so sehr ich mich von ihrer freundschaftlichen Sorge ergriffen fühlte und Tränen der Freude vergoß, später habe ich sie nie mehr wiedergesehen...

Am andern Morgen war ich so schwach, daß ich mich kaum auf den Beinen halten konnte; ich wollte zu meinen Eltern heimkehren, aber man erlaubte es nicht. Ich erzählte es Julie. Sie schüttelte nur ein wenig den Kopf, aber dann sagte sie: »Warte noch.« Am folgenden Tage fieberte ich nicht mehr. Julie schien zufrieden. Allein am dritten Tage kündigten neue Fieberschauer einen schweren Anfall an. Julie war eben bei mir. »Du wirst ja ganz grün!« rief sie. »Ja, ich fühle das Fieber wiederkommen!« – »Ach, ich wollte, daß deine Heimat sehr fern wäre oder daß du wenigstens keine Schwester hier hättest; dann würde ich dich zu uns bringen und dich pflegen wie meinen Vater, der immer sagt, niemand pflege ihn so gut, wie seine Julie...Aber du hast ja eine Schwester hier, und deine Heimat ist ganz nah. Tu, was ich dir rate: geh zu deinen Eltern; bei Fremden heilt deine Krankheit nicht, so gut sie auch zu dir sein mögen. Du kannst dir wohl denken, wie schwer es mir fällt, dir dies zu raten...«

Julies Güte rührte mich fast zu Tränen; ich bedeckte ihre Hand mit Küssen. »Leb wohl, Julie!« (Ich glaubte nicht, daß es ein Abschied für ewig sei.) »Ich gehe zu meinen Eltern!«

»Nicht heute, während des Anfalls!«

»Ich habe kaum eine Stunde zu gehen und werde noch vor der Krisis dort sein.«

Sie gab mir zwei Orangen, die einzigen vielleicht, die in der ganzen Gegend zu finden waren, und die ersten, die ich gesehen hatte; diese sollten mich erfrischen und den Geschmack des Wassers, das ich unterwegs trinken würde, verbessern.

»Leb wohl, liebe Julie!« Sie konnte mir nicht antworten, aber sie legte mir schluchzend ihre beiden Hände auf die Schultern.

So endete mein Aufenthalt bei Lehrer Berthier; dieser Lebensabschnitt wird mir immer unvergeßlich bleiben. Ich vollendete damals mein zwölftes Lebensjahr, denn wir waren im November.

Den ganzen Winter 1746-1747 litt ich am dreitägigen Wechselfieber. In den fieberfreien Tagen las, schrieb und rechnete ich, pflegte die Bienen, die Schafe, die Lämmer und versorgte den ganzen Geflügelhof. Um meine Krankheit kümmerte ich mich nur wenig; ich hatte sie schon bei mehreren meiner Freunde beobachtet und keiner war daran gestorben. Im Frühjahr erkrankte ich an den Blattern. Ich fieberte ununterbrochen, und die Pocken kamen heraus; drei Tage lag ich im schrecklichsten Delirium. Meine Wahnvorstellungen waren Hunde und Schlangen. Da ich mich von ihnen verfolgt glaubte, sprang ich aus dem Bette und schüttelte mein Hemd, um sie loszuwerden. So stark mein Vater auch war, vermochte er mich kaum im Bett zu halten. Alle hielten mich für verloren.

Meine Blattern heilten, aber mein Gesicht war ebenso häßlich geworden, wie es früher schön gewesen war. Meine Züge waren gedunsen und ganz verändert. Meine goldbraunen Locken hatten sich verloren, und das Haar wuchs in schwarzen Strähnen nach. Als ich mich zum erstenmal wieder im Spiegel betrachtete, entsetzte ich mich vor mir selbst. Ich wurde von nun an noch scheuer und schüchterner, denn ich besaß nichts mehr, was mich sicher machte.

Ich hatte einst Comtois ähnlich zu sein gewünscht, aber nun fand ich, daß die Natur denn doch zu weit gegangen war, und es war vielleicht meine Häßlichkeit, die mich davon abhielt, Julie Barbier wiederzusehen. Übrigens hätte ich es auch nicht gewagt, mich wieder bei meinem Lehrer zu zeigen, der meinem Vater einen Brief geschrieben hatte, welcher ihr beiderseitiges Freundschaftsverhältnis ziemlich abkühlte.

Als in Nitry das Saint-Christoph-Fest gefeiert wurde, ging mein Vater dorthin und nahm mich mit zu meiner Tante Madelon. Ich war närrisch vor Freude, denn ich war sehr begierig, ein paar schöne Mädchen zu sehen, von denen man mir erzählt hatte. Besonders hatte man mir Ursule Lamas gerühmt, die als schöne Ursule in der ganzen Gegend bekannt war, ferner Edmée Boissard, die Enkelin des Lehrers Berthier, Catin Doré, Georgette Lemoine und einige andere.

Schon früh am Morgen brachen wir auf. In der Nähe besehen war ich nicht mehr schön, aus einer gewissen Entfernung betrachtet aber konnte ich noch für leidlich gelten, denn meine Mutter hatte meine wieder gewachsenen Haare künstlich etwas gelockt. Ich trug einen neuen Hut und ein Hemd mit Spitzenmanschetten, einen roten Rock, eine blaue Weste und Hose, feine Zwirnstrümpfe und Halbschuhe mit edelsteinbesetzten Schnallen, die zwar schon ziemlich alt waren, aber um so glänzender erschienen.

Meine Tante konnte mich nicht genug bewundern und herzen. Als sie zur Messe ging, nahm sie mich bei der Hand und zeigte mich ihren alten Freundinnen, die noch meinen Großvater Pierre gekannt hatten. »Das ist ein echter Restif! Seht nur sein Gesicht, diese Adlernase!«

Wir näherten uns der Kirche, die gegenüber der Pferdeschwemme lag, als ich aus einem Hause ein junges Mädchen, oder vielmehr eine Nymphe treten sah. Ihre Schönheit traf mich wie ein Blitz... »Edmée!« rief meine Tante sie an, »hier ist dein Vetter Nicolas aus Sacy. Willst du ihn nicht begrüßen?« Sie kam näher und errötete, denn sie schämte sich. Auf Veranlassung meiner Tante küßten wir uns. Dann gingen wir zusammen in die Kirche. Ich starrte meine Kusine in einer Art von Ekstase an und senkte dann die Augen, als wäre ich geblendet worden. War ich schon von Natur aus schüchtern, so wäre ich es hier in noch höherem Maße gewesen, wenn mein Vater nicht so angesehen in Nitry, wenn ich nicht so gut angezogen und inmitten meiner Verwandten gewesen wäre, die eine unverdient hohe Meinung von mir hatten.

Edmée verließ uns, um auf ihren Platz zu gehen, und ich war fast froh darüber, denn sie rief in mir eine zu lebhafte Erregung hervor. Außerdem war sie auch schon zu erwachsen für mich und ich wußte, daß sie trotz meines größten Bedauerns einmal die Beute eines andern werden würde. Ich fühlte den brennenden Wunsch, mit ihr dasselbe zu erleben wie mit Nannette oder gar Julie.

Als wir in die Kirche traten, wurden wir von allen Seiten angestarrt, aber gleich darauf richteten alle ihre Blicke nach dem weit offenen Portal. Ein großes, schönes und starkes Mädchen kam mit seinen beiden Brüdern, die sechs Fuß hoch und ebenso schön waren wie es. Sie war in Weiß gekleidet, mit roten, blauen und grünen Schleifen, und ihre Wangen übertrafen die Farbe der Rosen, von denen sie einen Strauß trug. Sie erschien mir schöner als alle Damen, die ich später in Paris gesehen habe und deren Reize durch Diamanten, Schminke und andere Kunstmittel gehoben wurden.

Sie löschte in mir die Erinnerung an Nannette, die elf Monate vorher das Ziel meiner ersten Begierden gewesen war, denn sie schien eine herrliche Blume in der schönsten Blüte. Aller Augen waren auf sie gerichtet. Als meine Tante bemerkte, daß auch ich sie ansah, erklärte sie mir: »Das ist Ursule Lamas; ihr Vater war in seiner Jugend der beste Freund des deinigen... Ursule«, wandte sie sich dann an das junge Mädchen, »errätst du, wer dieser junge Mann ist?«

Ursule musterte mich und sagte dann: »Man sieht, daß er ein Restif ist, wenn ihn auch die Blattern ein wenig entstellt haben.«

Sie küßte mich zweimal. Sie hatte ebenso weiche Wangen wie meine Kusine Nannon aus Aigremont, und der Hauch ihres Mundes verwirrte mich. Allein sie erregte in mir nur kühle Bewunderung, denn Edmée Boissard hatte mein ganzes Herz erobert; ihr schlanker Wuchs, ihr schüchternes, jungfräuliches Aussehen entsprachen mehr meinem Geschmack als die voll entwickelten Reize Ursules... Ich reichte meiner Tante und der Schönen Weihwasser; dann nahm mich mein Oheim, der uns nachgekommen war, bei der Hand und führte mich zu seinem Sitz im Chor, wo er singen sollte.

An allen hohen Festen schreiten die Mädchen über fünfzehn Jahre während der heiligen Handlung zum Altar (wo ihnen der Kelchdeckel zum Kuß gereicht wird), um eine Scheidemünze zu opfern; es ist dies eine Art Parade, die, wenn auch in anderer Form, den Gebrauch der Spartaner nachahmt, bei denen die reifen jungen Mädchen auf dem Marktplatz der Stadt nackt vor den heiratsfähigen Jünglingen tanzen mußten. Bei dieser Gelegenheit fand ich bestätigt, was man mir von der Schönheit der jungen Mädchen aus Nitry erzählt hatte. Allein Edmée Boissard übertraf alle andern.

Es gibt einen gewissen Reiz, der Mann und Weib überwältigt, und wenn man ihn bei einer Person des anderen Geschlechts verspürt, entsteht die wahre Liebe. Ich bin noch heute überzeugt, daß ich nur ein Mädchen wirklich geliebt habe, meine wahre Venus, während ich verschiedene begehrte; als meine Augen aber Edmée gesehen hatten, sahen sie nur mehr sie.

Nach dem Essen kamen alle unsere Verwandten, meinen Vater, den einzigen männlichen Sproß, der den verehrten Namen trug, zu besuchen. Jeder wollte ihn zur Vesper oder zum Abendessen bei sich sehen, aber meine Tante suchte uns bei sich zurückzuhalten. Dann kamen auch Edmée Boissard, Ursule Simon, Catin Dore, Georgette Lemoine, Catiche Tous les jours, Dodiche Gauthrin, Ursule Lamas und andere junge Mädchen meiner Familie, die hübschesten der ganzen Gegend.

Sie führten mich in die Gärten, um mir Blumen zu schenken, während ihre Eltern mit meinem Vater, meiner Tante und meinem Oheim schwatzten. Offensichtlich gab ich Edmée Boissard den Vorzug. Da sagte Ursule Simon lächelnd zu mir: »Kleiner Vetter, ich stehe dir doch näher als Edmée und trage einen Namen, der nach dem deinigen in Nitry der angesehenste ist, den Namen deiner Großmutter...«

»O liebe Ursule«, antwortete ich, »glaube mir, ich schätze dich ebenso sehr wie Edmée, aber dies hindert mich nicht, daß ich lieber in ihrer Nähe bin.«

Ursule Lamas umarmte Edmée und sagte: »Siehst du wohl, du bist die Schönste hier!« Und zu mir gewandt, fuhr sie fort: »Du bist wie dein Vater in deinem Alter, von dem mir meine Mutter oft erzählt hat: klug, treuherzig und gut. Du hast recht, Edmée ist das schönste Mädchen weit und breit und wenn ich ein junger Mann wäre, würde ich sie auch der schönen Ursule vorziehen.« Diese hörte es und rief: »Schweig doch, Plappermaul! Siehst du denn nicht, daß ich deinem kleinen Vetter einen schönen Kranz aus Rosen binde?«

»Gib auch deine Rosen dazu«, rief ich, »und nimm dir neue!« »Ach, der kleine Schelm, er ist auch gefallsüchtig!« sagte sie, »so war sein Vater nicht!«

Ursule Simon lächelte und sagte: »Edmée, Ursule und ich, wir müßten zu lange auf dich warten... meine Schwester aber... Anne-Marguerite, die sich nicht getraut hat, mitzukommen... gehen wir doch in unsern Garten! – Sie möchte dich auch gern sehen.« Und sie führte uns alle dahin.

Ich stolzierte mit meinem Kranz aus Rosen inmitten dieser Schar von Mädchen und glich dem Gotte der Liebe. Da dachte ich an Julie: »Ach, wenn sie mich sehen könnte!« Wir fanden Mutter Simon damit beschäftigt, einen Imbiß herzurichten, denn sie erwartete meinen Vater. Sie empfing mich so freundlich, als wäre ich ihr eigener Sohn. Dann rief sie ihre jüngste Tochter: »Anne! Komm herein, dein Vetter aus Sacy ist da, den du so gerne sehen wolltest!«

Ich sah ein schlankes großes Mädchen meines Alters eintreten, das in einigen Jahren ebenso schön sein mußte wie Edmée Boissard; sie war ein wenig dunkelfarbig wie alle Simons, aber sie zeigte ein himmlisches Lächeln. Ich war entzückt! Die Mutter bemerkte es und legte die Hände Annes in die meinen; ich verspürte ein leichtes Beben...»Küßt euch doch!« sagte sie dann zu uns, »denn eure Eltern sind doch nahe Verwandte!«

Ich betrachtete mir die kleine Anne mit um so lebhafterem Interesse, weil sie vielleicht die Gattin war, die mein Vater einst für mich erwählen würde...

Am 28. August 1747, am Vortage des Festes des Schutzheiligen von Sacy, kam Monsieur Jean Restif, ein Verwandter meines Vaters, zu uns, wie er es versprochen hatte. Mein Vater war ihm bis Nitry entgegengegangen. Jean Restif besaß eine eigene Reisekutsche, denn er war sehr reich. Ich war begierig darauf, diesen bedeutenden, sittenstrengen Mann zu sehen, dem mein Vater, wie er unaufhörlich versicherte, großen Dank schuldete. Er war in seinem Äußeren mehr als einfach, trug einen alten grauen Tuchrock und Stiefel, die wegen seiner Hühneraugen sehr breit waren; trotzdem ging er mühsam. Ich führte ihn, wie er es von meinem Vater erbeten hatte, zur Kirche. Als wir allein waren, fragte mich Jean Restif aus: »Was liest du, Kleiner?« »Die Bibel, Herr Advokat; auch mein Vater liest sie uns alle Abende vor.«

»Was hast du dir denn davon gemerkt?«

»Oh, die Erschaffung der Welt, und wie Adam, von der Eva verführt, gesündigt hat, nachdem diese selbst von der bösen Schlange, welche sprechen konnte, versucht worden war; wie sie dann aus dem Paradies verjagt wurden. Dann die Geschichte von Kain, der seinen Bruder Abel erschlagen hat; von der Sintflut, wobei mir am besten die Taube gefällt, die Noah zweimal ausgeschickt hat und die beim zweitenmal mit einem grünen Ölzweig im Schnabel zurückkommt. Und dann die Geschichte von Cham, von Abraham, der seinen Sohn Isaak opfern wollte, und von einem Engel daran gehindert wurde.«

»Welche Lehre hast du denn aus dem Benehmen der Söhne gegen ihre Väter, von denen die Bibel erzählt, gezogen?«

»Daß alle guten Söhne, wie Isaak, Jakob und Joseph, ihre Väter geachtet haben, wie mein Vater seinen Vater Pierre, und daß alle schlechten Söhne, wie Cham, Esau und die übrigen Söhne Jakobs, ihre Väter mißachteten und ihnen Kummer bereiteten.«

Er bestätigte mich darin und fragte noch mancherlei, worauf ich ihm antwortete. »Du hast ein ausgezeichnetes Gedächtnis«, sagte er, »und es wäre unverzeihlich, wenn du nicht Gewinn daraus zögest. Was möchtest du werden? Welchen Beruf willst du wählen, soweit er die Mittel deiner Eltern nicht übersteigt?«

Diese Frage ging über mein kindliches Begriffsvermögen; ich kannte nur sehr wenige Berufe, den des Feldarbeiters, des Weinbauers, des Pfarrers, des Schullehrers oder des Arztes; das war so ziemlich alles. Denn die andern Berufe, wie Notar, Richter und Prokurator gab es nicht in Sacy. Ich antwortete, daß ich es nicht wisse, aber ich würde gern Hirt sein. Restif lächelte; er sprach mir von Berufen, die es nur in den Städten gab, und ich verstand ihn nicht. Dann ließ er mich Fragen beantworten, um die Weite meines Geistes, die Richtigkeit meines Urteils und meinen natürlichen Menschenverstand kennenzulernen.

»Wie denkst du über deine Pflichten gegenüber deinen Nächsten? Hast du darüber schon nachgedacht?«

»Nein, Herr Advokat!«

»Nun, so sag' mir, was du jetzt darüber denkst.«

»Ich weiß nicht...«

»Was möchtest du denn, daß man dir tut?«

»Ich möchte, daß man mir alles Angenehme tut, was ich mir wünsche, daß man mich freundlich behandelt und mir alle meine Wünsche erfüllt.«

»Das glaube ich dir! Aber die andern wollen dasselbe. Wenn du willst, daß sie dich lieben und dir Angenehmes erweisen, so mußt du ihnen das gleiche tun. Der Klügste fängt an.«

»Sie haben recht, Herr Advokat! So mache ich es schon lange mit meinen Freunden. Als ich noch klein war und mich schlimm aufführte, hat man mir alles das heimgezahlt, was ich den andern tat. Wenn ich zwickte, zwickte man mich wieder, spuckte ich einem ins Gesicht, so bespuckte man mich wieder. Da verteilte ich mein Zuckerwerk und nun bekam ich auch von den andern welches. Seitdem habe ich immer allen Angenehmes erwiesen, damit man es mir um so herzlicher vergelten sollte.«

»Warum hast du dann auf meine erste Frage geantwortet, daß du es nicht wissest?«

»Ich verstand Ihre Frage nicht!«

»Gut. Nun aber, mein Kind denke dein ganzes Leben daran, den andern Gutes zu erweisen, damit sie es dir vergelten.«

Auf dem Rückweg begleitete uns mein Vater. Ich ging hinter den beiden und hörte manches von ihrer Unterhaltung; was ich behalten habe, will ich hier wiedergeben.

»Nun, mein verehrter Freund?« sagte mein Vater.

»Ich will Euch sagen, was ich denke...« Jean Restif drehte sich um und bemerkte mich, daher sprach er leiser.

»Was ist Eure Meinung?« fragte mein Vater nach einigen Minuten. «Soll ich einen Landwirt aus ihm machen?«

»Nein!« – Das war das folgenschwere Wort, das meine Zukunft entschied; dieses »Nein« hallt noch in meinem Herzen wieder, und wenn es auch Güte war, die es eingab, so schien es mir doch Unglück zu bringen.

Dann fuhr Jean Restif fort: »Das Kind gleicht seinem ältesten Bruder; aber wie sie nicht von einer Mutter stammen, haben sie auch verschiedenen Charakter. Sie ähneln sich in allem, was sie von den Restifs ererbt haben; alles jedoch, was sie von den Müttern haben, unterscheidet sie außerordentlich«; er wiederholte mit Nachdruck: »außerordentlich! Der andere hat sich durchgesetzt, alle achten ihn, ich weiß es. Was diesen anbetrifft, so wage ich es nicht, ihm das gleiche vorauszusagen...«

»Wie?« sagte mein Vater, »hast du bei ihm irgendwelche gefährliche Anlagen bemerkt?«

»Nein, aber er ist ungeeignet für den Beruf seines Bruders. Er liebt die Frauen; das ist nichts Schlimmes, aber es ist eine Neigung, die leicht zum Laster führen kann, wie die Armut auch kein Verbrechen ist und doch die Armen leicht zu Schurken macht. Der verständige Mann kann, wenn er sich Mühe gibt, der Armut entgehen; um jedoch der Neigung zu den Frauen zu steuern, bedarf es der Erfahrung, die aber leider immer zu spät kommt.«

»Ich werde ihn belehren«, erwiderte mein Vater, »dann werden wir ja sehen, was aus ihm zu machen ist. Haltet Ihr ihn für einen geistigen Beruf geeignet?«

»Ja, unbedingt!«

Unterdessen hatte der Abbé Thomas auf die wiederholten Anfragen meines Vaters geantwortet und im Einverständnis mit meinem ältesten Bruder, dem Pfarrer von Courgis, hatte er zugestimmt, mich bei sich aufzunehmen. Mein Vater hätte mich gern noch vor der Weinlese nach Paris gebracht, wenn nicht unser neuer Hirt Larrivière die Herde plötzlich im Stich gelassen hätte.

So wurde ich denn noch einmal Hirt. Ich war jetzt gereifter und meine Sorgfalt für die Herde größer und überlegter. Auch mein Tälchen besuchte ich wieder, aber ich empfand nicht mehr die gleiche Begeisterung wie damals. Mein Herz war nicht mehr so unschuldig. Statt mich wie im vergangenen Jahre der Gegenwart zu erfreuen, fühlte ich mich in die Vergangenheit zurückversetzt; meine Phantasie ließ alles wieder vor mir aufleben, was mir in den letzten dreizehn Monaten widerfahren war. Von meinen Hügeln aus erblickte ich in der Ferne Joux, und die Erinnerung an Julie Barbier, an ihre Reize, an ihre Vorzüge, an ihre Liebe zu mir erfüllte mich mit tiefer Wehmut. So nahe diesem lieben Mädchen und sie nicht sehen können! Aber wie Sokrates hatte ich immer einen geheimen Warner, der mich vor unbekannten Gefahren schützte: denn Julie war eben Mutter geworden und kein Mensch, außer ihrem Vater und ihrer Stiefmutter, wußte etwas davon...

Auch etwas anderes beunruhigte mich: täglich hörte ich meine Eltern davon sprechen, mich nach Paris zu meinem Stiefbruder, dem Abbé Thomas, zu geben. Dadurch wurde meine Ruhe gestört, meine Freude vergiftet. Ich war nicht mehr allein, denn auf Schritt und Tritt folgten mir diese unruhigen Gedanken und raubten meinem lieben Tälchen und allen Dingen, die mich im Vorjahre so sehr begeistert hatten, ihre Reize.

Um elf Uhr desselben Tages, an dem ich im verflossenen Jahre (1746) nach Joux gekommen war, kam auf ihrem Reitesel die gute Marguerite Pâris, die Wirtschafterin meines Bruders, des Pfarrers von Courgis, mit einem Brief von Abbé Thomas, der den Tag meiner Abreise festsetzte...Sie war mir ein Unglücksbote...Heute sehe ich, daß ich mich damals nicht irrte...

Die glücklichste Zeit meines Lebens war vorüber! Schwindet die Unschuld, so nimmt sie auch das reine Glück mit sich davon. Ein neuer Ikarus, sollte ich, unerfahren wie er, großen Gefahren entgegengehen!

2

Es war am 15. Oktober 1747, als man mich den Händen der braven Wirtschafterin Marguerite übergab, und da mein Vater noch mit der Weinlese beschäftigt war, wollte er am folgenden Tage zu Mittag nach Courgis kommen, um mich nach Auxerre mitzunehmen, wo wir in der Frühe des Donnerstags uns auf das Postschiff begeben sollten.

Erst gegen Abend kamen wir in Courgis an, und ich sah meinen Bruder, den Pfarrer, beim Nachtmahl. Er empfing mich mit freundlicher und liebevoller Miene. Nach dem Nachtessen gingen wir zu dem wackeren Monsieur Foynat, dem Schloßkaplan des Herrn Baron von Courgis. Bei dem Kaplan trafen wir ein Fräulein von Courtives, Fräulein von Chablis, eine Fromme namens Schwester Pinon und seine Haushälterin. Diese erhoben sich und küßten ehrerbietig die Hände des eintretenden Pfarrers. Der gute Kaplan lächelte mir freundlich zu, und vom ersten Augenblick an hatte ich ihn liebgewonnen; Treuherzigkeit und Milde spiegelten sich in seinen Gesichtszügen.

Der Kaplan befragte mich nach meiner Lektüre. Ich antwortete ihm, daß ich das ›Leben der Heiligen‹ gelesen hätte.

»Und hast du etwas davon behalten?«

Auf der Stelle zählte ich die verschiedenen Todesarten auf, welche die Märtyrer erlitten hatten.

»Ein ausgezeichnetes Gedächtnis!« sagte Monsieur Foynat zu meinem Bruder.

»Und was hast du sonst noch gelesen?«

»Die Bibel.«

»Die Bibel? Einen Auszug aus dem alten Testament?«

»Die ganze Bibel!« Und ich nannte die heiligen Bücher; als ich mit den Namen der zwölf kleinen Propheten beginnen wollte, rief er überrascht: »Er hat gut gelernt! Gewiß unter Messire Foudriat?«

»Keineswegs«, antwortete mein Bruder, »nur mit meinem Vater; sonst hütete er die Schafe...«

Der Kaplan umarmte mich mit den Worten: »Welche trefflichen Anlagen!« Und zu den frommen Damen gewandt sagte er: »Was sagen Sie dazu, meine Schwestern?«

»Wenn er seine Demut bewahrt, wird er eines Tages ein Heiliger werden«, sagte *Mlle.* de Courtives.

»Ja, wenn...« sagte lächelnd Marguerite vor sich hin. Die beiden anderen frommen Damen versicherten ehrerbietig, daß ich meine Demut wohl bewahren werde.

»Er schlägt nicht aus der Familie«, sagte der Kaplan zu meinem Bruder gewandt, »und dieses Kind wird es weit bringen, wenn man es nicht hindert.«

Am folgenden Morgen hörte mir mein Bruder die Beichte ab, vielleicht nur, um seine priesterlichen Pflichten zu erfüllen. Gegen Mittag kam mein Vater. Wir verließen Courgis gegen drei Uhr.

Fröhlich setzten wir unsere Reise fort. Beim Anblick von Auxerre, das sich amphitheatralisch auf Hügeln erhebt, war ich, der ich bisher nur ärmliche Dörfer kannte, ganz erstaunt und von Bewunderung ergriffen. Wir gingen weiter. Ich hatte noch nie eine Brücke gesehen.

Als wir die Stadt durchschritten, führte mich mein Vater vor die Kathedrale, die mir als ein Werk der Feen erschien. Alle Leute kamen mir hier reich vor und ich fragte in kindlicher Weise: »Hier gibt es wohl nur Herren?« Alle Frauen erschienen mir schön, denn in meiner Kindereinfalt blendeten mich diese gezierten Puppen.

Donnerstag früh fuhren wir mit dem Postschiff weiter. Auf dem Schiff trafen wir eine Pariser Familie mit einem Mädchen meines Alters, das lieblich und hübsch war wie alle Pariserinnen. Sie gefiel mir recht gut. Aber ich bekam die Seekrankheit, als wären wir auf dem Meere gefahren, und konnte nichts essen. So sah sich denn mein Vater gezwungen, das Schiff mit mir zu verlassen. Ich bedauerte dies, denn gleich beim ersten Anblick meiner willfährigen Schönen hatte ich gewisse Wünsche empfunden, die durch ihr köstliches Schuhwerk in mir erregt worden waren.

Wir setzten unsere Reise zu Fuß über Melun fort. Die Umgebung von Paris ist reizend. Voll Vergnügen und Staunen betrachtete ich die prächtigen Häuser zu beiden Seiten der Straße. Allein die herrlichsten Bauwerke erregten keine Wünsche in meiner Seele. Aber in einem jener Parks, die mit ihren Gebüschen und ihrem Wildwuchs die Gebäude umgaben, hätte ich gerne hausen mögen, wenn nur kein Schloß dazu gehört hätte.

Als wir Villejuif, wo wir übernachtet hatten, den Rücken kehrten, gewahrten wir bald ein unermeßliches Häusermeer, das von Dünsten verschleiert war. Ich fragte meinen Vater, was das sei.

»Das ist Paris. Das ist die große Stadt. Man kann sie von hier aus nicht ganz überblicken.«

»Ach, wie groß ist Paris!…Vater, ist es so groß, wie von Sacy nach Vermenton oder von Joux nach Sacy?«

»Ja, mindestens so groß!«

»Ach, und wieviel Menschen werden wohl darin wohnen?«

»So viele, daß selbst die Nachbarn einander nicht kennen und die Leute in einem Hause sich fremd sind.«

Ich sann einen Augenblick nach, dann rief ich begeistert: »Vater, ich möchte dort mein ganzes Leben lang wohnen!«

Mein Vater lächelte und sagte: »Aber du liebst es doch nicht, wenn viele Menschen um dich herum sind.«

»Ja, Menschen, die mich kennen, das stört mich, und ich fühle mich befangen. Hier aber kennt man sich nicht?«

»Nein!«

»Grüßt man sich auch nicht?«

»Nein!«

»Kümmert sich keiner um den andern?«

»Nein!«

»Also würde sich auch keiner um mich kümmern?«

»Nicht im mindesten!«

Außer mir vor Freude rief ich: »Dann gehe ich nach Paris! Dann gehe ich nach Paris!«

Aber wir gingen nicht gleich nach Paris; als mein Vater am Tore von Bicêtre ankam, wo Abbé Thomas wohnte, trat er ein.

Ich empfand keinerlei Scheu in diesem Hause, denn hier sah ich nur Unglückliche, die unter mir standen. Wir besuchten zuerst die Kirche, und ich hörte, wie mein frommer Vater Gott für die glückliche Reise dankte und seinen Segen für mich erflehte.

In diesem Augenblick fesselte ein anderes, mir neues Schauspiel meine Aufmerksamkeit; ungefähr dreißig Knaben in Soutane und Mäntelchen traten ein. Staunend blickte ich sie an und rief in meiner Einfalt: »Ach, sieh nur die kleinen Pfarrer!« Ich hatte noch keine anderen Priester gesehen und hielt die Bezeichnung Priester und Pfarrer für gleichbedeutend.

Nachdem die Knaben der Messe beigewohnt hatten, kehrten sie mit meinem Bruder zurück, den wir erst jetzt ansprachen, weil es ein Grundsatz meines Vaters war, keinen Menschen, am wenigsten seine Söhne, in dringenden Geschäften zu stören.

Ich will an dieser Stelle ein Bild von Abbé Thomas entwerfen. Er war groß, hager, hatte ein längliches Gesicht von dunkler Farbe und eine glänzende Haut; er besaß eine Adlernase und buschige schwarze Augenbrauen. Infolge eines Unfalls war ihm auf der rechten Wange eine nußgroße Geschwulst zurückgeblieben. Er war verschlossen und sehr ungestüm, ohne daß er diesen Anschein erweckte, heißblütig, leidenschaftlich, sinnlich, aber durch seine Frömmigkeit war er stark genug, seine Triebe zu meistern. Da er aber zu wenig entschlossen und zu nachgiebig war, eignete er sich nur für eine untergeordnete Stellung. Allein, man darf nicht vergessen, daß alle seine Vorzüge durch die Religion gehoben wurden, so daß selbst sein Mangel an Klugheit zuweilen der liebenswürdigsten und aufrichtigsten Gutherzigkeit gleichkam.

Wir stiegen nun in den Schlafsaal der Chorknaben hinauf, von dem man eine schöne Aussicht genoß. Von seinen Fenstern aus überblickte man fast ganz Paris. Ich war von den kleinen

Pfarrern, in deren Schar ich eingereiht werden sollte, sehr befriedigt; sie drängten sich um mich und begrüßten mich als ihren Kameraden, doppelt freundlich, da ich der Bruder ihres Lehrers war. Nachdem wir eine kleine Erfrischung zu uns genommen hatten, brachen wir, Vater, Abbé Thomas und ich, nach Paris auf.

Während mein Vater mit meinem Bruder plaudernd zusammen ging, schritt ich hinter ihnen her und betrachtete staunend alles, was sich meinen Blicken darbot. Ich fühlte mich gar nicht schüchtern in Paris, sondern wie in meinem natürlichen Element. Man fragte mich nach allem, was ich gesehen hatte, und ich teilte meine kindlichen Beobachtungen über Läden, Kaufleute und Lakaien mit.

Mein Vater erzählte dann, während ich vor die Tür ging und nach Paris hinüberblickte, wie mein Bruder, der Pfarrer, von meinem ausgezeichneten Gedächtnis überrascht gewesen wäre. Dies freute Abbé Thomas, der hoffte, daß mein leuchtendes Beispiel seine etwas nachlässigen Schüler aneifern werde.

Nachdem wir von einem Spaziergang zurückgekehrt waren, wurde ich nicht an den kleinen Tisch gesetzt, an dem mein Bruder mit seinem Unterlehrer Monsieur Maurice und zwei Knaben speiste, die die rote Mütze trugen, Bruder Nicolas Fagel und Bruder Jean-Baptiste Poquet, sondern an einen der beiden großen Tische zwischen Bruder Edme und Bruder Joseph. Ersterer stammte aus Troyes in der Champagne und war von abschreckendem Wesen, der andere war rothaarig und von rechthaberischem Charakter.

Das Essen, das man mir vorsetzte, mundete mir nicht besonders; es war ein schlechter Mischmasch, in einer Weise zubereitet, die einem verwöhnteren Geschmack nicht zusagen konnte. Dennoch gefiel es mir in Bicêtre. Die enge Freundschaft, die sich zwischen mir und meinem Kameraden Fagel entwickelte, machte mich zwar nicht glücklicher als frühere Beziehungen dieser Art, aber aus andern Gründen. Meine beiden ersten Freunde, grobe Bauernburschen, besaßen kein Zartgefühl; mein neuer Freund dagegen war empfindlich launenhaft und eifersüchtig; dies hat mich alle Qualen einer weiblichen Seele begreifen gelehrt; in gewissem Sinne ein neuer Tiresias, spielte ich die Rolle einer eroberten Geliebten, die in ihren Worten und selbst in ihren Blicken nicht frei und unbefangen ist. Fagel, den ich einmal bevorzugt hatte, peinigte und quälte mich mit dem, was ich gesagt oder dem hübschen Bruder Jean-Baptiste auch nur geantwortet hatte, dessen weiblich zartes Gesicht und rosige Farbe ihn als ein verkleidetes Mädchen erscheinen ließen.

Eines Abends schmollte Fagel, mit dem ich oft nach dem Nachtmahl Schach oder Würfel spielte, mehr als gewöhnlich; er war nicht zum Spiel zu bewegen und antwortete mir nicht. Das machte mir eine unruhige Nacht. Am Morgen sagte ich zu Fagel: »Was habe ich dir getan? Sprich doch, damit ich mein Unrecht wieder gutmachen kann, aber sei mir nicht böse. Ich brauche deine Freundschaft!« Bruder Nicolas blickte mich an, und ich bemerkte Tränen in seinen Augen. Dies rührte mich so, daß ich ihn umarmte.

»Ach!« sagte er, »ich habe das Unglück, eifersüchtig zu sein! Mein lieber Augustin!« (Diesen Namen hatte man mir hier gegeben.) »Ich hasse Bruder Jean-Baptiste, sprich nicht mehr mit ihm!«

»Willst du, daß ich undankbar bin? Ist er nicht gegen mich wie ein brüderlicher Freund? Ich soll undankbar sein?« Ich hielt einen Augenblick inne; dann bemerkte ich, daß Fagel erblaßte... »Nun gut«, sagte ich, »ich werde undankbar sein, um dir keinen Kummer zu bereiten.«

Dadurch wurde unsere Freundschaft besiegelt. Aber ich bat Bruder Joseph, meinen Nachbarn zur Rechten, er möge mich bei Poquet entschuldigen. Dieser ließ mir sagen: »Ich kenne Fagel; Bruder Augustin soll sich um meinetwillen nicht beunruhigen; ich werde ihn immer lieben und auch Fagel.«

Trotz meiner äußersten Abneigung gegen das Laster der Männerliebe wäre es vielleicht um mich geschehen gewesen, wenn nicht von anderer Seite ein Angriff auf meine Tugend unternommen worden wäre.

Eines Tages sandte man uns, Fagel und mich, zur Schwester Oberin, um für unsere Kleider-
kammer, die erschöpft war, eine Unterstützung zu erbitten. Wir fanden sie selbst nicht, aber
an ihrer Stelle eine hübsche Sekretärin. Diese schickte Fagel zur Oberin, die ihn liebte, und
behielt mich bei sich. Sie war eine Brünette von zwanzig Jahren. Sie überschüttete mich mit
hundert Fragen, nach meiner Heimat, nach meinen Eltern. Von Zeit zu Zeit warf sie einen Blick
zur Türe. Sie schien noch etwas zu wünschen und zwang mich, ihr ins Gesicht zu sehen; als
sie sah, daß meine feurigen Augen die Schüchternheit meines Wesens Lügen straften, dachte
sie sich ... die Wahrheit.

Sie blickte schnell noch einmal nach der Türe, drehte sich mit einer lebhaften Bewegung
um und breitete freudig erstaunt die Arme aus. Dann setzte sie sich, zog mich zu sich und
sagte: »Wer kämmt dich?« – »Eine Stiefschwester.« – »Ist sie jung? Ist sie hübsch?« – »Nein, meine Schwester.« – »Nein, meine Schwester, nein, meine Schwester ... Schnell, ich will dich käm-
men.« –

Ich kniete vor ihr nieder. Schwester Melanie drückte mein Gesicht zwischen ihre Schenkel.

»Ist sie älter als ich?« – »Ach, meine kleine Schwester, Sie sind doch so jung!« – »Ach was,
meine kleine Schwester, meine kleine Schwester!« sagte sie erregt. »Ist sie hübscher?« – »Sie
sind die schönste Schwester!« – »Ah, mein kleiner Mann! ...«

Ihre Erregung steigerte sich. Ein unwillkürlicher Trieb, den meine Erfahrungen unterstütz-
ten, hieß mich aufstehen und ihren Hals umschlingen. Ich drängte sie zu dem hübschen Bett.

»Ah, der kleine Kerl!« rief sie lächelnd und wich selbst zurück, »was will er denn?« Ich war
entzückt. »Was will er denn: Was sucht er denn nur?«

Das war die ganze Verteidigung der Schwester Melanie ... Sie erreichte ihr Ziel und erstickte
mich mit ihren Zärtlichkeiten. Als ich die Besinnung zu verlieren schien, reichte sie mir einen
belebenden Trank. Kaum hatte ich ihn zu mir genommen, als Fagel eintrat. Wir gingen zusammen weg und unterwegs bemerkten wir, daß wir von demselben Elixier genossen hatten. Aber
er war verschwiegen, und ich war es auch.

Man hatte uns den Bescheid gegeben, wir sollten in vierzehn Tagen wiederkommen. Da
wir zu lange ausgeblieben waren, gab man uns diesmal den jungen Poquet mit, der bei den
Schwestern ebenfalls sehr beliebt war. Bei unserer Ankunft sagte man uns, die Oberin und ihre
hübsche Sekretärin Melanie seien bei Schwester Saint-Augustin, die diesen Teil der Anstalt
leitete. Ich weiß nicht, ob Melanie gesprochen hatte.

Die Oberin entführte Fagel, Schwester Augustin nahm Poquet mit sich, und ich blieb allein
mit Melanie und der blonden Rosalie, der fünfzehnjährigen Gehilfin von Schwester Saint-Augustin. Rosalie verschlang mich mit den Augen. »Was! Er?« sagte sie zu Melanie. – »Ja, er!« –
»Ah, mein Gott! ... Vor dem braucht man keine Angst zu haben!« – »Gewiß nicht, das ist ein
hübscher Zeitvertreib!« – »Oh, Zeitvertreib?« – »Wahrhaftig! Du willst wohl die Dumme spielen? Als ob ich dich nicht kennte!« – »Und die Oberinnen?« – »Ach, die haben auch einen, um
sich zwei Stunden lang ...« (Sie lachte schallend.) – »Also vorwärts! – Was machen wir denn?«
Melanie sprach leise mit ihr. »Ah, ich soll anfangen? – Für ein Mädchen vom Krankenhaus
bist du sehr bedenklich!«

Rosalie kam auf mich zu mit einem so freien Wesen, wie ich es seitdem nur noch einmal
gefunden habe, und zwar am 26. Mai 1756 bei der Macé ... Wir wurden beinahe von den beiden
Oberinnen überrascht, aber Melanie, die die Wächterin machte, hielt sie einen Augenblick vor
der Türe fest ... Man gab uns dreien von dem Trank und wir kehrten zurück ... Für einen kleinen
frommen Jansenisten war meine Moral etwas locker! Aber ich hatte ja die Gelegenheit nicht
gesucht, und daß ich den ersten Glücksfall genutzt, war rein zufällig ... Übrigens darf man nicht
denken, daß meine Kameraden dasselbe taten wie ich: das waren Kinder, die man liebkoste, für
das andere waren sie noch zu zart.

Abbé Thomas verehrte die Oberin wie eine Heilige, und sie war doch nur eine Heuchlerin;
Abenteuer wie dieses aber beweisen, daß diese frommen Anstalten nichts anderes sind als ein
Abgrund von Scheinheiligkeiten und Verderbnis ...

Erzbischof Gigot de Bellefons war gestorben. Kurze Zeit darauf wurde Monsieur Cristoph de Beaumont auf den Bischofssitz von Paris erhoben. Gleich nach seiner Installation erklärte er den Jansenisten den Krieg. Als der neue Rektor unser Institut besuchte, fühlte Abbé Thomas, daß nun hier nicht mehr lange seines Bleibens sei; er bereitete sich darauf vor, seinen Platz zu verlassen. Da die Jansenisten mächtige Gönner hatten, wurde man über die Schritte des Erzbischofs unterrichtet. Abbé Thomas schickte während der nächsten acht Tage alle Zöglinge, die Kinder frommer Eltern waren, in ihre Heimat zurück. Auch mein teurer Fagel ging, und ich war untröstlich über seinen Verlust. Bruder Jean-Baptiste kam, um mich zu besänftigen; durch das große Bogenfenster blickten wir dem Wagen Fagels nach und schluchzten. Noch waren zwei Freunde vereint; übermorgen blieb ich allein, wenn Poquet abreiste.

Mein Bruder wurde am siebenten Tage nach dem Besuch des Rektors davon benachrichtigt, daß der Befehl zur Vertreibung der Jansenisten ausgegeben worden sei. Er war so klug, dem zuvorzukommen.

Er verließ mit seinem Gehilfen Maurice und mir das Haus, als ob er einen Spaziergang unternehme. Aber ein Wagen brachte uns nach Vitry und in Sicherheit vor den Verfolgern.

Mich ließ man nach einwöchigem Aufenthalt in Vitry zu meiner Schwester Marie Beaucousin nach Paris bringen. Der Lehrer und sein Gehilfe trennten sich, um sich nie wiederzusehen. Ich war ernst geworden; innerlich von meiner Vortrefflichkeit überzeugt, denn ich war verfolgt worden um der Wahrheit willen. Ich betrachtete mich als einen kleinen Bekenner Jesu Christi und kam mir vor wie ein Märtyrer.

Während ich in Paris weilte, betrachtete ich zitternd vor Begierde die hübschen Mädchen, die zu meiner Schwester kamen. Man glaubt nicht, was für ein Draufgänger ich geworden war!

Eine verheiratete Frau, Madame Bossu, die wollüstig herausgeputzt war, hatte mir die Sinne derart entflammt, daß ich sie in ihrem Zimmer überfiel und umarmte, bevor sie Licht machen konnte. Ich bemerkte, daß sie selbst Lust bekam, aber dann stieß sie mich doch von sich, indem sie sagte: »Wenn du nicht artig bist, werde ich es deiner Schwester sagen!« Aber sie sagte nichts, obschon ich nicht lange artig blieb.

Noch lebhafter blieb der Eindruck, den mir eine andere machte, eine junge, hübsche Mulattin, die Zimmermädchen bei einer Amerikanerin war, und deren süßes Gesicht eines der verführerischsten war, das ich je im Leben gesehen habe. Es war etwas ganz Neues für mich. Sie bemerkte bald, daß sie mir gefiel.

Eines Tages, als ich mit ihr allein war und las, kam sie zu mir und blickte mir über die Schulter ins Buch. Ein göttliches Lächeln, das durch ihre dunkle Hautfarbe noch reizender wurde, drang mir bis ins Herz, denn es erinnerte mich an eine schwarze Schöne, die ich auf einem alten Bilde ›Toilette Esthers‹ gesehen hatte. Den Mund halbgeöffnet schlug ich lächelnd die Augen zu ihr auf; sie meinte, ich begehre einen Kuß und drückte ihre glühenden Lippen auf die meinigen. Das versetzte mich in volle Glut! Ohne mich als Bekenner Christi zurückhalten zu lassen, eine Eigenschaft, die mir seit einiger Zeit eine gewisse Würde verlieh, erlaubte ich mir allerhand Freiheiten. Esther leistete mir keinen Widerstand, sie lächelte nur und sagte: »Mein kleiner Weißer! Mein kleiner Weißer! Ich nur die Weißen liebe, nicht die Schwarzen. Willst du kommen mit mir?« Ich erwiderte, daß ich nicht mitgehen wolle, daß aber meine Schwester und mein Schwager nicht vor einer halben Stunde zurückkämen. Da sah ich Esthers Augen funkeln, und wie eine Rasende stürzte sie sich auf mich... Ich war nicht unerfahren, aber Esther war mir überlegen und vor allem sehr leidenschaftlich.

»Mein kleiner Weißer!« sagte sie, »du bekommen meine Erstlinge, weil deine Schwester ist so hübsche Frau und ich sie haben lieb; später werden mich großer Schwarzer heiraten, wenn er will...«

Auf schlüpfrige Einzelheiten werde ich hier nicht eingehen, geschieht es jemals, so gebietet es der Zweck... Ich will nur sagen, daß ich nach verschiedenen Versuchen erreichte, was sie wünschte. Der Unfall, der mir stets zustieß und den die hübschen Schwestern von Bicêtre besonders gern hatten, befiel mich auch diesmal und zwar sehr heftig. Ich wurde ohnmächtig. Die hübsche Schwarze erschrak und lief davon. Ich erholte mich aber, bevor meine Schwester nach Hause zurückkehrte und brachte alles wieder in Ordnung. Ich empfand Gewissensbisse und bat mit Tränen in den Augen Gott um Verzeihung...

Einer Aufforderung des Pfarrers von Courgis folgend, kehrte Abbé Thomas in seine Diözese heim. Teils zu Fuß, teils im Wagen legten wir den Weg nach Auxerre zurück, wo wir an einem Sonntag ankamen. Abbé Thomas begab sich ins Kleine Seminar, wo er als ein Bekenner Jesu Christi empfangen wurde. Man gab ihm ein hübsches Zimmer und auch mir wurde eine kleine Kammer zugewiesen. Am nächsten Tage ging ich mit Marguerite Paris, der Wirtschafterin des Pfarrers, die mich abholen kam, nach Courgis.

Ich beginne damit einen neuen Abschnitt meines Lebens, in dem sich die erste Entwicklung meiner Leidenschaften wahrhaft zeigen wird, eine wichtige Epoche, die ohne Zweifel mein ganzes übriges Leben bestimmt hat.

3

Meine Neigung zu den Frauen war längst kein Geheimnis mehr für mich. Hatte Marie Fouard mein Herz schon gefesselt, so hatte ich bei ihr doch nur an eine Heirat gedacht, wie sie auf dem Lande üblich ist. Nannette hatte nur meine Sinne entflammt, Julie auch meine Seele besessen; bei Ursule hatten vorwiegend verwandtschaftliche Gefühle sich geregt; Edmée Boissard war von mir bewundert worden; Melanie und Rosalie hatten meine Sinnlichkeit erregt; bei Esther hatte mich das Neuartige dieses Erlebnisses gereizt; in Courgis aber sollte ich die wahre Liebe kennenlernen. In diesem Flecken entwickelte sich der Mann in mir zu seiner vollen Stärke. Ich war sanft, zaghaft, aber zu leidenschaftlich, um treu zu sein.

Schon dreiundeinenhalben Monat lebte ich in Courgis, Ostern war nahe, und noch immer hatte ich unter den jungen Mädchen keine gesehen, die mich Julie hätte vergessen lassen. In diesem Zeitraum hatte sich mein Körper vollständig entwickelt, und meine Phantasie, welche durch das Bewußtwerden der Manneskraft entzündet war, arbeitete mehr als je.

Da sie noch rein war, schuf sie sich ein liebenswertes Vorbild, dem sie alle Vollkommenheiten des Geistes und des Herzens verlieh, und hielt es mir unaufhörlich als die Quelle meines Glückes vor. Dieses Vorbild glich keiner der weiblichen Gestalten, die bisher in mein Leben getreten waren; aber es hatte etwas von Marie Fouard, etwas von Julie Barbier, etwas von Edmee Boissard, etwas von Ursule Simon und besonders etwas von einer neuen Schönheit aus Laloge, Marie-Jeanne; allein es war vollkommener als jede von diesen.

Am Osterfeste ward meine Seele erregt durch die Erhabenheit der Feierlichkeiten. Die jungen Mädchen trugen ihre schönsten Kleider, das Gotteshaus war mit Weihrauchduft erfüllt; das Hochamt, von Diakon und Subdiakon (dem Kaplan und Abbé Thomas) zelebriert, war von imposanter Majestät; ich befand mich in einer Art Rausch.

Die jungen Kommunikantinnen schritten bei der Wandlung an mir vorüber, und als die hübscheste unter ihnen erschien mir eine junge Nolin, frisch und blühend wie eine Rose, die Tochter einer hübschen Frau namens Chevrier, und ein anderes junges Mädchen, ein Patenkind und Kusine von Marguerite, namens Marianne Taboue.

Ihr Anblick ließ mich vor Wonne erschauern, denn sie kam meinem Ideal am nächsten. Als der Augenblick der Kommunion herangekommen war und die Männer sich zurückzogen, um den Frauen und Mädchen den Platz einzuräumen, bemerkte ich unter ihnen eine, die ich noch nicht gesehen hatte und die alle anderen übertraf. Sie war bescheiden, schön, groß; sie offenbarte ein jungfräuliches Wesen, ihre Wangen waren von zarter Farbe, deren Wirkung sich durch künstliche Mittel nicht erreichen läßt und die ihre Unschuld nur noch mehr hervortreten ließ. Sie war gewachsen wie eine Nymphe, geschmackvoller gekleidet als ihre Gefährtinnen, und außerdem besaß sie für mich einen allmächtigen Reiz, dem ich niemals widerstehen konnte, einen schönen Fuß.

Ihre Haltung, ihre Schönheit, ihr Geschmack, ihr Putz, ihr jungfräuliches Antlitz, alles dies zeigte mir das angebetete Gebilde meiner Phantasie in lebendiger Wirklichkeit. »Das ist sie! Sieh da!« sagte ich laut vor mich hin, denn ich dachte zu lebhaft, um es nicht auszusprechen. Sie bemächtigte sich meiner ganzen Aufmerksamkeit, meines ganzen Herzens, meiner ganzen Seele, aller meiner Gedanken, aller meiner Wünsche; ich sah nichts mehr als nur sie…Ich wußte ihren Namen nicht.

Die Messe ging zu Ende. Ich entfernte mich. Die himmlische Schönheit ging einige Schritte vor mir. Marguerite Pâris ging zu ihr und sprach sie an: »Guten Tag, Mademoiselle Rousseau!« Und sie umarmte sie, indem sie fortfuhr: »Meine liebe Jeannette, Sie sind an Leib wie an Seele ein Engel…Waren Sie nicht bei der Kommunion?« – »Ich habe meine Großmutter besucht«, antwortete eine Stimme, die ebenso süß war wie dies schöne Antlitz.

Diese Jeannette Rousseau, dieser Engel hat, ohne es zu wissen, mein Schicksal bestimmt. Ich habe alles getan, um dieses Mädchen zu verdienen, das ich niemals besessen, niemals gesprochen habe; sein Name läßt mich Sechzigjährigen noch erbeben, nach sechsundvierzigjähriger

Trennung. Ich habe es dennoch nie gewagt, mich nach ihrem Schicksal zu erkundigen, aber ich bete sie noch immer an...

Ich ging jeden Tag in die Kirche; meine Augen suchten nur Jeannette; ich war glücklich, wenn ich sie erblickte. Wenn sie einige Tage nicht kam, wurde ich mutlos und mein Lerneifer ließ nach. Ich verlor meine innere Sammlung und spielte lieber mit meinen Kameraden, meine Gedanken wurden weniger keusch.

Andere junge Mädchen erregten in mir keine zärtliche Neigung, sondern weckten meine Begierden, wie es Nannette aus Percy-le-Sec getan hatte; meine entzündete Phantasie verirrte sich in Gedanken der Genußsucht... Aber Jeannette erschien wieder, und wie eine strahlende Sonne verscheuchte sie alle unreinen Vorstellungen und ließ in meiner Seele nur ein einziges zärtliches, lebhaftes, ungestümes Gefühl, das aber rein war wie ihr Herz; mein Geist fühlte sich angefeuert und ich schämte mich, in meinen guten Vorsätzen nachlässig gewesen zu sein...

War ich lange ihres Anblicks beraubt, so brauchte man nur in meiner Anwesenheit ihren Namen zu nennen, um meinen Eifer anzuspornen. Sehr oft sprach Marguerite Pâris, die Mademoiselle Rosseau sehr liebte, von ihr.

Während meines Aufenthaltes in Courgis führte ich öfters für meine Brüder Aufträge auf dem Lande aus. Außerdem gingen wir jeden Sonntag in der Frühe nach Saint-Cyr, um für die ganze Woche das Fleisch einzukaufen. Von all den kleinen Ausflügen, die ich unternahm, war mir der nach Saint-Cyr der liebste. Im Winter machte ich ihn am Samstagnachmittag und beschloß damit die Arbeit der Woche, aber im Sommer brach ich Sonntags um zwei Uhr in der Frühe auf. Wenn ich Courgis verließ, sah ich Aurora die Pforten des Tages öffnen. Ich mußte ein tiefes, aber schmales Tal durchschreiten, in welchem der Vater Jeannettes Pappelbäume stehen hatte. Ich liebte diese großen Bäume leidenschaftlich, denn sie gehörten Jeannette. Ich begrüßte sie, denn sie erinnerten mich an sie. In diesem Augenblick, der die tiefste Schönheit des Tages enthüllt, erhob sich die Sonne über den Rand des Horizonts und wandte mir ihr strahlendes Antlitz zu. Bebend, erregt, sank ich auf die Knie und rief: »Oh, Sonne! Wie bist du schön!« Unbeweglich verharrte ich so einige Augenblicke...»Ach, wenn Jeannette hier wäre! Dann sähe ich hier das Schönste, das es auf der Welt gibt!«

Ein anderer Ausflug, den ich häufig unternahm, angenehmer noch als der nach Saint-Cyr, war der in mein väterliches Haus. Ich liebte und schätzte meine Eltern und wurde von ihnen wiedergeliebt, die Liebe, die Jeannette mir einflößte, beeinflußte diese Gefühle nicht; sie, die Quelle aller Tugenden, konnte nur solche wieder in mir erregen.

Auf einem dieser Ausflüge hatte ich ein Abenteuer mit einer Nachbarin von La Bretonne, ein Abenteuer, das ich nicht verschweigen kann, obwohl es mir den Vorwurf zuziehen muß, ›unmoralisch‹ zu sein, ein Wort, das ich neuerdings von allen Seiten höre, aber ich will aufrichtig oder gar nicht sein.

Ich erwähnte schon einmal das Mädchen Marguerite Mine, die in dem letzten Hause des Fleckens nahe bei La Bretonne wohnte. Wir hatten immer gute Nachbarschaft gehalten. Als ich einmal mehr als acht Tage in Sacy weilte, um mir einen neuen Anzug machen zu lassen, sah ich Marguerite. Man hatte mir erzählt, daß sie einen ehemaligen Soldaten namens Covin heiraten werde; er war ein großer, stattlicher, drolliger Bursche, der gut zu erzählen verstand. Marguerite war hübsch; Monsieur Covin nahm sie nur aus Liebe, denn er war reicher als sie, sie besaß nämlich für einhundertzwanzig Livres bebaubares Land, er aber für sechshundert Livres. Covin besaß außerdem sein Haus und einen Garten. Er war daneben noch Weber; seine Frau sollte ihm bei der Arbeit helfen. Als ich sie traf – es war zwei Tage vor ihrer Hochzeit – war sie voller Freude und Hoffnungen.

»Guten Tag, Marguerite! Du willst also heiraten?« – »Ja, Monsieur Nicolas!« – »Bist du sehr zufrieden?« – »Ich bedaure es nicht!« – »Marguerite...Erinnerst du dich, wir sind doch immer gute Freunde gewesen?...« – »Ja, Monsieur Nicolas, und sind es noch.« – »Würdest du mir wohl einen Wunsch erfüllen?« – »Gern, Monsieur Nicolas; ich bin ja deine nächste Nachbarin!« – »Du wirst dich verheiraten; dann wirst du wissen, was die Ehe ist...willst du es mir dann sagen?« –

»Einem andern würde ich es nicht sagen«, antwortete Marguerite, »aber dir will ich es erklären.«
Wir sprachen dann von etwas anderem.

Marguerite sollte übermorgen heiraten, in schwarzem Kleide, denn auf dem Lande ist es
üblich, daß das Hochzeitskleid ohne irgendeine Veränderung auch als Trauerkleid verwendet
wird, wenn einer der Gatten stirbt; der ganze Unterschied besteht darin, daß das Hochzeitskleid
mit Bändern und einer rosafarbenen Gürtelschleife geschmückt ist. Ich sah Marguerite als Braut
und fand sie sehr hübsch.

Dies war dienstags, ich sollte bis zum folgenden Mittwoch in Sacy bleiben. Am Sonntag
holte man in La Bretonne das Heu von den Wiesen herein, und es war Sitte, daß man dazu die
Jugend einlud. Diese Feier fand am Sonntag nach der Vesper statt, die der gute Pfarrer etwas
früher als sonst begonnen und beendet hatte.

Meine Mutter hatte während der ganzen Woche alles vorbereitet und tischte Rahm und Galotes auf, ein kleines Backwerk aus Teig, der in Milch geknetet und dann in einer Art Brühe
gekocht worden war. Ein vorzügliches Mahl, das satt macht, denn bei uns auf dem Lande war
man immer gut bei Hunger.

Auch Marguerite kam, und ich leistete ihr treulich Gesellschaft. Als die Arbeit beendet war,
brachte ich ihr einen Napf mit Milch und eine Schüssel voll Galotes, und ich setzte mich an
ihre Seite in einen Speicher; sie aß und wir plauderten. Ich wiederholte ihr meine Bitte, und sie
erwiderte mit einer Unschuld, die mich noch heute in Erstaunen setzt: »Gern, denn ich habe
dich immer lieb gehabt; aber du bist nicht für mich, ich bin nicht für dich. Schau nach, ob
niemand im Speicher ist!« – »Niemand; die Burschen und Mädchen und auch dein Mann sind
beim Essen!« Wir waren in einem versteckten Winkel. »Ich will dir alles erklären!« sagte sie.

(Ich bin sicher, daß sie alles in vollkommener Unschuld tat; aber ich mit meiner erheuchel-
ten Unwissenheit, meiner Frömmigkeit und mit einer andern Liebe im Herzen war dreifach
schuldig.)

Ich erwartete, daß sie mir mündlich eine ins einzelne gehende Schilderung geben würde,
aber Marguerite fing an, mich praktisch in alles einzuweihen. Ich war sehr überrascht, und
meine Sinnlichkeit flammte auf. So wurde ich mit den Anfangsgründen der Verderbnis vertraut gemacht, indem ich mich Schritt für Schritt auf die Laufbahn der Wollust führen ließ.
Marguerite ging von Einzelheit zu Einzelheit bis ans Ende, das für mich glücklicher war als
in einem der anderen Fälle. Ich war außer mir vor Freude, und ich dachte dabei (wird man es
mir glauben) an Jeannette. »Nun bin ich endlich Mann! Und ich brauche nicht mehr vor mir
selbst zu erröten!« Rosalie und Melanie hatten mich nämlich verspottet, obwohl ihnen mein
Unfall nicht unerwünscht war.

Ich konnte indessen nur diese eine Lektion erhalten. Wir trennten uns, sie ging durch den
Garten weg, ich über den Hof. Sie kam eben in dem Augenblick zu ihrem Gatten zurück, als er
sich, gesättigt, wegen ihrer Abwesenheit beunruhigte. Marguerite sagte, sie habe mit mir noch
etwas in Ordnung zu bringen gehabt und schon gegessen.

Indessen hatte ich nicht ganz das Vergnügen genossen, das man sich etwa vorstellt: die Er-
schütterung war noch zu heftig, und das, was ich empfunden, dem Schmerz noch zu ähnlich.
Diese Akte frühzeitiger Mannbarkeit trieben mich nicht in ein Wüstlingsleben; ich glaube, daß
sie mich vielmehr davor zurückhielten. Ich fand die Frauen nicht minder begehrenswert, aber
mein Herz war mehr in Anspruch genommen als die Sinne, besonders Jeannette gegenüber, in
der ich nie das Weib geliebt, sondern die ich angebetet habe wie eine Göttin. Nicht Liebe allein
flößte sie mir ein, sondern auch Zärtlichkeit, Ergebenheit, Anbetung.

Indessen flößten mir, wie man bald sehen wird, auch andere Frauen als Jeannette Begierden
ein (oder vielmehr, Jeannette flößte mir keine Begierden ein; anwesend, erfüllte ihr Anblick
meine Seele ganz; war sie abwesend, ersehnte ich nur ihren Anblick). Meine heftigsten Wünsche
richteten sich auf ein Weib, das ich stets vor Augen hatte: sie war die erste, die mich eine
tiefe Reue kennen lehrte. Ja, ich empfand das quälende Gefühl, das uns martert, wenn wir uns
Ausschweifungen hingegeben haben, die durch eine große, lebhafte Leidenschaft hervorgerufen
werden. Aber die Sinnlichkeit riß mich mit sich fort. Mein letztes Abenteuer in Sacy hatte

meine Organe zu voller Entwicklung gebracht und die Richtung meiner Gedanken bestimmt. Ich litt, ich fieberte, ich war aufgewühlt von den Stürmen der Leidenschaften.

In dieser Zeit der Gärung hatte der Abbé Thomas zufällig ein Kästchen offen gelassen, in dem er einige Bücher wie den lateinisch-französischen Phädrus, Tibull, Catull, Martial, Ovid, Juvenal und andere Autoren zu verschließen pflegte. Ich griff zu und erwischte daraus... Terenz. Ich versteckte mich während der Erholungsstunden und las diesen Autor. Er bereitete mir großes Vergnügen. Ach, welch ein Unterschied zwischen den Erbauungsschriften, die ich bisher gelesen, und diesen kecken, kühnen Komödien eines Sohnes des alten Rom! Ich las, ich verschlang drei Akte des ersten Stückes ›Andria‹. Ich fand darin meine Gefühle für Jeannette geschildert; ich bewunderte die Ungezwungenheit und Natürlichkeit, die sich mir hier bot, denn, die Bibel ausgenommen, hatte ich bisher nichts als einfältigen Schwulst oder idealisierte Schilderungen gelesen. Ich war überrascht, bestürzt durch diese schöne Natürlichkeit. Eine neue Welt erschloß sich mir und enthüllte mir die Schönheiten des reinsten Lateins. Indem ich Terenz las, betete ich ihn an. Ich bewunderte sein Genie und fragte mich, wie der menschliche Geist solches zu schaffen vermöge.

Am nächsten Tage nahm ich heimlich wieder meinen göttlichen Terenz vor und las weiter. Meine Bewunderung steigerte sich mit meinem Interesse für das Drama. Eine edle Begeisterung entflammte mein Herz. »Ich werde es ebenso machen!« rief ich, »studieren wir! Ja, wenn ich ein solches Stück geschaffen hätte, so brauchte ich mich nicht mehr zu schämen und nicht mehr schüchtern zu sein. Ich würde die Eltern Jeannettes aufsuchen und ihnen sagen: Seht, dies habe ich vollbracht! Ich bitte euch um eure Tochter, die ich liebe, wie Pamphilus seine Glyceria liebte. Sie wird glücklich sein mit mir, denn ich werde sie anbeten und euch Ehre machen!«

Diese edlen Gedanken erfüllten mich derart mit Begeisterung, daß ich nichts sah und nichts hörte und nicht bemerkte, daß Abbé Thomas sich mir von hinten näherte. Er sah, daß ich las, erkannte seinen Terenz, den ich nicht von ihm erhalten hatte, riß mir das Buch aus den Händen und rief: »Was! Du hast die Bücher gefunden, die ich wegschließe!« Er nahm das Buch mit, während ich, starr vor Schmerz, meinen angebeteten Autor entführt sah, das Vorbild, das mir den Weg weisen sollte. Man entzog mir einen Gegenstand, der mir das lebhafteste Interesse einflößte, da der Dichter alle meine Leidenschaften angeregt hatte. Ah, wie ungeschickt war Abbé Thomas! Wie wenig kannte er das menschliche Herz! Hätte er mich die Lektüre der ›Andria‹ beenden lassen, so wären meine Wünsche nicht unbefriedigt geblieben.

Dies erinnert mich an einen Fall, der sich unter meinen Augen zutrug: eine unvorsichtige Mutter, die die ›Liaisons dangereuses‹ hatte herumliegen lassen, ertappte ihre Tochter bei der heimlichen Lektüre dieses abscheulichen Romans und nahm ihn ihr, die mitten im dritten Bande war, ab.

Die eben fünfzehnjährige Tochter wünschte mit aller Heftigkeit, daß ein Mann von fünfundvierzig Jahren von ihr die letzte Gunstbezeugung erlange, unter der Bedingung, daß er sie in den Künsten der Liebe unterweise. Sie führte ihre Absicht aus. Ihr Wunsch erfüllte sich, sie war erschüttert, entsetzt, als sie sich ihres Vergehens bewußt wurde, und wenig fehlte, so hätte sie sich selbst den Tod gegeben. O Mütter, seid vorsichtig! Ich sah mit tiefem Schmerz, wie die Scheinheiligkeit meinen geliebten Dichter in das verhängnisvolle Kästchen einschloß. Tag und Nacht träumte ich nun von ihm. Ich wußte nichts von der weiteren Entwicklung und vom Ausgang des Stückes. Ich verschmolz die Geschichte Jeannettes mit der Glycerias und die Leidenschaft des Pamphilus rechtfertigte die meinige...

Es gab in unserer Pfarre zwei wohlhabende und fromme Mädchen, die man ›Schwestern‹ nannte, weil sie unentgeltlich die Mädchenschule leiteten und die armen Kranken besuchten. Schwester Droin, die eine von ihnen, erzählte einmal Marguerite Pâris, daß ich während der Predigt fortwährend zu Mademoiselle Rousseau hinüberblicke. Die gütige Marguerite teilte es mir mit und versicherte mir, daß auch andere Leute dasselbe beobachtet hätten. Ich errötete, dann erblaßte ich; in diesem Augenblick fürchtete ich nicht so sehr, daß meine Brüder es erfahren könnten, als daß man Jeannette hinterbringe, ich wage es, die Augen zu ihr zu erheben.

Ich war vollkommen entwickelt; die zwar nicht ständige, aber doch ziemlich häufige Betätigung meiner Mannbarkeit hatte mir Erfahrung gegeben und meine Sinnlichkeit glühend gemacht. Oft blieb ich eine ganze Woche lang ohne den Anblick meiner vergötterten Gebieterin, die allein mir die Liebe zur Tugend einflößte; wenn ich mittags die Glocke läuten ging und an ihrem Platz in der Kirche vorüberkam, entflammte meine Phantasie sich für sie, aber kehrte ich ins Haus zurück, so sah ich Marguerite, die zwar vierzig Jahre alt, doch noch frisch wie eine Jungfrau war, oder vielmehr wie ein Mädchen, das ein sorgenloses Dasein gelebt und keinen Mangel gelitten hat.

Übrigens weiß man, daß dieses Alter der Frauen die Begierden junger Leute in der Zeit ihrer geschlechtlichen Reife stets anlockt. Es scheint sogar, daß die Natur sie mit Vorliebe zu reifen Frauen drängt, nicht um dort zärtliche Liebe zu suchen, sondern nur Genuß.

Marguerite Pâris war gut gebaut, sauber an sich und in allem, was sie tat; sie frisierte sich mit Geschmack und ebenso wie Mademoiselle Rousseau; sie trug Schuhe aus Paris und sie waren zierlich wie die der dortigen hübschen Frauen. Auch ihre Hausschuhe waren gut gemacht und hatten hohe Absätze.

Am Tage des Himmelfahrtstages trug sie neue weißbestickte Pantoffel aus schwarzem Maroquin mit hohen Stöckeln, die den Reiz ihrer Beine noch erhöhten. Bekleidet waren sie mit feinen Baumwollstrümpfen, die blaue Zwickel hatten. Meine Augen hingen an den hübschen Füßen Marguerites; ich vermochte sie nicht abzuwenden... Es war sehr heiß; nach der Vesper kleidete sich die Wirtschafterin um und trug nun ein weißes Kleid. Ihr kurzer Rock ließ mich ihre Waden sehen. Ich befand mich in demselben Zustand, in den mich vor vier Jahren Nannette bei Madame Rameau versetzt hatte; er war noch entscheidender, da ich das Alter, in dem sich die Stimme bricht, hinter mir hatte; ich brauchte schon das Rasiermesser...

Marguerite bemerkte die Aufmerksamkeit, die ich ihr widmete, und dieses gute Mädchen fühlte sich dadurch geschmeichelt. Sie wußte, daß eine Leidenschaft in meinem Herzen wohnte; sie betrachtete dies als ein Unglück für mich und fürchtete, ich könne in meiner Anbetung für die Tochter ebenso leiden, wie sie in ihrer Liebe für den Vater gelitten hatte. Eine Ablenkung schien ihr von Vorteil für mich und sie nahm es nicht übel, daß sie es sein sollte, die dazu beitrug.

Wir waren allein; meine Kameraden spielten; Abbé Thomas war beschäftigt; ich studierte an dem kleinen Tische, der am Fenster stand. In meiner nächsten Nähe reinigte Marguerite Salat; sie hatte die Beine übereinandergeschlagen, so daß ich bis zu den Waden ihre Beine sehen konnte; einer ihrer hübschen Pantoffel baumelte an ihrer Fußspitze. Meine erhitzte Phantasie, meine entflammten Sinne ließen mir keine Ruhe auf meinem Platz... Ich konnte dem unwillkürlichen Drang nicht mehr widerstehen, sei es, daß die Natur eine notwendige Erleichterung herbeiführte, sei es, daß der Reiz allein sie veranlaßte. Ich erhob mich in einer glühenden Trunkenheit der Sinne, ich ging auf Marguerite zu... Sie erschrak nicht. »Mein liebes Kind,« sagte sie sanft, »was hast du denn? Nun, nun, was ist dir?«

Ich erwiderte nichts, aber ich umklammerte ihre Hände und preßte sie in den meinen, ohne etwas weiteres zu unternehmen. Sie geriet in Verwirrung, als sie meine starren Blicke sah. »Monsieur Nicolas, ist dir nicht wohl? Ich will dir Wasser bringen.«

Ich hielt sie fest, ohne ihr zu antworten, und drückte sie in meinen Armen, daß sie fast erstickte. Sie fürchtete, ihr Widerstand werde meine Anstrengungen noch verdoppeln und sie preßte mich an ihre Brust... Mir schwanden die Kräfte, es wurde dunkel vor meinen Augen, meine Arme sanken wie gelähmt herunter; hätte Marguerite mich nicht aufgefangen, so wäre ich zu Boden gestürzt.

Es war dies das erstemal, daß ich einen solchen Anfall erlitt, ohne daß eine fleischliche Vereinigung stattgefunden und ohne daß ich das Bewußtsein dabei vollständig verlor. Höchst zufrieden mit mir sagte ich: »Endlich bin ich Mann geworden!« Und der Gedanke an Jeannette war das vorherrschende Motiv meiner Freude, denn ich sagte mir: »Nun könnte ich der Gatte Mademoiselle Rousseaus werden!«

Ich erholte mich von meiner heftigen Erregung, und da Marguerite mich wieder ruhiger werden sah, machte sie mir Vorwürfe, obschon sie (ich bildete es mir wenigstens ein) nicht alles wußte, was mir widerfahren war. Ich entgegnete ihr, ich müsse in einer mir unbegreiflichen Verwirrung gehandelt haben, ich sei ganz außer mir gewesen und habe ihr nicht mit Absicht weh tun wollen.

Meine Worte schienen sie zu überzeugen, und sie fragte mich mit einem sanften Lächeln: »Was hat dich denn in diesen Zustand versetzt?« – In meiner Unschuld antwortete ich: »Es muß wohl der Anblick Ihres Pantoffels und Ihres Beines gewesen sein, denn ich konnte meine Blicke nicht davon abwenden, und so bekam ich den Anfall; es war, als wenn eine Schlange einen Vogel mit ihrem Blicke fesselt; er fühlt die Gefahr und kann doch nicht fliehen.« – »Aber wenn du doch Jeannette Rousseau liebst?« ... Dies Wort war ein Blitzschlag für mich. Ein kalter Schauer überlief mich; wie erstarrt ging ich davon. Und ich errötete über das, was ich getan, ohne daß ich es eigentlich gewollt.

Dieser Maria-Himmelfahrtstag bildete einen neuen Abschnitt in meinem Leben. Nach diesem Anfall, dem ersten, den ich mit vollem Bewußtsein erlebte, liebte ich Jeannette reiner und ohne von ihren Gunstbezeugungen zu träumen; ich liebte sie und suchte keine andere Wonne als diese Liebe. Aber nach acht Tagen der Selbstbeherrschung flößten andere Frauen mir wieder Wünsche und Begierden ein. Marguerite war ständig vor meinen Augen, immer sah ich ihren reizenden Fuß, und so verzehrte mich das Verlangen, ihre Gunst zu genießen.

Dieses brave Mädchen, das besser als ich selbst in meinem Herzen las, war weder eine Leichtfertige noch eine fromme Heuchlerin; sie war eine treue Seele, sittlich rein und aufrichtig; sie behandelte mich wie eine Mutter. Ihr Herz war empfänglich; sie hatte geliebt, war geliebt worden, ohne zu lieben, denn sie hatte in ihren Lenzjahren einem jungen Manne eine so heftige Leidenschaft einzuflößen vermocht, daß er daran gestorben war, weil er seinen Rivalen, den Vater Jeannettes, in ihrer Gunst nicht verdrängen konnte.

Sie kannte das neue Gefühl, das mich ergriffen, doch behandelte sie mich mit der äußersten Schonung. Der Unterschied unseres Alters gab ihr Sicherheit, ihre Erfahrung Nachsicht, denn sie beweinte den Geliebten, den sie nicht bekommen hatte, und den Liebenden, der um ihretwillen gestorben war, sie beweinte den einen aus Liebe, den andern aus Güte.

Eines Tages, beim ›Gruß des Engels‹, bemühte ich mich, der jungen Jeannette untreu zu werden; meine Blicke wanderten zu Marianne, und ich begann, mir eine Heirat mit ihr auszumalen. Die Wirtschafterin beobachtete mich. Mademoiselle Taboue war groß und schlank wie eine Sechzehnjährige, von auffallender Blässe, sittsam wie Mademoiselle Rousseau. Sie erregte meine Begierden und flößte mir obszöne Vorstellungen ein. Ich fühlte, daß, wenn sie meine Frau würde, ich sie nur um der Liebesfreuden wegen lieben würde. Dachte ich dann an meine Dankbarkeit gegen Marguerite, so verknüpfte ich meine unkeuschen Gedanken, sie zu besitzen, mit dem, Marianne zu verführen ...

Einige Zeit war ich vollkommen flatterhaft, verzehrt von Begierden nach allen hübschen Frauen des Ortes, die ich schon nannte. Meine entflammte Phantasie zeigte mir öfters ein Serail, das alle diese Frauen vereinigte: Marianne, die junge Bourdillat und ihre noch hübsche Mutter, Mlle Droin, Mme Droin, Mme Chevrier, ferner eine junge Nolin, eine Jeannin, eine Adine, eine Cady, eine Pinon und andere, insgesamt zwölf, denn weniger hätten meinem gewaltigen Appetit nicht genügt.

Meine Einbildungskraft verirrte sich in ein Labyrinth von Unzüchtigkeit, sobald ich mich mit diesen Odalisken beschäftigte. Demoiselle de Courtives aus Chablis, ein Beichtkind meines Bruders, erregte vor allem durch ihre Frische meine schlüpfrigen Gedanken; ihre Kleidung, die Blässe ihrer Haut und eine an ihr versuchte Vergewaltigung machten mich oft rasend vor Wollust. Aber das Herz war dabei in keiner Weise beteiligt, und ich würde es für unnütz halten, von diesen Schändlichkeiten zu sprechen, wenn es nicht notwendig wäre, um das zu enthüllen, was in den Tiefen meines Herzens vorging, das doch von der Leidenschaft für Jeannette erfüllt war, einer Leidenschaft, so verschieden von jenen Begierden, daß ich es keinem glauben würde, wäre es nicht mein Herz, in dem diese Dinge wohnten ...

Aber noch mehr als diese Frauen meines imaginären Serails erregte meine Begierden ein Weib mit den Resten einstiger Schönheit, mit Geschmack, mit Sauberkeit, mit seinem hübschen Schuhwerk, mit seiner Frische, mit seinem gewinnenden Ton, seiner Neigung für mich, durch die häufige Gelegenheit, sie allein zu sehen, und dadurch, daß sie zu mir über meine Gefühle für Jeannette und Marianne sprach: dies war Marguerite.

Eines Abends kam sie aus Auxerre, wo sie Einkäufe für den Haushalt gemacht hatte; man hatte mich ihr entgegengeschickt, damit ich ihr bei der Führung ihres Reittieres behilflich sei, eines sehr störrischen, starken und in seiner Art sehr schönen Esels. Ich eilte meiner mütterlichen Vertrauten entgegen wie ein liebevoller Sohn. Ich begegnete ihr im Tale von Montalery, und ich half ihr beim Erklettern eines jäh ansteigenden Hügels. Oben angelangt bat ich Marguerite, ihren ›Martin‹ wieder zu besteigen; dabei mußte sie sich auf mich stützen. Ich fühlte einen leichten Schauer der Wollust. Sie saß auf und ich ordnete ihre Röcke über ihren Beinen; dabei berührte ich ihren Fuß; mein Herz klopfte... Schwester Marguerite sah meine Erregung; sie lächelte. Sie sprach von Jeannette; sie versicherte mir, daß es Mlle Rousseau sei, die ich liebe. Mit vollem Vertrauen entgegnete ich ihr; ich zeigte ihr meine Seele ganz nackt, erklärte ihr die Art meiner Liebe für die schöne Rousseau, die Art meiner Neigung für Marianne; ich ging sogar so weit, ihr von den Begierden zu sprechen, die mir die andern Frauen einflößten. Sie schien ein wenig überrascht zu sein von diesem unbegrenzten Vertrauen. Endlich, als ich auf sie selbst zu sprechen kam, wurden meine Worte glühend. Wir stiegen den Hügel hinab; da er sehr steil war, mußte ich den Korb auf der einen Seite des Tieres halten, während Marguerite ihre Füße auf den Korb an der anderen Seite stützte. Zuweilen mußte ich sie um die Taille fassen, um sie zu halten, wenn ›Martin‹ stolperte. Ihr Gesicht war sanft erglüht wie eine Rose. Sie konnte mir nicht mehr antworten, denn plötzlich tauchte Abbé Thomas unvermutet neben uns auf, der nach den Feldern der Pfarrei schaute...

Nach dem Abendessen gingen alle hinaus, um im Garten noch etwas frische Luft zu schöpfen; Marguerite begab sich in das Zimmer des Pfarrers, um mit ihm abzurechnen, und ich benutzte diesen Augenblick... Es sind Ausschweifungen, die man nicht erzählen kann; aber wenn ich sie nicht ahnen ließe, würden manche Vorkommnisse unwahrscheinlich oder als Wirkung des Wahnsinns erscheinen. Es war das hübsche Schuhwerk, welches mich an den Füßen Marguerites so entzückte, daß ich es nahm...

Zu der Zeit, wo die Wünsche, die mir das gute Mädchen einflößte, ihren höchsten Grad erreichten, mußte sie wieder eine Reise in die Stadt machen. Meine Brüder befahlen, daß einer von uns sie begleiten solle. Ich war es, zu dem man sich entschloß. Die Schwester putzte sich in einer Weise, welche mir bewies, daß alternde Frauen, wenn sie hübsch gewesen sind, ihren Vorteil wahrzunehmen wissen und sich um zehn oder fünfzehn Jahre jünger zu machen verstehen.

Marguerite, mit einem das Gesicht nur halb bedeckenden Schleier aus feinem Musselin, die Taille in ein Mieder eingeschnürt, das ihre alabasterweiße Brust nur knapp bedeckte, mit einer Schürze aus rotkariertem Leinen, einem taubenhalsfarbenen Seidenrock, Schuhen aus schwarzem Maroquin, mit feinen hohen Absätzen und schmucken Schnallen, erschien nicht älter als dreißigjährig. Ihr angenehmes Gesicht war durch ein Lächeln verjüngt, das eine interessante Mattigkeit nicht ausschloß; ihre großen schwarzen Augen waren weich und glänzend... Und ich stand in einem Alter, wo einem dies alles nicht entgeht...

Ich hatte einen Stuhl vor die Türe gestellt, von dem aus sie ›Martin‹ bequem besteigen konnte. Ich schritt ihr zur Seite, um den Korb, auf den sie die Füße stützte, im Gleichgewicht zu halten. Als wir am Abhang des Tales von Montalery ankamen, mußte sie absteigen, wobei ich sie um die Taille faßte und beinah in meinen Armen trug. Während wir durch das Tal schritten, sah ich sie mit Vergnügen in jener verführerischen und wollüstigen Art, die hohe Absätze bei gut gebauten Frauen hervorrufen, dahinschreiten. Sie stieg wieder auf, indem sie sich von der Böschung eines ausgetrockneten Weihers aufschwang. Wie das erstemal ordnete ich ihre Röcke; meine glühenden Hände irrten auf ihren Füßen und auf dem Saum ihres Kleides herum, und wenn ich sie wegzog, kehrten sie wieder dahin zurück. Wir plauderten, der Weg bis zur Stadt bot keine Schwierigkeiten mehr.

Die Unterhaltung, die Marguerite anschlug, und das Gebet, das wir beim Beginn der kanonischen Stunde sprachen, ließ uns in aller Unschuld in die Stadt gelangen.

Marguerite besorgte zuerst die Geschäfte, die ihr der Pfarrer aufgetragen, dann wollte sie ihre eigenen Einkäufe erledigen. Zu diesem Zweck gingen wir zu einer Händlerin, einer Jansenistin, bei der die Wirtschafterin Kundin war. Diese Händlerin, Mme Jeudy, lud uns zum Mittagessen ein; es gab eine harte Probe für meine Schüchternheit, denn Mme Jeudy besaß eine entzückende Tochter, die erst unlängst einen jungen Jansenisten von Clamecy geheiratet hatte, und eine große, schön gewachsene Nichte.

Die jungen Eheleute lebten im Hause unter den Augen der frommen Mutter und durften ohne deren besondere Erlaubnis weder miteinander sprechen, noch zusammen schlafen. Ich hatte meinen Platz zwischen der jungen schönen Sophie Jeudy und ihrer Kusine, Marguerite saß an der andern Seite Sophiens, dann folgte Mme Jeudy und zuletzt kam der arme Gatte. Eine junge hübsche Köchin bediente uns; sie hieß Marianne Cuisin. Sophiens Schönheit zwang mich zur Bewunderung, aber sie verwirrte mich immer mehr. Ich zitterte vor Begierde, ihre zarten Reize zu betrachten, so daß ich fast nichts essen konnte. Obwohl verheiratet, nannte man Sophie doch noch Mlle Jeudy oder einfach Sophie. Ich fand diesen Namen entzückend! Meine Einbildungskraft arbeitete, arbeitete! Ich flammte wie ein offenes Feuer, das die Anmut Sophiens entzündet hatte. »Wie hübsch ist sie!« dachte ich, aber ich fühlte nur Begierden...

Endlich endeten das Mahl und meine Schüchternheit, aber damit auch das Vergnügen, die verführerische Sophie ungestört betrachten zu können. Nachher, als wir durch die Stadt gingen, sah ich in der Nähe des Uhrturms vor einer Haustüre ein junges Mädchen stehen, noch schöner als Sophie; es glich Jeannette und flößte mir dieselben Gefühle ein wie diese. Es war ein großes junges Mädchen, schlank und blaßhäutig, aber ihre Gesichtszüge hatten eine gewisse Lieblichkeit und waren von unaussprechlicher Anmut. Ihre Lebhaftigkeit, ihr bestrickendes Lächeln, ihre städtische Art, die für den Landbewohner ebenso berückend ist, wie die höfische für den Städter oder wie ländliche Einfalt oft für den Höfling, bezauberten mich. »Ach, wie schön sind die Mädchen hier!« dachte ich, »aber... Jeannette ist ein Engel!...« Die hübsche junge Person ließ mich Sophie vergessen, aber der wollüstige Reiz in mir blieb.

Wir brachen gegen vier Uhr von Auxerre auf, damit wir gegen sieben Uhr in Courgis sein konnten. Marguerite erzählte mir von Mme Jeudy, von ihrer Tochter Sophie und ihrer Nichte. Letztere, die sechsundzwanzig Jahre alt war, war beauftragt, ihre Kusine und deren Mann scharf zu überwachen. Die gute Wirtschafterin verurteilte das Benehmen der Mutter. Der arme Gatte blieb, weil er seine Frau liebte. »Ach! ja«, sagte ich naiv, »er hat recht! Auch mir würde wenig daran liegen, wenn ich Jeannettes Mann wäre, ob ich mit ihr reden könnte, wenn sie nur meine Frau wäre, wenn man uns nicht trennen und sie keinem andern geben dürfte.« Ich sagte dies mit großer Lebhaftigkeit.

Bald fühlten wir einen tüchtigen Hunger. Ich half Marguerite beim Absitzen. Wir lagerten uns auf dem Rasen, sie breitete unsere Vorräte aus und ich füllte unsere Flasche mit frischem Wasser; dann verzehrten wir unser behagliches Mahl... Als der Hunger befriedigt war, blieben meine Blicke an Marguerite haften; die Erinnerung an die verführerische Sophie, der Gedanke an die reizenden Mädchen in der Stadt, die mit ihrem Schmuck die Wollust anstachelten, endlich Marguerite selbst, auf der mein Auge ruhte, dies alles vereinigte sich, um meine Begierden zu entflammen; ich fühlte ein verzehrendes Feuer in meiner Brust.

»Wie mich dünkt«, sagte ich zu meiner Begleiterin, »kann es keinen schöneren Fuß geben...« Marguerite lächelte und antwortete: »Wir wollen gehen!« – »Einen Augenblick noch!« rief ich und hielt sie mit Gewalt zurück. »Doch, doch! Ich will es! Plaudern wir noch etwas!« Ich schlang den Arm um ihre Taille; ihre Augen funkelten; ich wagte es, sie zu küssen. Sie erschrak: »Monsieur Nicolas! Monsieur Nicolas! Gehen wir!« – »Nein, nein!« sagte ich in einem so erregten Ton, daß ihre Angst noch stieg. Ich küßte sie von neuem mit ungewöhnlicher Heftigkeit...»Was tust du...was willst du, böser Junge?« sagte sie. – »Ich will...ich will...« (Ich wagte es auszusprechen, was ich wollte.) – »Nein, nein, mein Kind! Nein, Monsieur Nicolas! Das ist eine Sünde...Eines Tages, wenn du Jeannette heiraten solltest...« Durch ihren gütigen Ton besänftigt, hörte ich auf brutal zu sein und wurde zärtlich; ich küßte sie und sagte: »Meine liebe Marguerite, ich weiß nicht...aber...ich sterbe daran...! Wenn Sie wüßten!...Nein, es ist keine Sünde; was ich empfinde, ist nicht zu überwinden!...« – »Mein liebes Kind, es widerstrebt meinem Gefühl... Höre mich an: möchtest du, daß eines Tages, wenn du vielleicht die Hand Mlle Rousseaus erhalten könntest, sich dir ein Hindernis in den Weg stellte?...« Von diesen Worten verwirrt und bestürzt, ließ ich ab, sie zu bedrängen. Marguerite bestieg wieder ihren ›Martin‹ und ich sah mich gezwungen, ihr zu folgen.

Es war beinah neun Uhr, als wir zu Hause ankamen, denn mein Angriff hatte unsere Reise verzögert. Man erwartete uns schon beim Abendessen und erst um zehn Uhr konnten wir uns zu Bett begeben...

Das Pfarrhaus bestand aus vier Räumen zu ebener Erde, dem Zimmer des Pfarrers mit einem Kabinett, das nach dem Garten hinaus ging, einem großen Mittelzimmer, in dem wir Zöglinge aßen, studierten und schliefen (es enthielt vier Betten, das des Abbé Thomas im Hintergrund, das meine neben der Küchentüre, dahinter die Himmelbetten Huets und Melins), die Küche, in der Marguerites Bett stand...Man weiß, daß Leute mit sitzender Lebensweise, wenn sie sich lange in frischer Luft aufgehalten haben, den Reiz der Wollust stärker fühlen; außerdem bedenke man, was ich alles an diesem Tage gesehen und empfunden hatte. Ich war außer mir...

Mitten in der Nacht, als ich aus den tiefen Atemzügen meiner Zimmergenossen schloß, daß alles unter Morpheus' Herrschaft stehe, erhob ich mich leise. Ohne die Gefahr zu bedenken, der ich mich aussetzte, trat ich in die Küche, deren Tür nicht verschlossen war: Ich schleiche mich zu dem Bette der Wirtschafterin hin, ich finde es, ich horche...Sie schläft...Ich schlüpfe an ihre Seite...Marguerite träumt. Sie flüstert traumumfangen: »Laß mich, mein lieber Denevres, laß mich!« Gereizt von diesen Worten, von der Natur und meiner Erfahrung geleitet, versuche ich, ihren Traum sanft zu verwirklichen...Marguerite erwacht zu spät; sie kann nur noch meine Entzückung teilen...Nachdem meine Liebesraserei mich erschöpft hatte, blieb ich wie tot in ihren Armen liegen. Sie schalt mich nicht, sondern versuchte, mich, ohne Aufsehen zu erregen, wiederzubeleben, denn sie glaubte, ich sei bewußtlos geworden.

Wieder zu mir gekommen, schickte sie mich fort. Meine Seele war wie aufgelöst, und ich befand mich in einem Zustand höchster Erschöpfung. Ich schlief bis tief in den Tag hinein. Nachdem ich aufgestanden war, benutzte ich den ersten freien Augenblick, um in die Küche zu eilen, wo ich Marguerite in Tränen auf den Knien fand. Ich küßte sie, und dieses gute Mädchen, dessen Frömmigkeit keine Heuchelei war, stieß mich nicht von sich. »Könnte ich doch«, sagte sie, »allein die Beschwerde eines solchen Vergehens tragen!...Monsieur Nicolas, es tut mir leid, daß du dein Leben so befleckt hast! Du bist noch so jung und wirst also lange zu bereuen haben! Du hast dir vor der Zeit das vergiftet, was einmal dein Glück sein sollte! Ich zittere davor, daß ein junger Mensch, dessen Herz so gut und zartfühlend war, eines Tages ein Wüstling wird und daß ich dazu beigetragen habe!...Mein liebes Kind, du hast mich grausam gekränkt! Vermindere meinen Schmerz dadurch, daß du dir deine ersten Empfindungen für Jeannette Rousseau bewahrst, denn diese Liebe ist die einzige reine in deinem Herzen.« Tief durchdrungen von ihren Worten zog ich mich zurück, aber die guten Gefühle, die Marguerite in meinem Herzen erweckt hatte, waren nicht von langer Dauer.

Dies Erlebnis mit Marguerite machte meinen noch jungen Geschlechtstrieb nur um so stärker, und wenn ich auch die keusche Schönheit Jeannettes weiterhin wunschlos verehrte, so begehrte ich doch jetzt andere Frauen und Mädchen wilder als zuvor. Wollüstige Vorstellungen erfüllten meine Phantasie, und ich vermochte sie weder durch Arbeit noch durch Religionsübungen zu verscheuchen. Allein die Gelegenheiten, mir die ersehnte Empfindung des Wollustgenusses zu verschaffen und meine heftigen Triebe zu befriedigen, waren äußerst selten, und da ich keine materielle Befriedigung finden konnte, trat an Stelle der körperlichen Ausschweifung die geistige.

Eines Abends, als ich bei meinem Schwager Miche Linard zu Besuch war und mit ihm plauderte, fiel mein Blick auf seine kleine Bibliothek. Auf Bücher versessen, musterte ich die seinen, und ich fand darunter einige sehr freie Werke. Ich bat ihn um diese Bücher, und er lieh sie mir.

Am besten gefielen mir die Dichtungen des Abbé de Montreuil, die mir zum erstenmal eine Vorstellung von ›der französischen Galanterie gaben. Ich konnte mich nicht davon losreißen!

In meinen wollüstigen Ausschweifungen hatte ich oft verheiratete Frauen begehrt, aber ich konnte mir nicht denken, daß man in der Hauptstadt meines Vaterlandes den Ehebruch als eine angenehme Unterhaltung pflegte. Ich machte mir diese neue Erfahrung, die nicht zur Verbesserung meiner Sitten beitrug, unverzüglich zunutze. Ein anderes Buch, das ›Theater der Welt‹, das in einem eintönigen kläglichen Stil geschrieben war, langweilte mich. Einen Band sehr freier Anekdoten und die Dichtungen des Abbé de Montreuil konnte ich zum Glück unbemerkt meinem Schwager Linard, als er einmal nach Courgis kam, wieder zurückgeben.

Wäre es meine Bestimmung gewesen, auf dem Lande zu bleiben, so würde dieses Buch des Abbé de Montreuil, das ohne Wirkung auf die Seele und die stumpfen Sinne Miche Linards geblieben war, gewiß sehr gefährlich für mich geworden sein! Es hätte mich zu einem gefährlichen Verführer von Frauen und Mädchen gemacht, wie jenen jungen Pariser Lenain, der nach Sacy gekommen war. Vielleicht wäre ich auch wie jener alte Champenois geworden, der ein junges Mädchen, das sich von ihm nicht vergewaltigen lassen wollte, mit einer Stange niederschlug und tötete.

Die Lektüre Montreuils verstärkte in mir die Neigung für die französische Dichtung; ich fand diese Sprache schön und außerordentlich geeignet, meine überschwenglichen Gefühle auszudrücken. Ich versuchte mich in Stanzen, Rondeaux, Sonetten und andern Dichtungsarten, wobei ich mich streng an mein Vorbild hielt, aber ich hatte das Buch leider zu früh zurückgegeben.

Seit dem Erfolg meines verwegenen Überfalls auf Marguerite war ich ein Wüstling geworden, ohne meine Naivität, ja, ich könnte sagen, meine Unschuld zu verlieren ... Ich war noch immer aufrichtig, wahrheitsliebend und einer niedrigen Handlung unfähig; mein einziges Laster, wenn es eines ist, war meine hemmungslose Begierde nach den Frauen; denn jedes andere Vergnügen schien mir wertlos.

Schon ehe ich Jeannette gesehen hatte, lebte in mir der Gedanke, ich müsse viele Frauen besitzen, um meine Sinnlichkeit zu befriedigen; aber das liebenswürdige Mädchen verdrängte diese seltsame Veranlagung in mir; erst als mein leidenschaftliches Temperament nicht befriedigt wurde, stellte sie sich wieder ein. Wäre Jeannette meine Frau geworden, so wären meine Sinne durch ihren Besitz zur Ruhe gekommen, und ich wäre wohl monogam geworden; nachdem dies aber nicht geschah und Marguerite, einmal überfallen, ihre Türe verschlossen hielt und damit keine Gelegenheit mehr bot, wurde meine Phantasie ausschweifend; nicht sie war es, die meine Sinne gären machte, es war die Sinnlichkeit, die meine Phantasie ausschweifen ließ.

Eines Tages, als wir von der Katechismusprüfung aus der Kirche kamen, zupfte Marguerite mich am Ärmel und sagte: »Nach der Vesper werde ich aufs Feld gehen, um mir die lebende Hecke anzusehen; ich bitte dich, mich zu begleiten, denn ich habe dir etwas zu sagen.«

Diese wenigen Worte ließen mich das Ende der Vesper mit großer Ungeduld erwarten. Als der Gottesdienst beendigt war, suchte ich meinen Kameraden vorauszueilen, allein Abbé Thomas folgte mir. Die Wirtschafterin ließ mich holen, ihr schlug man niemals etwas ab. Unterwegs sprachen wir zunächst von gleichgültigen Dingen. Als wir aber auf den Feldern der Pfarrei angekommen waren, ließ Marguerite sich an einer Stelle, wo die Hecke am dichtesten war, nieder. Sie war sonntäglich gekleidet und sah reizend aus. Mein Herz pochte. Ich wollte mich in ihre Arme werfen. Sie stieß mich nicht zurück, sondern preßte mich an ihre Brust: »Du hast in meinem Herzen die Erinnerung ausgelöscht, Monsieur Nicolas! Ach, wie teuer du mir bist!« – »Beweisen Sie es mir«, entgegnete ich ihr, »indem Sie mir gewähren, was ich von Ihnen begehre.« – »Ja, ich will es dir beweisen, aber nicht in der Weise, wie du denkst; ich fürchte Gott und will ihn nicht beleidigen ... Aber du bist jetzt das Wesen, das ich am meisten liebe ... Ich bin schwanger ...«

Das war etwas, was ich nicht erwartet hatte; ich erblaßte, nicht aus Angst, Marguerite nun heiraten zu müssen; in diesem Augenblick, im Banne ihrer Gegenwart, gezwungen durch ihre Reize und durch meine Pflicht, hätte ich ohne Zögern eingewilligt. Aber ich sah eine Wolke von

Vorwürfen sich über meinem Haupte zusammenballen und unter meinen Füßen einen Abgrund der Vernichtung... Wie sollte ich, verheiratet, weiterstudieren? Das war mein erster Gedanke voller Bangen; an Jeannette dachte ich nicht, bis im Laufe des Gesprächs ihr Name fiel. »Du bist verwirrt«, sagte Marguerite, »scheust du es, mich zu heiraten?« – »Nein, nein!« rief ich, »nein, Marguerite, du bist mir teuer; du bist es mir durch deine Schwangerschaft noch mehr. Du bist mir, was Glyceria ihrem Pamphilus war!« – »Ich bin beruhigt«, antwortete Marguerite, »daß der Vater meines Kindes ein gefühlvolles Herz hat... Geh, mein Freund, ich würde eine solche Heirat von dir nicht fordern. Ich liebe dich zärtlich; aber ich liebe dich ohne eigennützige Gedanken. Fürchte nicht, daß man etwas von meinem Zustand bemerke! Fürchte nicht, daß ich dir eine Frau geben will, die mehr als doppelt so alt ist wie du und die verblüht wäre, wenn du in der vollen Kraft deiner Jahre stehst! Nein, mein teurer Freund, denke an Jeannette und suche sie zu erringen. Möge sie eines Tages dein Weib sein, denn allein mit ihr kannst du glücklich werden...« Dann fuhr sie fort: »Beruhige dich, mein Freund, ich mache dir keine Vorwürfe. Ja, ich bin dir sogar dankbar dafür, daß du mich zur Mutter gemacht hast. Von allen Trostgründen ist dies der wirksamste und ihn verdanke ich dir. Du gibst mir etwas, das ich in aller Unschuld für den Rest meiner Tage lieben kann, ein Kind, das ganz mir gehört, über das ich allein verfügen darf, ein Glück, das ich noch nicht genossen habe.

Mein junger Freund, höre meine weiteren Entschlüsse! Wenn ich meinen Zustand nicht mehr verheimlichen kann, werde ich sagen, daß ich meinen Bruder besuchen will, der im königlichen Mundbäckeramt zu Versailles in Dienst ist, und ich werde nach Paris gehen. Dort will ich meinen Zustand einer verschwiegenen Verwandten anvertrauen, ohne deinen Namen zu nennen, werde dort mein Kind zur Welt bringen und gebe dann den Sohn oder die Tochter in Pflege. Dann kehre ich für zwei Jahre hierher zurück, bis zur Entwöhnung des Kindes, das ich nie mehr verlassen werde.

Ich will dir nicht schreiben, weil es unser Geheimnis verraten könnte. Wenn ich zurückkehre, bezeichne ich dir das Geschlecht unseres Kindes und die Maßregeln, die ich getroffen, damit du es eines Tages finden kannst. Sobald du bemerkst, daß mein Zustand auffallend wird, sollst du es mir sagen... Trennen wir uns nun: wenn die Mauern Ohren haben, sind die Hecken noch weniger taub.«

Ein Sturm der Gefühle tobte in mir, während Marguerite so zu mir sprach. Meine Gedanken wirbelten und überstürzten sich. Die Freude, Vater zu sein in meinem Alter (ach, ich war es schon seit dem 14. Mai 1746, ohne es zu wissen!), der Edelmut Marguerites, das Bild Jeannettes, das vor mir auftauchte, meine Ängste, die Wirtschafterin möge sein wie alle andern Frauen, das Glück, das ich hatte, im Beginn meines Leben so gute Menschen zu finden, was den Haß meiner Brüder und meine eigenen Fehler wieder gutmachte, alles dies schoß mir durchs Hirn und versetzte mich in eine gewisse Betäubung. Als ich wieder zu mir kam, krampfte mein Herz sich schmerzlich zusammen. Ich küßte Marguerite ohne ein Wort, Tränen in den Augen, die auch die ihren füllten... Allein ging ich die Hecken entlang weiter, während die Wirtschafterin den Heimweg antrat.

Ein Monat verging. Inzwischen beobachtete ich Schwester Marguerite; ich bemerkte, daß ihre Röcke vorn etwas kürzer wurden, und sagte es ihr in folgenden Worten: »Ihre Röcke fangen an, sich nach der Mode von Nitry zu richten.« Sie verstand mich ohne weiteres, denn man weiß in der ganzen Gegend, daß die Frauen von Nitry die Röcke vorne etwas kürzer tragen, während sie sie hinten ein wenig schleppen lassen, was fast herausfordernd aussieht. Marguerite wußte diese auffallende Erscheinung aber noch einige Zeit zu verbergen und fing an, von ihren Geschäften in Paris zu sprechen. Sie ließ sich sogar von ihrem Bruder einen Brief schreiben, in dem dieser sie aufforderte, zu ihm zu kommen. Der Tag ihrer Abreise wurde festgesetzt; aber sie versprach dem Pfarrer, zurückzukehren, sobald ihre Angelegenheiten erledigt seien, da sie, wie sie sagte, »ein bescheidenes und einfaches Leben auf dem Dorfe einem genußvolleren und abwechslungsreicheren in der Stadt vorziehe.«

Sie brach an einem Mittwoch in aller Frühe auf, damit ich die Möglichkeit hätte, sie ein Stück zu begleiten und rechtzeitig wieder zurück zu sein; sie bat mich, ihren ›Martin‹ zu führen, auf dem sie ritt, während ein anderer Esel ihr Gepäck trug... Unsere Unterhaltung war mehr herzlich als interessant; ich war ergriffen von Marguerites Verhalten; sie betete mich an, seitdem ich sie zur Mutter gemacht hatte. Sie empfahl mir Klugheit und Sittsamkeit; sie sprach mir von unserem Kinde und sagte, sie werde ihm, wenn es am Leben bleibe, alles zuwenden, was sie besitze... Sie küßte mich und drückte mich an ihre Brust. So schieden wir voneinander und ich habe sie nie mehr wiedergesehen.

Es war gegen Pfingsten, als meine Brüder mich zu meinem Vater schickten. Sie gaben mir einen Brief mit, dessen Inhalt ich vermutete. Sie hofften nämlich, mein Vater werde mich, wenn er ihn gelesen, wieder in das väterliche Haus zurückholen oder wenigstens mich von ihnen fortnehmen. Ich wollte wissen, welche Verleumdungen sie gegen mich anführten, öffnete den Brief und las ihn. Er war voller Abscheulichkeiten. Man offenbarte darin meine Gefühle in einer entstellenden Art und Weise, und man erweckte durch diese Enthüllungen die verschiedensten verabscheuenswerten Vermutungen. Ich schauderte; ich fühlte mich versucht, den Brief zu zerreißen. Da ich aber auf dem Felde am Fuße eines Weißdornstocks ein Loch fand, warf ich den Brief hinein und deckte ihn mit Erde zu. Dann setzte ich in heftiger Gemütsbewegung meinen Weg fort.

Als ich mich Laloge gegenüber befand, bemerkte ich in das noch weiche Erdreich eingedrückt die Spur eines Frauenschuhs... Mit einemmal war meine Wut verflogen. »Welch himmlischer Engel«, rief ich, »ist herabgestiegen zu dieser öden Stätte!?....« Ich verdoppelte meine Schritte, ich lief, ich flog.

In jenem Tälchen, in dem eine Quelle entspringt, sah ich plötzlich vor mir ein junges Mädchen, das einer Nymphe gleich leichtfüßig dahineilte. Ich holte sie bei den Nußbäumen meines Vaters ein, dort, wo sich die Täler vereinigen. Ich blickte sie an, sie errötete und grüßte mich, indem sie mich beim Namen nannte. »Wer sind Sie, liebenswürdige Reisende?« fragte ich. »Ich kenne Sie recht gut«, erwiderte sie, »aber Sie kennen mich nicht; ich war noch ein kleines Mädchen, als Sie unser Dorf verließen. Ich bin Marie-Jeanne Leveque aus Laloge und ich gehe nach Sacy.«

Ich erkannte sie wieder. O mein Gott, welche liebenswürdige Offenherzigkeit, welche Grazie, welche Bescheidenheit, welche Unverdorbenheit und Frische! Sie war noch nicht älter als fünfzehn, aber sie war groß, gut gewachsen, von einer ausgesuchten Sauberkeit und zeigte das Wesen der hübschen Mädchen von Nitry. Ich fand sie charmant, aber ich wurde nicht untreu; ich dachte an Jeannette, die noch hübscher, köstlicher, nymphenhafter war als die schöne Marie-Jeanne.... Ich begleitete das liebenswerte Mädchen unter angeregtem Geplauder bis dorthin, wo der Weg von Laloge ins Dorf einbiegt.

Mit meinen Gedanken an Marie-Jeanne angenehm beschäftigt, ging ich nach dem Hause meines Vaters. »Niemals«, dachte ich, »werde ich Jeannette erringen; dieser Hoffnung muß ich entsagen; es hat keinen Sinn, weiter zu studieren. Ich will Bauer werden; Marie-Jeannes Vater ist reich; aber mein Vater ist auch ein Ehrenmann... Marie-Jeanne ist liebenswürdig; sie wird mir Jeannette ersetzen!... So werde ich denn also hier bleiben, auf diesen Feldern leben, wo ich meine Kindheit verbracht habe!«

Ich fühlte einen inneren Trost. Freudig betrat ich das Haus meines Vaters, fast bedauernd, daß ich den Brief meiner Brüder nicht aufgehoben hatte, denn er würde meinen Vater zweifellos bestimmt haben, mich bei sich zu behalten. War dieser Brief doch geeignet, ihn ebenso gegen sie wie gegen mich einzunehmen, denn sie hatten die Kühnheit gehabt, ihm darin vorzuhalten, daß der Kummer, den ich ihm durch mein Benehmen bereite, eine Strafe für seine Wiederverheiratung sei. Es schien, daß man zu Hause etwas vermutete, denn mein Vater fragte mich, ob ich keinen Brief für ihn habe. »Nein, mein Vater!« antwortete ich kühl, »ich habe keinen Brief!« Er lächelte und sprach nicht mehr davon.

Als wir bei Tisch saßen und meine Mutter die Suppe auftrug, trat Marie-Jeanne ins Zimmer. Sie wurde wie die Tochter eines guten Freundes empfangen. Man hieß sie, sich an die Seite meiner Mutter setzen, während ich meinem Vater zur Seite saß; so saßen sie und ich einander gegenüber. Ihre naive Anmut, ihre Bescheidenheit, der gewinnende Klang ihrer Stimme, in der ein leises Zittern die Leidenschaft verriet, alle diese Reize fesselten mich.

Nach dem Essen führte meine Mutter sie in den Garten; ich begleitete sie und zeigte Marie-Jeanne die verschiedenen Bäume, die ich in meiner Kindheit gepflanzt hatte, denn ich hatte immer an das Nützliche und Dauernde gedacht. Marie-Jeanne war so gütig, alles zu bewundern, was ich geschaffen hatte und aus meiner Hand die schönsten Blumen anzunehmen. Meine Mutter betrachtete meine Aufmerksamkeit mit Wohlgefallen. Es war ein angenehmer Abend für mich und, wie ich glaube, auch für die junge Leveque; denn sie verabschiedete sich erst, als die anbrechende Nacht sie dazu zwang. Ich hätte sie gern begleitet, aber diese Höflichkeit ist auf dem Lande nicht üblich und hätte nur Anlaß zum Gerede gegeben.

Ich blieb zwei Tage im Hause meines Vaters, am dritten kehrte ich morgens zurück. Als ich von meiner Mutter Abschied nahm, vertraute ich mich ihr an und ließ sie wissen, daß ich jenen Brief meiner Brüder an den Vater geöffnet hatte. Ich erzählte ihr seinen Inhalt und sie versprach mir, nachdem sie mir schmerzlich bewegt Vorhaltungen gemacht hatte, sich für mich bei meinem Vater zu verwenden und seine Verzeihung zu erwirken. Wir hatten eine große Unterredung mit meinem Vater, in deren Verlauf er einige meiner Aussagen bezweifelte, aber meine Mutter versicherte ihm gütig lächelnd, daß ich ihm die Wahrheit sage.

»Können Sie von ihm verlangen«, fügte sie hinzu, »daß er selbst Ihnen einen Brief bringt, in dem man Schlechtes von ihm sagt?« – »Wenn er es getan hätte«, antwortete der tugendhafte Mann, »so würde er damit wenigstens sein Vertrauen in unsere Güte bewiesen haben, liebe Frau. Es ist eine gefährliche Sache, Briefe zu zerreißen, die er uns überbringen soll. Aber ich will ihm seine Handlungsweise vergeben und nicht nachtragen.«

Diese ermutigenden Worte waren notwendig, um mich zu verteidigen und mich zu hindern, irgendwelche unklugen Ausflüchte zu machen. Ich gewann mir das Wohlwollen meiner Eltern wieder zurück und war fest entschlossen, ein anderes Mal alles zu bringen, was man schrieb.

Man wunderte sich bei meiner Rückkehr, daß ich allein war und mein Vater nicht mit mir kam. Ich entgegnete, daß er wahrscheinlich später kommen werde, aber er habe nicht bestimmt gesagt, wann. Diese doppelsinnige Antwort befriedigte meine Brüder, denn sie ließ durchblicken, daß mein Vater nicht gut mit mir stehe. Am Abend meiner Rückkehr erkundigte sich der Pfarrer nach der Gesundheit meines Vaters, ohne aber das Wort an mich zu richten. Abbé Thomas sprach zu ihm, indem er mir Fragen stellte, die ich knapp und einsilbig beantwortete.

Am nächsten Tage war alles wie gewöhnlich, mit dem einzigen Unterschied, daß ich mich eifrig mit Gartenarbeit beschäftigte. Ich betrachtete dies als eine Übung in der Landwirtschaft, für die ich mich bestimmt hatte und der mein zukünftiges Leben gewidmet sein sollte.

Der übernächste Tag wurde mir für immer denkwürdig, denn ich sprach an diesem Tag mit Jeannette Rousseau. Ich befand mich allein im Zimmer; Schwester Pinon (die Nachfolgerin Marguerites) war abwesend, meine beiden Kameraden waren zum Brunnen gegangen, Abbé Thomas befand sich im Garten und der Pfarrer in der Kirche. Jeannette klopfte ans Hoftor.

Ich war in diesem Augenblick ganz von ihr eingenommen und meine Leiden überfielen mich wieder; ich weinte. Es klopfte erneut, ich trocknete meine Tränen und ging, um zu öffnen. Das Wort erstarb mir auf den Lippen; ich errötete erst, dann erblaßte ich, ward so verwirrt, daß ich mich an einen Baumstamm anlehnen mußte, um nicht umzusinken. Auf solche Weise verriet ich meine innere Bewegung, dies war meine Sprache vor dem Gegenstande meiner geheimen Anbetung. Jeannette lächelte, während sie errötete. Wie schön war sie!...Der süße Klang ihrer Stimme rief meine fliehende Seele wieder zurück. »Monsieur«, sagte sie, »mein Vater schickt mich, um zu fragen, ob Mlle de Courtives heute beim Herrn Pfarrer sei.« – »N...ein, M...ademoiselle!« Niemals sprach ich mehr als diese beiden Worte zu dem Gegenstande meiner mehr als glühenden Liebe...Schon diese Anrede: Mademoiselle kostete mich ungeheure Anstrengung; denn die erste Silbe dieses Wortes, dies ›Ma‹ ließ mich erschauern. Es war mir, als sei ich nicht würdig, dieses ›Ma‹ vor ihr auszusprechen...Ach, diese ungeheure innere Bewegung, die Herzen, welche nicht lieben, unbekannt bleibt, verrät mehr als alles andere, wie inbrünstig ich liebte!...

Mlle Rousseau grüßte mich und ging, ohne ein weiteres Wort. Ich atmete erst wieder, als sie schon fern war; ich trat vors Tor und verfolgte sie mit den Blicken bis zur nächsten Straßenecke, zitternd und wünschend, daß sie sich noch einmal umwende. Aber sie blickte nicht zurück, und ich fühlte mich gedemütigt; wenn sie sich umgedreht hätte, hätte sie mich vernichtet.

Meine Brüder schickten mich noch verschiedentlich in der Gegend umher, um ein so hassenswertes Geschöpf wie mich aus ihrer Nähe zu entfernen. Eine dieser kleinen Reisen führte mich nach Vermenton zu Monsieur Collet. In dem Augenblick, da ich bei ihm eintrat, war Mme Collet eben in Gesellschaft zweier ihrer Töchter und einiger anderer junger Personen.

Als sie mich wie einen großen Einfaltspinsel dastehen sahen, der die Augen niederschlug und nicht aufzublicken wagte, der errötete und dem das Wort in der Kehle erstickte, sprachen sie untereinander: »Wer ist denn dieser Bursche?« Mme Collet sagte zu ihnen: »Er ist ein junger Restif aus Sacy und wohnt bei seinem Bruder, unserem ehemaligen Vikar, der jetzt Pfarrer in Courgis ist, ein achtbarer Mann.« Eines der Mädchen, eine Collet, erhob sich und ich hörte, daß sie in ein benachbartes Zimmer hineinrief: »Komm doch, hier kannst du einen Schüler des Pfarrers von Courgis sehen...« Die Angeredete trat ein, und einen Augenblick später bemerkte ich Colette oder Mme Parangon, deren ernste Miene ein Lächeln erheiterte, als sie mich sah. Sie blickte mich an, als erwarte sie, daß ich zu ihr spräche, aber ich wagte es nicht. Das Mädchen, welches Colette benachrichtigt hatte, rief seine beiden Brüder und die zwei Schreiber ihres Vaters. Es waren drei große Spottvögel, die mich anschauten und spotteten, indem sie riefen: »Was für ein Lausbub!« – »Er steht da wie ein Schaf!« sagten die beiden Schreiber. Kaum hatte ich diese beleidigenden Worte gehört, so richtete ich meine Augen auf sie, und die Glut, die darin aufzuckte, war alles andere als Scham. Der ältere Collet erschien; ich ging ungezwungen auf ihn zu und erklärte mich ihm, der mir viel Hochachtung bewies. Dieses mein Benehmen überraschte Mme Parangon; sie schickte ihren jüngeren Bruder und die beiden Schreiber weg, indem sie zu ihnen sagte: »Wenn er ein Dummkopf wäre, könnte er sich in seiner Familie nicht halten.« Dann richtete sie das Wort an mich, mit einer besonderen Art von Güte, wie sie ihr eigen war: »Sie studieren bei Ihren Brüdern, Monsieur Nicolas?« fragte sie mich. »Ich studierte bei ihnen, Mademoiselle«, antwortete ich und blickte sie an... Großer Gott! Das war die Schönheit Jeannettes, ihre Taille, der Klang ihrer Stimme; die gleiche Anmut strahlte aus allen ihren Zügen, ich zitterte von neuem. »Sie sind meinem Geschlecht gegenüber so schüchtern; haben Sie solche Hochachtung vor ihm?« fragte Colette. »Ja, Mademoiselle«, antwortete ich, »ich achte Ihr Geschlecht unendlich!«

Und da ich bemerkte, daß die beiden Schreiber mir eine Nase drehten, fuhr ich fort: »Aber ich bin nicht schüchtern, wenn es sich um junge Burschen meines Alters handelt; und... ich... habe sie es schon verschiedentlich fühlen lassen...« Die hübsche Dame lachte von Herzen über diesen Ausspruch. – »Kommt, kommt, Messieurs!« Sie kamen wieder herein, und ich blickte sie ohne Zorn an. »Er ist ein gutes Kind«, sagte der eine, »aber schade, daß er vor jungen Damen so verlegen ist!« – »Ach!« rief der andere, »ist es nicht Monsieur Nicolas, den ich hier als Schüler gesehen habe?... Sind sie noch immer so menschenscheu?... Eine Händlerin hat mir erzählt, daß er in seinem Dorf davonläuft, wenn die Mädchen ihn umarmen wollen.« Man brach in Lachen aus, an dem nur Colette nicht teilnahm. »Daran ist wohl seine Ehrfurcht schuld!« sagte Mlle Jacquette, die jüngere Schwester Colettes. »Was?« rief eine der jungen Compagnots, »wenn ich Sie küssen wollte, würden Sie davonlaufen?« – »Ja, ja«, sagte einer der beiden Schreiber, bevor ich selbst antworten konnte. »Ich glaube nicht daran!« sagte Mme Collet. »Verzeihung, Madame«, antwortete ich, »ein Mädchen, das mich küssen will, erschreckt mich durch seine Dreistigkeit!« Diese Antwort gefiel Vater Collet und seiner Frau sowie seinem jungen Sohne. Colette sagte zu den beiden älteren Leuten: »Er ist euch gewachsen, meine Herren!«

Ich verließ unterdessen ein wenig gedemütigt dieses Haus, wo der Anblick Colettes, die verheiratet war, ohne daß ich es wußte, mir nichts als eine schmerzliche Gemütsbewegung verursacht hatte.

Einige Zeit später sah ich eines Morgens meinen Vater mit drei Pferden ankommen. Ich begriff sofort, daß er mich mitnehmen werde. Er sagte es mir mit frostiger Kürze vor meinen

Brüdern, worauf sie sich zusammen ins Zimmer des Pfarrers zurückzogen. Angesichts meiner sicheren Abreise fühlte ich, daß ich ungeachtet meiner Leiden, mit ganzem Herzen an dieser Stätte hing, wo ich Jeannette und Marguerite kennengelernt hatte. Mein Herz krampfte sich zusammen, kaum vermochte ich die Tränen zurückzuhalten: alles, was ich um mich sah, erweckte Abschiedsschmerz in mir.

Während des ganzen Heimwegs ging ich einsam für mich dahin, denn mein Vater, der ausgezeichnetste aller Menschen, schritt tüchtig aus, um nicht mit mir sprechen zu müssen. Wir durchquerten ein Gehölz und kamen an Laloge vorüber, ohne daß ich an Marie-Jeanne dachte. Erst nach meiner Ankunft im Elternhause kehrte mir die Erinnerung an dieses junge Mädchen zurück. »Ach!« seufzte ich schmerzbewegt, »ich liebe nur Jeannette!« Mein Vorsatz wurde später trotzdem zunichte, indem ich mich an Marie-Jeanne anschloß und Jeannette Rousseau vergaß, da sie abwesend war.

Doch ganz vergessen habe ich Jeannette eigentlich niemals; die Erinnerung an sie war unauslöschlich, aber ich wollte Marie-Jeanne lieben. Jeden Sonntag, wenn sie mit den Ihrigen in die Messe kam, wußte ich es so einzurichten, daß sie bei uns zum Essen eingeladen wurden. Sie nahmen die Einladung auch öfters an. Da sie aber viele Verwandte in Sacy hatten, konnten sie nicht immer zu uns kommen.

Eines Tages ließ man uns beide, Marie-Jeanne und mich, vom Mittagessen bis zur Vesper allein. Ich wurde sehr zärtlich, und Marie-Jeanne ward es noch mehr. Dann, um mich unwiderruflich zu binden, verlangte ich … sie zu meiner Frau zu machen. Sie weigerte sich kaum. Während der nächsten sechs Monate, vom November 1750 bis zum April 1751, war ich so glücklich, als es mir die Erinnerung an Jeannette erlaubte. Aber dann änderten sich die Dinge …

Es wollte weder meinem Vater noch meiner Mutter in den Kopf und in die Gedanken gehen, daß ich Ackerbauer werden sollte. Sie überlegten es sich hin und her, sie betrachteten es von allen Seiten, bis der Zufall oder vielleicht auch die Aufmerksamkeit, die ich Madame Parangon bewiesen und von der ich erzählt hatte, ihnen einen unerwarteten Ausweg eröffnete.

Ehe man die Sache mit mir besprach, sagte mein Vater zu mir: »Ei nun, Nicolas, was sagst du zur Landarbeit?« – »Sie ist hart, aber man gewöhnt sich daran, mein Vater.« – »Es ist nicht zuviel Mühe, aber es liegt nicht in meiner Absicht, dich in diesem stillen Winkel abgeschlossen zu halten. Ich werde dir deine jugendlichen Fehler nicht zum Vorwurf machen; hättest du diese Fehler nicht gehabt, so würden deine älteren Brüder dich weiterhin unterrichtet haben. Sie hatten schon die Genehmigung erwirkt, dich deine Studien im Seminar beendigen zu lassen. Und nun, mein Sohn Nicolas, laß dir sagen, daß man erst daran denken kann, eine Frau zu nehmen, wenn man ein Mann ist und sie auch ernähren kann. Marie-Jeanne ist ein liebenswertes Mädchen, aber sie ist noch zu jung und du bist es auch.

Meine Absicht geht dahin, dich nicht in der Landwirtschaft zu lassen, sondern dich irgendwo in die Lehre zu schicken, sei es im Handel, sei es in irgendeinem Handwerk, in Auxerre oder selbst in Paris, doch vor allem denke ich an Auxerre. Eines Tages würdest du bei einem Mädchen vom Lande Manieren entdecken, die nicht zu dir passen. Ich bin in den Städten gewesen und kenne ihre Lebensart, und ich weiß, wie groß der Unterschied ist zwischen hier und dort.

Ich habe vor kurzem mit Monsieur Ladrée, dem Gerichtsdiener von Vermenton, von dem Buchdrucker Parangon gesprochen. Zu ihm möchte ich dich in die Lehre geben; er ist mit der Tochter eines Freundes von mir verheiratet. Bei ihm würdest du gut aufgehoben sein. Es ist ein angesehener Beruf und du würdest das, was du bisher gelernt hast, dabei verwenden können. Mein Kind, du liebst zwar die ländlichen Arbeiten, aber du hast hier noch drei Brüder, die jünger sind als du und drei Schwestern, abgesehen von den älteren; ich würde in dir kaum eine große Stütze bei dieser mühseligen Arbeit finden, die mein würdiger Vater nicht ertrug und die mich vor der Zeit alt gemacht hat. Du hast die jüngere Schwester der Mme Parangon gesehen; sie ist viel begüterter als ihre Schwestern; sie ist hübsch, vor allem aber gut erzogen, und ich glaube, daß du hoffen darfst, eines Tages diese jüngere Schwester heimzuführen, vorausgesetzt, daß etwas Tüchtiges aus dir geworden ist. Also, mein Sohn, schlage dir die Gedanken an die Landwirtschaft aus dem Kopfe! Ich bin Vater, ich muß meine Erfahrung nützen, um meine

Kinder danach zu leiten und ihnen den Beruf zu geben, der für sie paßt. Die Fähigkeiten, die du besitzest, werden dir auf dem Lande nichts nützen oder nur sehr wenig; Leute, die gern lesen oder sich geistig beschäftigen, kümmern sich wenig um ihre Felder und lassen sie brach liegen, denn sie werden der Arbeit bald überdrüssig.

Ich achte Marie-Jeanne und Mlle Rousseau mehr als ich sagen kann; ich kenne sie besser als du, durch die Personen, die ihnen nahestehen. Wenn es Gottes Wille gewesen wäre, daß du vom Vater her reich wärest, so würde ich sagen: wähle dir von beiden, die am meisten nach deinem Herzen ist, denn mit einer schönen Frau, die fromm und gut ist, geht alles vortrefflich. Aber wenn man in der Stadt lebt, tut man gut, ein Stadtmädchen zur Frau zu nehmen.

Es bietet sich nun eine Gelegenheit, dich in der Stadt in eine gute Lehre zu geben. Mme Parangon hat dich in Vermenton gesehen, als du bei Monsieur Collet warst, um ihm meinen Brief zu bringen und um mit seinem ältesten Sohne zu sprechen. Bei Mme Parangon, der Tochter meines Freundes, wirst du dich wohlfühlen und es besser haben als sonst die Lehrlinge in der Stadt. Aber trotzdem mußt du darauf gefaßt sein, mancherlei Unbill zu erdulden; bedenke immer, daß die Lehrzeit vorübergeht. Sei also klug und verständig, mein Sohn Nicolas, und denke an nichts anderes, als tüchtig und vollkommen zu werden in deinem Berufe, in den du nun eintreten wirst, denn es ist ein vornehmer und angesehener Stand, in dem man es zu großen und nützlichen Kenntnissen bringen kann!«

Zwei Tage, nachdem mein Vater mir seine Absichten eröffnet hatte, begleiteten mich meine Eltern nach Vermenton zum Vater Colettens, um mich Monsieur Parangon vorzustellen. Ich war sehr schüchtern. Dort sah ich Mlle Fanchette, die zwölf Jahre zählte und mir sehr schön erschien!...In diesem Augenblick trat Colette ins Zimmer, von fünf oder sechs Nymphen umgeben, von denen eine, die sehr aufgeweckt war, aus Paris stammte, eine andere mit imposanter Figur aus Auxerre, während die andern vom Lande waren. Ich erblickte Mme Parangon und empfand für sie alle Gefühle, die mir bisher nur Jeannette eingeflößt hatte, Mme Parangon aber erregte auch meine Begierden. Ich fühlte mein Herz zu ihr hingezogen. Sie sah mich an: ihre schönen Augen ruhten auf mir und ich fühlte mein Dasein veredelt durch diesen Blick. Mein Gott, welches majestätische Wesen!

Ich vergaß Marie-Jeanne und alles, was sie mir an Wünschen eingeflößt hatte. Jeannette ging auf in dem himmlischen Bilde, das sich tief in mein Herz eingegraben hatte. Ich zitterte vor Wonne; nichts fürchtete ich mehr, als ihr zu mißfallen. Zum Erstaunen meiner Eltern benahm ich mich männlich und verständig, als mich die sechs Mädchen umringten. Die Pariserin allein brachte mich ein wenig aus der Fassung durch ihre kecken Blicke und ihre zweideutigen Fragen. Ich errötete und schlug die Augen nieder. Die jungen Mädchen lachten; Mme Parangon sagte leise zu ihnen: »Ei, wenn ihr von ihm bestochen seid, weiß ich nicht, was ich von euch denken soll! Eines Tages vielleicht werdet ihr unter den Sarkasmen eines kleinen unverschämten Herrn seufzen!«...Unterdessen war Monsieur Parangon eingetreten und ich wurde ihm vorgestellt. Nach dem, was seine Frau ihm von mir erzählt hatte, schätzte er mich auf dreiundzwanzig Jahre, aber man sagte ihm, daß ich erst sechzehnundeinhalb zählte. Mein ganzes Benehmen, meine Worte, alles was ich tat, alles was ich sagte, verriet einen gewissen Ernst. Colette hatte einen andern Menschen aus mir gemacht, und das in einer Sekunde, mit einem Blick aus ihren Augen!...

Beglückende und unheilvolle Leidenschaft, nenne ich dich Liebe? Bist du ein noch edleres Gefühl?...

4

Am 14. Juli weckte mich mein Vater um 3 Uhr früh auf: »Nicolas (ich glaube ihn noch zu hören). »Nicolas!« – »Was ist?« – »Mein Sohn, ich sehe das erste Morgenrot.« – »Ich stehe schon auf.« Und ich stand zitternd auf, mein Herz schlug: mußte sich doch mit diesem Tag mein Leben gänzlich ändern. Am Abend desselben Tages sollte ich mich nun in einer ganz anderen Lage befinden als am Morgen. Diese Gedanken beschäftigten mich beim Anziehen. Meine Mutter sagte mir: »Liebes Kind, Morgenstunde hat Gold im Munde; man weiß nicht, was einen untertags alles aufhalten kann; es sind von hier bis zur Stadt sieben lange Stunden.« Zu seiner Frau gewandt sagte mein Vater: »Er wird noch vor Mittag ankommen, meine Liebe! Er wird die Mittagshitze vermeiden, der arme Junge; und auch der Esel der Tante wird nicht so müde werden ...«

Ich verschlang als Frühstück zwei frische Eier und stürzte einen großen Becher Weißwein hinunter. Der Vater sattelte mein Grautier selbst; wir befestigten die Köfferchen..., die Mutter weinte herzzerreißend. Mein Vater begleitete mich bis zum Fuß der Anhöhe Vèzehaut und verließ mich erst, als der Tag ganz angebrochen war. Beim Abschied sagte er mir folgendes:

»Nicolas, du kommst in die Stadt. Du trägst meinen Namen, der wegen meines guten Vaters und wegen aller meiner Vorfahren hier sehr geachtet ist. Erinnere dich immer an diese Tatsache. Es gibt drei Dinge, die mir das Herz brechen würden: Mangel an Redlichkeit, Trunksucht und deine Verheiratung mit einem Mädchen, das sich zum Dienst in der Stadt erniedrigt hat. Vergiß das nie!«

Mein lieber Leser!...Welch ein Abschnitt in meinem Leben! Es wird dadurch in zwei ganz verschiedene Hälften getrennt!...Jetzt war ich Herr meiner Taten, der kleinsten Kleinigkeiten meines Lebens. Ich, der ich die Frauen bisher nur scheu angesehen hatte, war nun in einer Stadt, wo die Häuser nicht zerstreut liegen, wie im Kirchspiel von Courgis oder wie in la Bretonne. Die Häuser stehen nebeneinander und sind voll schöner Mädchen (denn bei meiner Ankunft in der Stadt ließ mir die Neuheit der Situation alle Mädchen schön erscheinen). Ich, dessen Begierden noch so leicht zu erwecken waren, war nahe daran, sie alle zu umarmen...

Ich fragte Herrn Chambonnet, der auf meinem Wege wohnte und dessen Adresse ich hatte, nach dem Hause des Herrn Parangon; er gab mir seinen Sohn als Führer mit. Die alte Uhr, bei der wir vorbeikamen, bestaunte ich lange. Der junge Chambonnet zeigte mir eine Kugel, die den Mond vorstellte und je nach den Phasen schwarz oder golden war (sie war so wie die auf der Sorbonne); ich war entzückt!...

Endlich erreichten wir Herrn Parangons Haus. Chambonnet, flinker als ich, meldete mich an und stellte mich einer großen schönen Dame vor, die ich, da ich sie nicht gerade anzublicken wagte, für Frau Parangon hielt; aber ich wurde bald aufgeklärt, als ich in ihr eine meiner Spötterinnen erkannte. Ich schnallte allein meine Koffer ab, ohne daß die Dame mich im geringsten beobachtete. Chambonnet führte den Esel Martin fort. Ich wußte nicht, wohin ich mich wenden sollte, niemand sprach mit mir. Als der großen Dame meine Koffer im Weg waren, rief sie mir mit einem geringschätzigen Blick zu: »Wollen Sie das hier stehen lassen?« – Ich antwortete stotternd: »Ich weiß nicht, wohin damit.« – »Hierher«! – und sie zeigte auf eine Glastüre, die auf den Vorplatz ging.

Als die Köchin Aimée, eine gute und hübsche Person, mich meine Koffer schleppen sah, half sie mir bereitwilligst. Sie zeigte mir eine Kammer, die neben dem Abort lag, und sagte: »Wir werden sie hier hineintragen; das ist die ›Kammer der Lehrlinge‹.« – Sie rief meinen Kameraden Boudard und den Diener Tourangeot, die hastig herbeieilten. Diese halfen mir meine Koffer aufstellen und erboten sich beim Weggehen, mich in die Druckerei zu führen. Ich lehnte dankend ab; denn Aimée reichte mir, da ich auf das Essen wartete, eine Erfrischung. Die Güte dieses schönen Mädchens rührte mich. Ich zeigte ihr dies auf eine Art, die ihr zu schmeicheln schien. Ich wollte eben dem jungen Chambonnet nachlaufen, der Martin nach Hause führte, als Herr Parangon auftauchte, was mich daran hinderte. Ich beeilte mich, ihn zu begrüßen. Er würdigte mich nur der kurzen Worte: »Sind Sie da? – Denken Sie daran, daß Sie immer Ihre Arbeit tun.« Dann kehrte er sich um.

Als man das Essen auftrug, sagte die große Dame zu mir: »Junge, gehen Sie in die Küche.« Ich ging in die Küche am Ende des Vorplatzes, ohne daß mich Herr Parangon, der sehr höflich mit seinem Schwiegervater sprach, beachtete. Der Lehrling und der Diener setzten sich neben mich. Die Köchin, die uns die Reste des Gemüses brachte, sagte dem letzteren, er solle servieren gehen. Er schluckte seine Suppe hinunter und lief fort. Boudard schimpfte zu mir über Tourangeot. Aimée sagte mir lachend: »Das ist eine Auszeichnung für Sie, Herr Nicolas; Boudard vertraut auf Ihre Verschwiegenheit.« Dieses Wort gab mir von Aimée eine gute Meinung.

Der Tischwein war ganz gut und ich hungrig; mir war es ziemlich gleich, ob ich in der Küche oder am Tische des Meisters aß; im Gegenteil, ich blieb so in meiner guten Laune ungestörter. Boudard stammte auch aus Vermenton, der Sohn des Herrn Boudard-la-Grenouillere, eines Feldmessers, der mit meinem Vater befreundet war; ich fragte ihn während des Essens, wer die große Dame sei, die ich für Frau Parangon gehalten hatte. – »Es ist Fräulein Manon Gauthier, die Schwester des Herrn Gauthier de Prehy; ihre Mutter war eine Quatrevaux; sie ist die Kusine der Meisterin, die momentan in Paris ist.« – »Herr Gauthier de Prehy ist doch mein Vetter vierten Grades.« Tourangeot trat wieder ein. – »Ho, ho, sie weiß aber nichts davon, da sie gerade den Meister gefragt hat: ›Wer ist der Bursche, der eben gekommen ist?‹ Herr Parangon hat geantwortet: ›Es ist nur ein Lehrling, den mir mein Schwiegervater verschafft hat.‹« Was mich betrifft, ich wäre sehr enttäuscht gewesen, wenn diejenige, die mich so schlecht empfangen hatte, Frau Parangon gewesen wäre.

Nach dem Essen wollte ich nachschauen, wie man den Esel Martin versorgt hatte. Schüchtern und gutmütig wie ich war, glaubte ich die Erlaubnis von Fräulein Gauthier zu benötigen, und ich bat sie mit folgenden Worten darum: »Mein Fräulein, erlauben Sie, daß ich nach meinem Esel sehe?« — »Gehen Sie«, sagte sie höhnisch; »man darf seinesgleichen nicht vernachlässigen.« Ich war ein wenig bestürzt. Man hatte mich bis dahin überall mit viel Höflichkeit behandelt, und Fräulein Gauthier war die erste Person, die die Höflichkeit vernachlässigte. Das Herz war mir schwer, und ich weinte unterwegs beinahe. Nach meiner Rückkehr war es schlimmer. Ich hörte Fräulein Gauthier zu Herrn Parangon sagen: »Da ist ja Ihr Bauer, der mich um die Erlaubnis gebeten hat, seinen Esel zu sehen, ha, ha...« Ich hörte den Schluß nicht mehr.

Ich stieg das erste Mal in die Druckerei hinauf. Boudard empfing mich dort. Mein erstauntes und naives Aussehen machte die Arbeiter lachen. Jeder hänselte mich in der gröbsten Weise, vor allen anderen die Frau des Gehilfen Jeury. (Sie war eine Kusine des Herrn Parangon, eine sehr hübsche, blonde Frau, aber ein wenig leichtsinnig.) Dies tat auch eine gewisse Manon Vernier, eine Pariserin, auch eine Kusine des Herrn Parangon, die Tochter eines Schriftgießers, die zufällig da war. – »Bei dem wird man Geduld brauchen«, sagte die erste. – »Warum das?« fragte ein Arbeiter namens Chenou. — »Weil er so einfältig aussieht!« antwortete Manon.

Man muß bedenken, daß ich das Kleid eines Landgeistlichen trug, was schon ans Lächerliche streifte. Mein Aussehen war so naiv, daß solche Leute es mit Einfältigkeit verwechseln mußten. Ein gewöhnlicher Bauer erscheint mit seinem einfachen Aussehen als das, was er sein soll, und alles stimmt. Aber das Kleid eines Gelehrten zeigt eine gewisse Aufgeblasenheit, die zu meiner Naivität in Widerspruch stand... Das ist nicht der einzige Grund, warum ich Demütigendes hörte. In allen Gewerben sehen die Arbeiter nur mit Mißvergnügen den neuen Ankömmling, der ihr Brot teilen soll, und sie suchen ihm jeden möglichen Widerwillen einzuflößen. »Was für Menschen«, sagte ich zu mir selbst; aber Herr Boudard-le-Grenouillère, dessen Frau von Stand ist, hat ja auch seinen Sohn hergegeben. Warum sollte ich nicht hier sein? Sein Vater ist hochgeachtet wie der meine, er ist sogar feiner.«

Ich tröstete und ermutigte mich so, bemerkte aber mit Erstaunen, daß einige Arbeiter an der Presse sehr zerlumpt aussahen. Als Boudard mein Erstaunen bemerkte, flüsterte er mir ins Ohr: »Das sind Trunkenbolde.« Als ich bei der Presse des Chenou vorbeiging, nahm mich dieser Mann, der ein großer Schwätzer, aber ein kleiner Arbeiter war, bei der Hand und sagte zu den anderen: »Er wird ›Eisenhandschuhe‹ brauchen.« Dies ist eine Redensart, die ich aber nicht verstand, und niemand klärte mich auf.

Die erste Arbeit, die mir Boudard gab, schien mir nicht sehr anheimelnd. Boudard war nämlich mein Vorgänger, dem meine erste Instruktion anvertraut war. Ich hatte mir eine vornehmere Tätigkeit in dieser so erlesenen Kunst vorgestellt. Aber diese Arbeit bestand im ›Auflesen‹, das heißt, aus dem Schmutz die Typen heraussuchen, die den Arbeitern heruntergefallen und die dem Auskehrer (dies mußte ich ja sein) entgangen waren; dann mußte ich sie wieder zusammensetzen, ohne Worte daraus zu bilden, sie verteilen und wieder einordnen. So hatte ich bei meinem Debut die Nase im Staub, wie ein Pariser Lumpensammler.

Ich habe schon gesagt, daß die Lehrlinge den Arbeitern unterstellt sind, die auf sie keine Rücksicht nehmen; so hatte ich ebenso viele Meister, als es Arbeiter gab, und kaum war ich eingetreten, mußte ich allen folgen. Ich empfing fast während der ganzen Arbeitszeit unnütze, ungerechte, lächerliche, manchmal sogar verbotene Befehle. Ich mußte nicht nur alle Wünsche der Arbeiter erraten, sondern auch ihre Dummheiten, die von zweiunddreißig Arbeitern, vom Meister, von den zwei Frauen, von meinem Leidensgefährten und selbst vom Diener, der mich sogar Wasser tragen ließ. Ich mußte das Frühstück oder die Vesper holen gehen, den Wein, den Tabak und alles andere. Aber das ist noch nicht alles: Ich mußte auch der Laufbursche dieser ›Herren‹ sein, ihre Briefchen ihren Geliebten bringen, derer ich mich geschämt hätte. Diese Briefchen waren ebenso erotisch wie gemein und lasterhaft-zärtlich. Das schönste war, daß, wenn die Herren der Presse nicht schreiben konnten, wie Billom aus Limousin, oder wenn sie nicht diktieren konnten, wie alle anderen, mit Ausnahme von zweien, ich schreiben oder ihre groben Zärtlichkeiten ausrichten und sie, sei es einer Wäscherin, sei es einer Köchin, verdolmetschen mußte.

Alle diese Leute hatten nicht die geringste Ahnung von guter Sitte. Mein Kamerad Boudard hatte vor seinem Eintritt bei Herrn Parangon einen ausgezeichneten Charakter gehabt, der später, im Alter der vollkommenen Entwicklung seiner Fähigkeiten, wiederkam; jetzt aber war er ein wahres kleines Ungeheuer, das alle Schandtaten in sich verbarg. Der Faktor Tourangeot hatte seinem Meister geholfen, halb Flandern auszurauben und zu vergewaltigen. Er erzählte kaltblütig, wie ihm sein Meister, ein gewisser Jeaurat aus Vermenton, einige gefangene Landmädchen überließ, wenn es ihm nicht möglich war, von den Eltern dieser Unglücklichen ein Lösegeld zu erpressen; wie er eine vergewaltigen wollte und wie er dann, als die Armeen sich entfernt hatten, von der Familie fast erschlagen worden wäre. Tourangeot war der Liebling des Meisters, der ihm sogar das Angebot gemacht hatte, ihn mit Marie, einer früheren Dienerin, zu verheiraten; er hatte sich diese nur gefügig gemacht, indem er ihr diese Aussicht bot. Boudard war von allem unterrichtet, und als erstes erzählte er mir diese ganzen Geschichten; ich war so erstaunt, daß ich ein dummes Gesicht dazu machte.

Kaum hatte sich dieser junge Mann aus der Sklaverei, der unterste zu sein, befreit gesehen, als er sich den anderen Arbeitern zugesellte, um mich auch quälen zu können. Er stöberte meine Schwächen auf, um sie den Arbeitern mitzuteilen und mich so lächerlich zu machen. Sogar der Faktor tat das seinige. Ich war sehr erstaunt, daß die Dummheit wagte, sich über mich zu mokieren, da sie meine Überlegenheit doch spüren mußte. – Man weiß, daß es gewisse Prüfungen gibt, denen, seien es nun grausame oder lustige, jeder neue Ankömmling unterworfen wird. Das ist eine Art Einstandsgeld, das man ihn zahlen läßt. Im Druckereihandwerk war es damals gebräuchlich, den Lehrlingen weiszumachen, daß sie ›Eisenhandschuhe‹ brauchten. Oh ne gerade dumm zu sein, konnte ein junger Mann, der in eine ihm fremde Situation kommt, wo er täglich Hunderte ihm unbekannter Ausdrücke hört, glauben, daß ›Eisenhandschuhe‹ ein terminus technicus sei.

Boudard, dem ich als Sohn des Freundes meines Vaters noch mein volles Vertrauen schenkte, machte mir diesen lächerlichen Scherz glaubhaft. – »Er wird nicht darauf hereinfallen«, sagten die Arbeiter; »ein Junge von dem Alter.« – »Ihr wißt ja nicht, wie kindisch er ist«, fiel mein perfider Kamerad ein. »Er wird sicher darauf hereinfallen.« Dann suchte er mich bei meiner Arbeit auf und sagte: »Nicolas, du mußt zum Schlosser gehen, um diese Eisenrähmchen richten und um dir gleichzeitig das Maß für die ›Eisenhandschuhe‹ nehmen zu lassen, damit, wenn du gezwungen bist, an der Presse zu arbeiten, du dich nicht verletzt.« Er gab mir das Eisenrähmchen und ich entfernte mich. Ich bestellte beim Schlosser die Handschuhe. — »Ha, ha«, sagte dieser, »dazu muß ich dir doch erst Maß nehmen.« Dann suchte er ein Stück Eisenblech, bohrte in die beiden Enden Löcher, legte es um mein Handgelenk, und ehe ich mich versehen hatte, schlug er Nägel in die Löcher und vernietete sie. »Geh jetzt und laß sehen, ob das so gut ist.«

Ich mußte glauben, daß dieses Armband notwendig sei, da ich das notwendige Werkzeug für mein Handwerk noch nicht angesehen hatte. Ich lief weg, aber unterwegs kamen mir einige Zweifel: »Zu was kann dieser Eisenring am Arm dienen? Er hat ihn vernietet? Das ist sicher ein Scherz, bezeichnend für die Leute, die ihn machen.« Ich brach ihn mit Mühe wieder auf und ging nach Hause zurück, aber ich fürchtete diese brutalen Menschen derart, daß ich mich lieber ihrem dummen Gelächter aussetzen wollte, als irgend etwas Wichtiges falsch zu machen. Ich behielt deshalb das Blech an der Hand. Alle Arbeiter und vor allem der Schlingel Boudard, der mir gefolgt war, ohne daß ich ihn bemerkt hatte, und der gesehen hatte, wie die Nägel vernietet wurden, erwarteten mich am Fenster der Druckerei, das auf den Vorplatz ging. Kaum erschien ich, so klatschten sie in die Hände, wie bei den Volkssängern. Ich zweifelte nicht mehr, sondern trat in die Feuchtkammer und warf das Armband in den Keller. Man konnte nicht sehen, daß ich mich aufgehalten hatte, und ich stieg sofort, die Hände frei, zur Druckerei hinauf. Die Lacher fragten mich aus. Boudard war ganz verdutzt. Ich sagte kein Wort und tat, als ob nichts vorgefallen wäre.

Boudard war ein wirkliches Kind, nur mit Nichtigkeiten beschäftigt. Er ging zum Schlosser, um sich zu erkundigen. Der Handwerker sagte ihm: »Ja, er hat sie; ich habe sie ihm gemacht. Nach einigen Worten, die er mir gesagt hat, glaube ich aber, er ist schlauer als du, mein Freundchen, der den Erfahrenen spielt. Geh und schau, ob er den Ring nicht vielleicht über den Ellbogen hinaufgeschoben hat!«

Boudard kam in heftigem Zorne gegen den Schlosser zurück. Er erzählte seine Unterredung den Arbeitern wieder, die brummten, da sie glaubten, daß der Schlosser mich aufgeklärt hätte. Sie regten sich darüber auf, daß er ihnen den Spaß verdorben hatte. Ich war dann so gutmütig, einzugestehen, daß man mir einen Eisenring um das Handgelenk genietet hatte, aber daß ich, da ich sie bei meiner Rückkunft lachen hörte, diesen in die Feuchtkammer geworfen hätte. »Oh, was ist er für ein Dummkopf,« schrieen alle. »Und noch mehr, weil er es eingesteht«, sagte Jeury. Ich wußte wohl, daß diese Leute den Grund meines Geständnisses nicht verstehen würden. Ein vernichtender Blick war der einzige Ausdruck meiner Gedanken, und ich ging, wieder meine Typen einzuräumen.

Der Zufall rächte mich an Boudard auf drei Arten: Ich hatte schon meine drei Häufchen sortiert und lernte nun die Typen ablegen. Ich hatte sorgfältig die verrosteten und verbogenen Typen herausgesucht. Nachdem ich sie gewaschen hatte, füllte ich während der Frühstückspause die Kästen der Arbeiter. Bei ihrer Rückkunft waren sie entzückt, ihre Kästen voll zu finden; aber als sie die große Zahl der verrosteten und verbogenen Typen sahen, brummten sie und hätten mich trotz der Anwesenheit des Faktors fast mißhandelt, wenn der Meister nicht hereingekommen wäre. Der Irrtum klärte sich bald auf: der faule Boudard, der ein oder zwei Jahre lang aufräumen mußte, hatte dies, um seinen Nachfolger zu belasten, angestellt und wurde allein für schuldig befunden. Er wurde streng bestraft.

Man schaffte mir Arbeit im Magazin, und Boudard fiel aus seiner stolzen Freiheit wieder in seine frühere Sklaverei. Schließlich – und dies war etwas, was ihn noch mehr ärgerte – wurde uns aufgetragen, zusammen lateinische Märtyrergesänge zu setzen, die damals gerade gedruckt werden sollten. Es waren vierundzwanzig Seiten, von denen ich acht setzte, während Boudard sechzehn Seiten schaffen mußte. Meine Arbeit enthielt verschiedene typographische Fehler, da ich einige Buchstaben doppelt oder dreifach gesetzt hatte; alles übrige war jedoch richtig von mir gemacht worden.

Als wir es verglichen hatten, ging Boudard zum Meister hinunter. Sie lasen es. Da der Meister eine Menge Fehler entdeckte, fragte er, wo meine Arbeit sei. Er erkannte sie an den Unregelmäßigkeiten des Anfängers sofort. Nach der Korrektur zeigte der strenge Parangon seinem früheren Lehrling meine acht Seiten, haute ihm eins hinter die Ohren, und als dieser das Zimmer verließ, gab er ihm einen Fußtritt. Mein Kamerad kam weinend wieder zurück. Der Faktor fragte ihn, was er habe. – »Ich bin für dem seine Eseleien geschlagen worden.« – »Das scheint mir nicht ganz richtig. Der Meister weiß recht gut, daß Nicolas zum erstenmal gesetzt hat; er kann nicht damit rechnen, daß er alles richtig macht; aber noch viel weniger kann er dies bei dir annehmen.« Boudard wollte seinen Bürstenabzug nicht herzeigen. Monsieur Parangon kannte aber den kindischen Hochmut des Herrn von la Grenouillère und schlich ihm leise nach. »Nein, nein«, sagte er mit schrecklicher Stimme, »ich habe diesen Lausbuben nicht für die Eselei des Nicolas geschlagen, sondern für seine eigene unverbesserliche Dummheit, seine Unaufmerksamkeit, seine Faulheit.«

Meine eigentliche Lehrzeit würde erst nach zwei Probemonaten beginnen. Da die vier Jahre erst von diesem Datum an gerechnet werden sollten, so bemühte ich mich, diese Probezeit abzukürzen. Man erlaubte mir, meinen Vater zu besuchen. Ich hütete mich wohl, mich hier gleich zu beklagen, da ich fürchtete, man könnte denken: »Er taugt zu nichts«, und daß meine Brüder triumphieren würden. Dieser Gedanke allein hielt mich in der Druckerei, was mein Schicksal entschieden hat, wie man in der Folge sehen wird. Alles was ich an Klagen vorbrachte, bestand nur aus folgenden Worten: »Frau Parangon war leider bei meiner Ankunft in Paris und ist noch dort.« Mein Vater und meine Mutter erwiesen mir viele Zärtlichkeiten, und ich sah, da ich nicht klagte, daß ich nicht besorgt zu sein brauchte, meine Brüder könnten frohlocken.

Zu Monsieur Antoine Foudriat sprach ich etwas offener, worauf der mir trocken folgendes sagte: »Wenn du tust, was die anderen tun und es nicht zurückweisen kannst, ohne zu sehr anzustoßen, so mache nur so weiter; aber fühle das Schlechte aus allem, was du siehst, heraus. Wenn du gezwungen bist, die Schande zu sehen, dann denke daran, daß man sie nur sehen muß, um vor ihr Abscheu zu bekommen.«

Mein Vater bestimmte den Tag, an dem ich in die Stadt zurückkehren müßte, und ich begab mich zum großen Leidwesen meiner Mutter hin, die mich gern ausgefragt hätte. Denn sie sah, daß ich einige Sorgen verbarg, die mein Vater sich nicht scheute, noch zu vergrößern. Ich sah meinem neuen Aufenthalt nicht mit so großem Schrecken entgegen, wie seinerzeit bei meiner Rückkehr nach Vermenton. Ich spürte sogar einige Freude. Leise, ohne daß ich es wußte, begann ich, die Stadt zu lieben.

Die Freude, die ich hatte, da ich meine Probezeit vorbeigehen und meine Lehrzeit beginnen sah, wurde durch die Klagen über meine Faulheit, die M. Parangon vorbrachte, etwas abgeschwächt. Aber als ich meinen Vater ein Stück Wegs zurückbegleitete, der sich wie mich vor dem Notar gebunden hatte, glaubte ich die Wahrheit sagen zu können. Er fragte mich, warum ich nicht vor dem Meister gesprochen hätte. – »Ich wäre verloren gewesen, und ich bitte dich, ihm gegenüber nichts davon zu erwähnen.« – »Ich hätte dich zurückgenommen; ich würde dich noch jetzt zurücknehmen, wenn nur der Kontrakt nicht wäre, der uns bindet.« – »Ja, Vater, der Wein ist nun einmal eingeschenkt, man muß ihn austrinken.« Ich bemerkte, daß dies Wort ihm großen Eindruck machte. Er lobte meinen Entschluß und schien zufrieden. Wie ich schon gesagt habe, begann ich die Stadt zu lieben, und ich zitterte davor, sie verlassen zu müssen. Man muß die Gründe darlegen, lieber Leser: Ich liebte damals noch nicht eine einzelne Frau, sondern die Frauen, und ich wurde durch das Geschlecht mehr entzückt, als durch das Einzelwesen, wenn es auch noch so hübsch war. Ich sah in meinem neuerlichen Aufenthalt tausend Möglichkeiten, einen Trieb zu befriedigen, der von Tag zu Tag wuchs. In unserer Nachbarschaft wohnte auf der einen Seite die schöne Prudhot, die ich am Tage meines ersten Mittagessens mit Marguerite Pâris, unserer Haushälterin, bei Frau Jeury getroffen hatte. Auf der andern Seite lebten die drei Schwestern Baron, von denen ich noch keine vorzog. Dieser Umstand allein festigte schon meinen Entschluß. In kurzer Zeit würde ich andere Bekanntschaften der gleichen Art machen! Ich ahnte wohl schon das Erscheinen einer Edmée Servigné; ich ahnte wohl, daß die göttliche Colette aus Paris zurückkommen würde...

Die Abwesenheit der Frau Parangon dauerte nach meiner Ankunft in ihrem Hause noch drei Monate. Während dieser Zeit – die lang ist für den, der leidet – hat man wohl gesehen, was ich in der Druckerei ausstehen mußte. Hier noch einige Einzelheiten über den Haushalt. Er wurde zuerst von Fräulein Gauthier, meiner Kusine im vierten Grade, geleitet, die mich mit so vollständiger Mißachtung empfangen hatte. Aber ich brauchte nicht lange unter der Laune dieses großen Mädchens zu leiden. Sie hatte, obwohl er verheiratet war, ein Verhältnis mit ihrem Vetter, dem Postmeister Robin. Herr Parangon, welcher sehr liebebedürftig war, wollte diese Schöne erringen, aber eine geheime Liebschaft verteidigt die Unschuld einer Frau besser als ihre Tugend. Als sie sah, daß er sie zu sehr bedrängte, schrieb sie im geheimen an Frau Parangon, ihre Kusine, »daß sie sie nicht mehr vertreten könne, da ihr Gemahl verlange, daß sie sie zu vollständig vertrete.« Frau Parangon, die ihren Mann noch nicht kannte, glaubte, daß er doch seine eigene Verwandtschaft respektieren werde, und sie sandte aus Paris Manon Vernier, von der ich schon gesprochen habe. Sie war eine leibliche Kusine des Herrn Parangon. Nach Ankunft dieses Mädchens zog sich Fräulein Gauthier zurück.

Die Neue war eine kleine Pariserin mit vertrocknetem Gesicht, aber ziemlich hübsch, bedeutend kecker und viel geringschätziger denen gegenüber, die sie ›Bauern‹ nannte. Ich hatte das Unglück, ihr zu mißfallen. Sie machte sich mit der ganzen Offenheit einer kleinen Arbeiterin ohne Erziehung über mich lustig; dabei war sie sogar unfähig, den Minderwert falscher Brillanten abzuschätzen.

Eines Abends nach dem Essen ging sie mit Bourgoin und Boudard spazieren. Tourangeot lief zu seiner Marie und ich blieb allein mit Aimée. Ich nahm ein Buch, das mir bereits aufgefallen war. Es waren die ›Heroiden‹ von Ovid im lateinischen Urtext mit einer schlechten französischen Übersetzung in Versen. Ich las zuerst leise das Lateinische – ich dachte nicht an Aimée, die sich hinter mich gestellt hatte –; dann las ich laut die Epistel der Ariadne an Theseus. Ich war sehr bewegt und meine Stimme hatte den silbernen, sonoren Klang, der alles Gefühl in der Kehle zu vereinigen scheint.

Mitten in meiner Lektüre hörte ich einen tiefen Seufzer; ich drehte mich um: Die gefühlvolle Aimée zerfloß in Tränen. Nachdem ich geendet hatte, schluchzte das Mädchen. »Sie sind wohl sehr ergriffen, Aimée?« sagte ich zu ihr. –»Und Sie wohl auch, Nicolas? Ach wie sind die doch glücklich, die lesen können wie Sie! Sie finden in den Büchern alles das, was andere nur im Herzen fühlen können.« – »Gibt es irgend etwas, womit ich Ihnen helfen könnte? Sprechen Sie, Aimée, denn Ihr Blick zeigt mir, daß Sie mir etwas zu sagen haben.« – »Ja, Nicolas, Sie sind zartfühlend, anständig und kein Spötter«, sprach sie zögernd. »Ich hätte Ihnen eine Eröffnung zu machen..., eine Art Geständnis, das mir sehr schwerfällt. Seitdem Sie hier sind, habe ich mich mit Ihnen beschäftigt; es gibt niemand, der Ihnen gleichkommt, auch der Meister nicht. Ich weiß nur einen: die Meisterin, sie allein verdient es, Sie in ihrem Hause zu haben.« Sie schwieg, doch diese Umschweife beängstigten mich. Sie fuhr fort: »Wegen der Hochachtung, die ich Ihrer Handlungsweise zolle, werde ich Ihnen meine Lage anvertrauen: Ich habe einen Geliebten (ich atmete auf), und er hat mir versprochen, mich zu heiraten.« – »Er wird Wort halten... Sie sind ein zu schönes Mädchen.« ––»Er ist Faßbinder und nennt sich Châtelain. Er hat mir zu verstehen gegeben, daß, damit sein Vater und seine Mutter einverstanden sind, es notwendig sei,...« Sie errötete und senkte ihre wunderschönen, blauen Augen. Schließlich brach sie seufzend und schluchzend in Tränen aus. »Ich bin nämlich schwanger.« – »Was kann ich für Sie tun?« – Sie schluchzte. – »Beruhigen Sie sich, meine Liebe, was kann ich für Sie tun?« – »Schreiben Sie an Châtelain, der nach Joigny gegangen ist, und teilen Sie ihm mit, daß es nur von ihm abhänge, ob ich leben oder sterben soll.« – »Ja, ich werde sofort schreiben, und ich kann nichts Besseres schreiben, als was Sie mir sagen.« – »O Nicolas, ich werde Ihnen mein Leben verdanken, wenn er zurückkommt.« – »Liebt er Sie?« – »Ja, dessen bin ich sicher.« – »Ich auch, wenn ich nach Ihren Reizen schließe; aber ein so schönes Mädchen wie Sie sollte wohl etwas zurückhaltender sein.« – »Ja, leider...«; sie sagte es, in Tränen gebadet.

Ich schrieb den Brief, las ihn auf Verlangen dreimal vor und ließ sie ihn auf die Post geben. Châtelain (um dieses Kapitel gleich ganz zu erledigen) war durch den Brief zu gerührt, daß er sofort zurückkam und die Hochzeit vorbereitet wurde.

Wenige Tage nachher spielte Manon der Aimée einen Streich, der zeigt, bis zu welchem Grade diese Pariserin verderbt war. Die schöne Köchin, durch ihre Arbeit sehr ermüdet, schlief nach Tisch auf ihrem Bette. Die Tür schloß schlecht und man konnte die Schläferin sehen. Manon kannte diese Gewohnheit Aimées. Sie spürte eine indezente Situation auf, der sich das junge Mädchen zufällig aussetzte. Nachdem sie sie fast nackt entdeckt hatte, ließ sie die Arbeiter durch Tourangeot benachrichtigen, anstatt Aimée zu wecken, wie sie es ihrer Geschlechtsgenossin doch schuldig gewesen wäre.

Alle mit Ausnahme des Faktors kamen, um ihre Blicke an den Reizen zu ergötzen. Ich kannte zuerst den Grund des Lärms, den ich hörte, nicht, aber bald erfuhr ich ihn. Ungehalten lief ich in mein kleines Zimmer, dessen in die Küche gehende Tür verrammelt war. Ich schlug kräftig dagegen und erweckte so die arme Aimée, die sich schnell in Ordnung brachte. Nachdem sich die lärmende Bande entfernt hatte, ging ich zu ihr, um sie aufzuklären und ihr zu sagen, was ich getan hatte, um sie aufzuwecken. Aimée beugte sich auf meine Hand und küßte sie gegen meinen Willen. »Gott segne Sie, guter Junge«, sagte sie, »der Sie diese Wüstlinge zurückgehalten haben...« – Ich gab ihrem Gedanken, den sie nicht zu Ende sprach, eine andere Wendung: »...das Geschlecht Ihrer Mutter zu schänden.« Einige Tage nachher verließ Aimée das Haus, um sich zu verheiraten.

Auf die gute Aimée folgte ein junges Mädchen, das vielleicht noch besser war, namens Tiennette. Sie war in Avallon geboren. Die Frauen in der Gegend der einstigen Hauptstadt von Atissiodor sind nicht schön. Alle Mädchen aus dieser Gegend sind scheinbar dazu geschaffen, nur bei solchen Taugenichtsen zu dienen, die zu allem fähig sind. Steigt man aber etwas höher, nach der Seite von Morvand, in den Umkreis, der bei Percy-le-Sec, eine Meile von Avallon, beginnt, so sieht man, daß die Jungfern aus Bourgignon wirklich schön sind. Tiennette wenigstens war entzückend, und ich fühlte mich beglückt, sie in meiner Nähe zu wissen.

Durch Aimée vorbereitet, kam sie zu mir und sagte: »Nicolas, ich bin ganz erstaunt, mich in einem Haus mit so vielen Männern zu befinden; aber Aimée hat mir gesagt, daß Sie ein guter und ehrlicher Junge aus Sacy sind, das nur drei Meilen von Avallon entfernt liegt, und obendrein zu anständigen Leuten aus guter Familie gehören. Wenn ich in jemand Vertrauen setzen kann, so sind es nur Sie allein, wegen des Rufs Ihres Vaters, der bei uns gut bekannt ist. Nicolas, ich bitte Sie, mich in allen Dingen zu führen, die nicht zu meinen Pflichten als Köchin gehören, auf die ich mich ausgezeichnet verstehe; denn ich bin auch von ehrenhaften Leuten. Ich nenne mich Dominez. Einer meiner Verwandten ist Advokat in Paris, oder gar Prokurator. Ich möchte Sie deshalb inständig bitten, mich in meiner natürlichen Einfalt zu beschützen: Wenn ich gewußt hätte, daß die Meisterin nicht hier ist, so hätte ich mein Kommen lieber aufgeschoben.«

Ich war von dieser naiven Ansprache entzückt, von der ich nicht eine Silbe geändert habe. »Ich werde Ihnen meine Ratschläge geben«, antwortete ich ihr, »aber es ist nicht gut, wenn man zwischen uns eine Verbindung bemerkt; man würde uns nur auslachen, und das würde uns kränken.« Tiennette war weniger schön als Aimee, aber doch hübsch, jünger, delikater und sehr naiv. Sie war wie ein Fräulein angezogen, mit der Grazie und der Reinheit der Mädchen aus Morvand. Auch machte sie auf alle Leute mehr Eindruck als Aimée. Der Meister, der Faktor, die Arbeiter, der Diener, alle hofften auf ihr Herz oder wollten sie verführen. Die unschuldige Tiennette war daher in sehr großer Verlegenheit. Sie war so einfältig, daß sie fast nicht wagte, ihre Unschuld gegen Herrn Parangon zu verteidigen, aus Angst, gegen den Respekt zu verstoßen. Das hörte ich aus seinen Worten heraus.

Glücklicherweise schützte Tiennette im Anfang die Anwesenheit von Manon, die den Meister flammend anbetete und die sehr eifersüchtig war. Die Gefahr wurde aber manchmal doch riesengroß. Eines Sonntags hatte Herr Parangon mit Fleiß alle Leute außer mir weggeschickt und hoffte, über Tiennette zu triumphieren. Er drückte sie so brutal an sich, daß das arme verängstigte Kind sich losriß, in Tränen ihm zu Füßen fiel und ihn bat, ihre Unschuld zu verschonen. Aber er nahm auf ihre Bitten wenig Rücksicht und befahl ihr, sich zu erheben. Sie folgte dummerweise und er stürzte sich auf sie. Das arme Ding wurde umgeworfen und begann mit durchdringender Stimme zu schreien: »Nicolas, zu Hilfe.« Ich stürzte hin, da ich glaubte, daß Feuer ausgebrochen sei; ich stieß die Tür geschwind auf und wie ein Blitz befand ich mich im Zimmer. Ich war versteinert, als ich den Meister erblickte. Aber er, der natürlich alle schüchternen Bauernjungen sehr gering einschätzte und schlagfertig war wie alle hartgesottenen Sünder, sagte in strengem Tone: »Du bist sehr frech zu mir hereingestürzt. Mach, daß du hinauskommst!« – Ich hatte Lust, ihm ein paar Ohrfeigen herunterzuhauen; aber die Schüchternheit hinderte mich daran, und ich hätte fast die Schwäche gehabt, ihm Tiennette zu überlassen, wenn dieses arme Mädchen nicht den Moment benutzt hätte, ihm zu entwischen; sie stürzte mir nach. Da sie einmal aus dem Zimmer war, fühlte Herr Parangon wohl, daß sie nicht mehr zurückkommen würde. Er dachte wohl auch, daß ich die Familie seiner Frau kannte, ließ uns in Frieden und ging, sich mit Manon zu vergnügen.

Nachdem er weg war, tröstete ich Tiennette. Ich gab ihr gute Ratschläge und festigte dabei meine eigene Tugend. Meine Vernunft machte mich zurückhaltend. Außerdem war Tiennette doch ein Dienstbote und wurde in dieser Eigenschaft mit so wenig Achtung vom Meister und seinen Freunden behandelt, wie eine schwarze Sklavin. Auch hatte sie mir ein Geständnis gemacht: Herr Parangon habe, bevor er Gewalt gebraucht habe, sie mit Schmeichelworten überreden wollen: er habe ihr das Beispiel der Marie vor Augen gehalten, die er an Tourangeot verheiraten würde, vorausgesetzt, daß dieser das Drucken lerne. »Ich habe da gerade jemanden im Auge: den Nicolas. Er ist ein einfacher und gutmütiger Junge. Ich werde dich mit ihm verheiraten, wenn ich mit dir zufrieden bin. Ich sage dir nicht die Mittel, die ich dazu anwende. Ich weiß, wie ich mich benehmen muß; so wird deine Ehre nicht leiden.« Diese Eröffnung machte mich zittern. Ich sagte ihr, daß sie auf sein Versprechen nicht bauen dürfe. – »Oh, ich weiß es recht gut«, sagte das junge, naive, aber nicht dumme Mädchen, »ich vertraue mich Ihnen ganz an. Er hat es mir zwar streng verboten, aber ich verberge Ihnen nichts. Ich würde Sie sehr lieben, Nicolas, aber ich bin nicht dumm und weiß nur zu gut, daß Sie noch jung und ohne ein Auskommen sind. Ich weiß allerdings auch, daß Sie Eltern haben und ein Geschäft in Aussicht. Endlich wollte ich Sie auch nicht als Dienstbote heiraten, da Sie ein zu schöner Junge sind, und noch weniger nach einem Fehltritt. Wenn ich jetzt im Dienst bin, so muß ich es tun, um das zu vermeiden, was ich nicht will, nämlich eine Heirat, die mir mißfällt; ich habe die Meinigen im Groll verlassen.« – »Haben Sie einen Geliebten?« – »Herrgott ja; aber ich will ihn nur dann wiedersehen, wenn ich mein Glück gemacht habe.« Das Geständnis, daß sie einen Geliebten habe, beruhigte mich. Denn Tiennette schien mir auch so hinreichend gefährlich. Ich verließ sie, um mich zu meiner Übersetzung des Terenz zurückzubegeben.

Eine Stunde saß ich ruhig am Platze des Faktors, wo ich gewöhnlich an meiner Übersetzung oder an meinen Versen arbeitete, als ich Tiennette hörte. Sie machte das Bett des Faktors, dessen Zimmer in den Druckereisaal ging, und sang. Nach einigen Minuten hörte ich sie mit erstickter Stimme schreien. »Zu Hilfe, zu Hilfe!« Ich glaubte, daß es wieder unser schrecklicher Satyr sei; aber ich täuschte mich. Ich lief hin; es war der Faktor, ein großer robuster Bursche, der damals mit einem Fräulein Huot ein Verhältnis hatte. Diese war eine starke Person mit Vollmondgesicht, welche der Masse ihres Geliebten nichts nachgab. Bourgoin hatte eben gevespert und wußte nicht, daß ich mich zu der Stunde bei so schönem Wetter im Druckereisaal aufhalten würde. Mein Anblick brachte ihn aus dem Konzept; er ließ ein verzerrtes Lächeln sehen und machte mir ein Zeichen, ich solle schweigen. Nachdem er sich entfernt hatte, passierte mir eine sehr merkwürdige Sache. Ich glaube nicht, daß irgend jemandem jemals ein ähnliches Angebot gemacht wurde; in meinem Leben jedenfalls war der Vorfall einzig dastehend.

Tiennette ordnete ihre Kleider und trat auf mich zu, bevor sie noch das Bett fertig machte. Sie zitterte noch immer. »Ich bin Ihnen Dank schuldig«, sagte sie und preßte meine Hände. »Herr Nicolas, Sie sind mein guter Engel.« Darauf schwieg sie und weinte. Ich tröstete sie; nie erschien mir ein Mädchen interessanter. Nach einigen Augenblicken warf sie sich fast erstickt vor Schluchzen in meine Arme. Ich glaubte zuerst, daß das arme Mädchen in einem der beiden

Angriffe unterlegen sei, und dies tat mir sehr leid. »Meine liebe Tiennette«, sagte ich daher zu ihr, »ich weiß, daß es ein großes Unglück ist, wenn Sie…Aber schließlich war es nicht freiwillig. Trösten Sie sich.« – »Ha, lieber Nicolas, sie haben sich sehr bemüht, mir zu verstehen zu geben, was sie von mir wollten; besonders Herr Parangon, der verlangte, ich sollte mich ihm hingeben. Aber keiner von beiden hat es erreicht. Oh,…ich würde vor Kummer sterben, wenn mich Ihr garstiger Meister oder der grobe, fuchsrote Faktor oder irgendein anderer Arbeiter, die alle Wüstlinge sind, oder gar dieser Unhold von Tourangeot genommen hätte, der auch zu wollen scheint. Ich weiß nur zu gut, daß ich weder hier noch anderswo meine Jungfernschaft werde bewahren können, denn ich werde überall angegriffen. Da ich sie mir so nicht erhalten kann (sie verbarg ihr Gesicht an meiner Brust), so schenke ich sie Ihnen. Nehmen Sie sie; ich bin damit einverstanden; wenigstens wird der, der mich besitzt, ein braver und ehrlicher Junge sein, vor dem ich nicht werde erröten müssen. Wenn ich sie nicht mehr habe, werden sie mich in Ruhe lassen; denn ich werde ihnen, wenn sie mir sagen: ›Tiennette, ich muß dich entjungfern‹, antworten: ›Sucht sie Euch, die Jungfernschaft; ich habe sie nicht mehr.‹ Ja, Nicolas, Sie müssen sie mir nehmen, damit ich nicht vor Kummer sterbe, wenn andere kommen, sie mir zu rauben.«

Ich gestehe es, ich konnte nicht mehr denken. Einen Augenblick kam mir die Idee, daß Tiennette sehr verliebt und schlau sei, daß sie früher unterlegen war und mir nun die Schwängerung in die Schuhe schieben wollte, indem sie mich so täuschte. Ich dachte sogar, daß ihr Herr Parangon diesen Gedanken eingeblasen habe, oder der Faktor oder Comtois Degout, der sie, wie alle anderen, verfolgte.

Aber ich dachte nicht lange so ungerecht. »Tiennette«, sagte ich ihr, »das, was Sie mir anbieten, schmeichelt mir, aber es ist ja eine Todsünde. Bleiben Sie brav; ich werde Ihnen schon die Möglichkeit dazu geben: ich werde nie ausgehen, auch nicht an Festtagen, um Ihnen zu Hilfe kommen zu können, wenn Sie mich rufen; gehen Sie nie ohne Manon zu Herrn Parangon; wenn Sie das Bett des Faktors machen, versichern Sie sich, daß er ausgegangen ist und schließen Sie die Treppenstiege gut ab. Unter der Woche verlassen Sie nie Manon.« – »Oh, was für eine gute Verteidigung! Ich würde vor Schande erröten, wenn ich das wiederholen wollte, was diese gestern bei Tische vor drei Männern gesagt hat.« – »Bis zur Rückkehr von Frau Parangon haben Sie nur diese Mittel. Auch Manon wird Sie schützen, ich versichere es Ihnen.« – »Das ist möglich, denn es wäre ihr eigenes schmutziges Interesse. Sie läßt sich nicht lange bitten, um Herrn Parangon zu Gefallen zu sein. Sie glauben also wirklich, daß ich mich so beschützen kann?« – »Ich versichere es Ihnen, wenn Sie die Vorsichten anwenden, die ich Ihnen angegeben habe.«

Tiennette war begeistert; ihr hübscher Mund stand halb offen. »Ah«, sagte sie endlich, »ich sehe nun, daß ich Ihnen zweifach verpflichtet bin, daß Sie meine Jungfernschaft, die ich Ihnen nur aus Verzweiflung anbot, nicht angenommen haben, ist meine größere Dankesschuld. Oh, ich vertraue Ihnen jetzt noch mehr. Nur um Ruhe zu haben, bot ich mich Ihnen an…Herr Thibaut wird sehr glücklich sein, daß Sie mich beschützt haben, denn ich werde ihm sagen, daß er ohne Sie bei mir nicht hätte der erste sein können.« Daraus ersah ich ihre ganze Unschuld. »Wie nur wegen Ihrer Ruhe? Sie glauben also, daß, wenn Sie mir Ihre…Blume geopfert hätten, Sie in Ruhe gelassen worden wären?« – »Sicher, denn sie hätten mich wohl in Ruhe gelassen, da sie ja nur das von mir wollen.« – »Oh, mein liebes Kind, wie sind Sie doch einfältig! Wenn Sie einem einmal unterlegen wären, hätte er es weiter erzählt; er hätte sich über Sie lustig gemacht, und alle hätten Sie ihrerseits auch besitzen wollen. Sie wären dann wie die armen unglücklichen Dirnen gewesen, die für alle da sind; Sie haben davon vielleicht schon sprechen gehört.« Tiennette erblaßte und wäre beinahe ohnmächtig geworden. »So wäre Ihnen also«, fuhr ich fort, »bei einem anderen als bei mir alles zum Unglück geworden; man hätte Sie entehrt. Vertrauen Sie das, was Sie mir eben gesagt haben, keinem Menschen an; denn kaum sind Sie hier, so haben Sie sich schon die Flügel verbrannt.«

Ich sah, daß ich mit dem jungen Mädchen, dessen Aufrichtigkeit ich erst leise angezweifelt hatte, offen sprechen durfte. Sie konnte sich gar nicht entschließen, mich zu verlassen, so war sie erschreckt. Ich mußte in den Saal arbeiten gehen, damit ich hören könnte, wenn man sie in der Küche attackieren würde. Diese meine Handlungsweise lehrte mich Tiennette völlig kennen und bestärkte mich in meiner Tugend.

St. Wolfgang fällt auf den 1. September; es ist das Kirchweihfest von Auxerre, das dem Kirchspiel von St. Germain benachbart ist. Auxerre hängt von der Abtei von St. Germain und von der in einem anderen Orte ab, die eine Meile weiter östlich, auf dem südlichen Ufer der Yonne liegt und St. Loup-en-Vaux heißt. An dem prachtvollen Sonntag dieses Festes war ein Markt in Vaux, wohin ganz Auxerre lief, weil die dortigen Einwohner es für ihre Pflicht hielten, mit dem Freund ihres großen Heiligen ein gutes Einvernehmen zu pflegen.

Boudard und Tourangeot schilderten mir diesen Markt in so leuchtenden Farben, daß ich mich entschloß, mit ihnen dorthin zu gehen. Glücklicherweise mußte ich Tiennette nicht mehr beschützen. Wir gingen nach dem Essen weg und hatten jeder ein Zwölf-Sous-Stück ausgegeben. Nach unserer Ankunft in Vaux trafen wir dort die ›Herren‹ (das ist der Name, den man den Druckereiarbeitern gibt). Sie wollten uns bewirten, hauptsächlich wegen Tourangeot, der bei ihnen sehr beliebt war, weil er ihnen das Papier reichen und es nach dem Druck ausbreiten mußte; er konnte ihnen so oft viel Zeit ersparen und viele Fehler verschleiern. Aber im stillen Einverständnis bedankten wir uns und suchten die Einladung zu vermeiden, um allein unter uns zu sein; dies war die erste verständige Idee, die ich bei Boudard bemerkte. Wir hatten Schweinskoteletten zur Vesper bestellt. Man hatte uns einen Krug Wein zu zwei Sous gereicht, und wir warteten auf unser gutes Fleisch, als wir eine Gruppe von Winzern und Winzerinnen sahen, die unter Singsang tanzten. Wir liefen hin. Aimée, die Köchin, nun Frau des Böttchers Châtelain, die in dieser Woche geheiratet hatte, war gerade an der Reihe, ebenso ihr Mann. Wir waren da auf bekanntem Gebiet. Aimée erblickte mich. Sie kam auf mich zu, faßte mich bei der Hand und zog mich in die Mitte des Rundtanzes. Ich sah hier eine junge Winzerin, die mir den Rücken kehrte. Das war doch die Gestalt, die Kleidung von Jeannette! Ich war entzückt. Herrgott, wenn sie es wäre! Ich näherte mich zögernd, um ihr ins Gesicht zu sehen. Leider war es nicht Jeannette, aber es war ihr Ebenbild; es war Edmée Servigne. Ihre Milde, ihre Unschuld, ihre engelhafte Naivität, die rosigen natürlichen Farben, die in einer entzückenden Weise miteinander wetteiferten. Zwei schöne schwarze Augen unter fein geschnittenen ebenholzschwarzen Augenbrauen, ein entzückender kleiner Mund, den ein schalkhaftes Lächeln schmückte, machten sie reizend. Sie hatte eine wunderbare Gestalt, anbetungswürdige Beine, einen schönen Fuß, der nach dem gleichen Geschmack beschuht war, wie bei Jeannette oder Marguerite. So war das junge Mädchen, das mich erbeben gemacht hatte, da ich sie für Fräulein Rousseau hielt; aber mein Herz schlug vor Verlangen, als ich Edmée Servigné sah.

Schüchtern näherte ich mich ihr, mit einer so anderen Miene als Tourangeot, daß sie sofort sah, ich sei aus anderem Holz geschnitzt. Trotzdem wich sie mir errötend aus. Aimée Châtelain sah mein Entzücken über die schöne Servigné. Sie flüsterte Katharina, der älteren Schwester der hübschen Braunen, etwas zu. Diese war eine ungeschlachte, aber fröhliche und sehr appetitliche Person, eine von den Menschen, denen die Offenheit, die lärmende Lustigkeit und die ehrliche Güte des Herzens ins Gesicht geschrieben sind. Ich kannte sie noch gar nicht. Sie kam mir mit großer Höflichkeit entgegen, aber ich nahm nicht viel Rücksicht auf sie, da ich zwar die Frauen ihres Aussehens achte, sie mich jedoch nicht entzücken können.

Ich beschäftigte mich nur mit Edmée, bis meine gute Freundin Châtelain kam und mir ins Ohr flüsterte: »Erweisen Sie doch der älteren Schwester auch Höflichkeiten; sie hat mit Ihnen ja schon zwei-oder dreimal gesprochen.« Bei diesen Worten errötete ich über meine Ungeschicklichkeit. Ich näherte mich Katharinen, und beim ersten Wort, das sie mir sagte, beeilte ich mich, ihr meine Achtung zu bezeugen. Sie schlug mir auf die Achsel, lächelte mit Grazie (ich fand es wenigstens so, seitdem ich in ihr die Schwester Edmées kennengelernt hatte) und sagte mir ganz leise: »Sie sind wohl nur höflich, weil man Sie darauf aufmerksam gemacht hat? Jetzt ist Fräulein Katharina auch für Sie da. Schon gut, es ist besser, keine Ausflüchte zu machen, als zu lügen. Aber ich hätte nicht geglaubt, daß Sie so nett seien, wenn Frau Châtelain nicht gewesen wäre. Ich glaube nach allem, was ich von ihr weiß, daß sie keine Lügnerin ist; denn wie sie das Verhältnis mit ihrem jetzigen Mann hatte, hat sie mir nichts verborgen.« – »Ha, sie ist ein ausgezeichnetes Mädchen«, rief ich aus. – »Sagen Sie doch ›Frau‹. Wenn Sie, wie ich nicht zweifle, so sind, wie mir Frau Châtelain gesagt hat, so werden Sie von meinem Vater, seinen Söhnen und seinen zwei Töchtern nicht schlecht empfangen werden.« Sie packte mich bei der Hand und führte mich zu ihrem Bruder, dem sie sagte: »Servigné, du kennst diesen Herrn noch nicht?« – »Nein Katharina, ich hatte noch nicht die Ehre.« – »Und du, Schwägerin?«, sagte sie zur Frau ihres Bruders. – »Nein, Catand, ich auch nicht.« – »Nun gut, das ist Herr Nicolas, von dem Frau Châtelain am Tage ihrer Hochzeit und auch später soviel gesprochen hat.« – »Ah, mein Herr«, sagte Servigné zu mir, »es ist mir eine große Ehre, Sie zu begrüßen. Ich bin glücklich, Ihnen sagen zu können, wie sehr wir Sie achten, auch mein Vater, der ein ehrlicher, gottesfürchtiger Mann ist.«

Nachdem ich vorgestellt worden war, führte mich Katharina an der Hand in die Mitte der Runde, die sich zum Tanz aufstellte. Ich war ganz überrascht; Frau Châtelain mußte über mich viel Gutes gesagt haben. Ich merkte wohl, daß der schönste Zug, den sie von mir erzählt hatte, wenigstens nach dem Urteil von Katharina, der war, daß ich die Köchin Aimée gewarnt hatte, als sie in einer undezenten Stellung, den lüsternen Blicken der Männer durch Manon ausgesetzt, schlief. Das hätte sie, wenn sie es überhaupt gewagt hätte, veranlassen können, mir ihre Schwester zur Frau anzubieten. Zu diesem Zug, den sie ihrem Vater, ihren Schwestern, ihren Brüdern und ihrer Schwägerin erzählt hatte, sagte Katharina: »Das ist doch genug; ich würde mich diesem Burschen ganz ohne Furcht ausliefern, bei Tage wie bei Nacht. Meine Schwester Edmée auch. Er ist wirklich ein braver Bursche.« Die gute Katharina stellte mich zwischen sich und ihre Schwester. »Gib doch dem Herrn Nicolas die Hand«, sagte sie zu ihr. Mein Name machte die schöne Braune erröten; sie gab mir schüchtern die Hand und wir tanzten und sangen. Man kennt doch den Rundgesang; er ist ziemlich zweideutig. Aber der zwiefache Sinn wird von uns Leuten aus Bourgignon mit soviel Unschuld gesungen, daß niemand darauf achtgibt.

Die ganze Bande sang unbekümmert mit, ohne die Zweideutigkeit herauszuhören. Châtelain war der Vorsänger. Aber ich bemerkte, daß Edmée bei allen zweideutigen Versen schwieg. Es schien, als ob einige Worte zu grobschlächtig für diesen niedlichen Mund wären.

Nach dem Tanz kam Boudard, der in seiner natürlichen Kälte für die Frauen die Vorbereitungen unseres Mahles nicht aus den Augen gelassen hatte. Wir hatten Hunger, liefen hin und zerrten Herrn und Frau Châtelain, Edmée, ihre Brüder und ihre Schwägerin mit uns. Es war sehr schwer, Edmée dazu zu bewegen. Sie wurde nur durch folgende Worte ihrer Schwester beeinflußt: »Herrgott, Edmée, wenn du nur nicht mehr solch ein mürrisches Gesicht machen würdest, das wäre besser. Herr Nicolas will dich ja doch nicht fressen.« Die schüchterne Schönheit schlug ihre Augen zu Boden. Sie ließ sich von mir bei ihrer zitternden Hand nehmen und sagte nur: »Mein Vater wird kommen, und ich wollte ihn am Weg abpassen.« Sie setzte sich nicht, ohne Umstände zu machen. Sie wollte sich nicht neben mich auf den Rasen setzen, und sie rückte ab. Aber die lüsternen Blicke des Tourangeot, die starken Blicke des Boudard, die pöbelhafte Sprache des Châtelain erschreckten sie, und da der Platz zwischen ihrem Bruder und ihrer Schwägerin durch Katharina eingenommen wurde, war sie gezwungen, doch auf den Platz zwischen Aimée Châtelain und mir zu kommen. Sie blieb noch stehen; Châtelain packte sie hinter seiner Frau bei dem Zipfel ihres Rockes, zupfte sie und sagte: »Ei der Teufel, setzen Sie sich doch!« Diese alarmierende Geste bewirkte, daß Edmée sich schnell wie der Blitz niederließ. »Sie dünken sich doch nicht etwa als etwas Besseres, Sie kleiner Angsthase, Sie«, fügte er hinzu.

Boudard legte vor. Der Anblick Edmées schien sein eisiges Herz zu erwärmen. Er war höflicher, viel bescheidener. Die Liebe erinnert uns an unsere gute Erziehung. Bei Tourangeot war das Gegenteil der Fall. Dieser prinzipienlose Tartar sprühte vor zotigen Witzen. Er hatte aber doch seine Marie (obwohl sie nicht anwesend war) und ich fürchtete ihn nicht mehr als seinen Rivalen Boudard. Ich trug auf und begann bei Edmée, aber mit undurchdringlicher Miene, scheinbar nur bei ihr, weil sie meine Nachbarin war. Dann bot ich die Platte ihrer Schwester, dann ihrer Schwägerin. Tourangeot bediente Frau Châtelain, ihren Mann und Servigné. Boudard zahlte eine Runde mit der freigebigen Lustigkeit der Leute aus Bourgignon, selbst wenn sie Unbekannte bewirten, und wir aßen. Wir hatten leider nur drei Zinnbecher. Ich verteilte sie so, daß wir nicht gezwungen waren, weder mit Tourangeot, noch mit Boudard zu trinken, der für brustkrank galt. Aimée Châtelain bemächtigte sich unseres Bechers und trank immer nach Edmée Servigné, die ihrem Wein drei Viertel Wasser aus dem Bach, an dessen Rand wir vesperten, beimischte. Ich machte es auch so. Frau Châtelain beugte sich hinter mich und sagte zu Edmée: »Das ist seine Gewohnheit«, wobei sie sie küßte. Dieser Moment war entzückend. Edmée senkte ihre Augen, aber ich glaubte wohl zu bemerken, daß sie erfreut war, neben mir zu sein. Ich sagte ihr nur gefühlvolle, dezente und angenehme Dinge. Tourangeot erlaubte sich im Gegensatz zu mir ungeschlachte Bemerkungen, wenn er auf Frau Châtelain einsprach; er tat dies unter dem Vorwande, daß sie Frau sei.

Das Frühstück war zu Ende; Katharina schlug ebenso wie Frau Châtelain vor, ein Pfänderspiel zu spielen, das jedermann kennt. Alle unterhielten sich dabei. Frau Châtelain mußte, um ihr einziges Pfand zu lösen, singen. »Was soll ich singen, Mann?« sagte sie zu ihrem Gatten. – »Alles was du willst, liebe Frau, vorausgesetzt, daß es nicht zu alt ist. Singe uns:

»Welch finstere Laune!«

»Ho, nein, das ist ein Erntelied und ich liebe es nicht.« – »Singe uns doch:

›Mein erster Geliebter war braun.‹«

– »Pfui Teufel, ich werde nie einen haben wie dich.« – »Also singe was du willst. Oder…« Aimée Châtelain hatte große Mühe, ihrem Mann den Mund zu verstopfen, und sie sagte: »Nein, nein, nicht das! Glaubst du, daß ich das will? Wenn du fortfährst, so werde ich böse. Wie wäre es mit ›la jolie chose‹… Sei ruhig oder ich bin böse.« – »Na, also los.« – »Aber ich singe es nur dir zuliebe.« Und sie sang.

»Ha, das ist gut«, rief Boudard. – »Ich habe es recht gut verstanden«, rief Tourangeot; auch ich verstand es, weil ich es zum zweitenmal hörte. »Wer noch«, fragte Katharina mit einem Blick auf ihre Schwester. – »Es stammt von Fräulein Manon«, sagte die Sängerin, »die gesagt hat, daß es ganz neu sei, und die es bei Tisch eines Abends vor sehr achtbaren Damen gesungen hat.«

Am Morgen nach diesem Ausflug wurde Châtelain nach Joigny zurückgerufen, um dort zu arbeiten. Er nahm seine Frau mit, welche nicht böse war, die Stadt verlassen zu können, in der ihr Zustand bekannt war. Ich selbst kannte die Wohnung Edmées nicht, dieser neuen Jeannette, die ebenso schön war wie die erste. Aber ich lernte sie in einem Tage besser kennen, als die der anderen in vier Jahren.

5

Am 22. November vollendete ich mein siebzehntes Lebensjahr. Endlich kam die Meisterin aus Paris nach Hause.

»Frau Parangon.« Dieses Wort allein klingt heute noch an mein Ohr. Ich war gerade bei der Arbeit und machte es wie alle Leute: ich verließ sie (ich, der ich durch nichts gestört werden konnte) und begab mich hinab, aber schüchtern und hinter den anderen. Ich mußte sie erst suchen, weil eine Menge Arbeiter da waren. Tiennette war mit ihr. Obwohl ich in der Stadt wählerisch geworden war, fand ich in ihr die charmanteste Person, die ich in meinem ganzen Leben gesehen hatte. Sie stach sogar Jeannette aus, ebenso wie die schöne und rührende Edmée. Sie berücksichtigte alle und begrüßte jeden Arbeiter. Auch an mich kam die Reihe, obwohl sie mich nicht sah. »Der neue Lehrling?« sagte sie zu ihrem Mann. – – »Ich will ihn holen...« sagte der Faktor. Ich grüßte: »Gnädige Frau, ich habe die Ehre, Sie zu Ihrer guten Rückkehr in Ihr Haus zu beglückwünschen.« Dann verbarg ich mich hinter den anderen. »Ich bin Ihnen sehr verbunden, Herr Nicolas... Aber wo ist er denn?« – »Er versteckt sich«, sagte ironisch der schielende Degout, »das Verdienst ist bescheiden.«

Tiennette begrüßte mich, aber ich achtete nicht sehr auf sie. »Die gnädige Frau kennt Sie schon. Ich habe mich in meiner unfruchtbaren Begeisterung für Sie nicht sehr wohl gefühlt; ich bin nach Paris gegangen und habe die Gelegenheit benutzt, die gnädige Frau aufzusuchen; diese hat mich mit zurückgenommen. Jetzt riskiere ich nichts mehr.«

Die ganze Nachbarschaft lief, nachdem sie von ihrer Ankunft gehört hatte, zusammen, um die Frau Parangon zu begrüßen. Ich bemerkte mit Bewunderung und Freude, beinahe mit Stolz, wie sehr sie beliebt war.

Stellen Sie sich eine große Frau vor, entzückend proportioniert. Sie war nicht mehr als fünf Fuß vier Zoll groß; aber ihre vornehme Erscheinung, ihr entzückender Kopf gaben ihr den Anschein einer großen Gestalt, ohne ihr alle Grazie der Kleinheit zu rauben. Auf dem Gesicht sah man gleichzeitig Schönheit und Vornehmheit ausgebreitet, so schön, so pikant, so französisch; ihre Erhabenheit paarte sich mit Wärme; sie hatte eine Blässe, die mehr Leben als Farbe hatte, feine aschblonde und seidenweiche Haare; dichte, schön geschwungene und fast schwarze Augenbrauen. Ein schönes, blaues Auge, das durch lange Wimpern beschattet war, gab ihr ein engelhaftes und bescheidenes Aussehen als größten Reiz der Schönheit. Ihre Stimme war zaghaft, weich, klangvoll und traf in die Seele. Ihr Gang war gleichzeitig lüstern und dezent; sie hatte einen schönen Brustansatz, dessen beide Rundungen sich beinahe auf gleicher Höhe der Schultern wölbten, und einen vollendeten Arm; ihr Bein war so, wie man sich das schönste Bein vorstellen kann; ihr Fuß war reizend, so wunderschön geformt, wie ihn wohl niemals eine Frau gehabt hat. Sie zog sich mit einem exquisiten Geschmack an, der immer bewundert wurde. Es schien, daß sie auch der einfachsten Kleidung den sieghaften Reiz des Gürtels der Venus geben konnte, dem man nicht widerstehen kann. Sie hätte auch den bizarrsten Stoff wählen können.

So sah Colette bei ihrer Ankunft aus Paris aus. Ich war starr stehengeblieben, nachdem sich die ganze Menge verlaufen hatte, um sie zu bewundern, und sah und hörte nur auf sie. Frau Parangon sagte zu Tiennette, die ihr beim Auskleiden half: »Was du mir von meinem jungen Landsmann gesagt hast, macht mir viel Freude. Ich sehe, daß er ein braver Junge ist.« – »Oh, gnädige Frau, nie hat es einen braveren und ehrenwerteren Jungen gegeben.« – »Ich interessiere mich zweifach für ihn, da er nicht nur Lehrling des Hauses, sondern sein Vater ein Freund des meinen ist. Wo ist er?« Ich erwachte bei diesem Worte und ging hinein. Man hätte glauben können, ich käme aus dem Wirtshaus. »Herr Nicolas«, sagte mir die Meisterin, »kommen Sie her. Sie sind der Sohn eines Freundes meines Vaters. Verdienen Sie sich auch meine Freundschaft. Mein Mann ist entzückt von Ihnen, der Faktor auch; das freut mich. Sie werden nicht daran zweifeln, wenn ich Ihnen sage, daß ich es bin, die Ihren Eltern vorgeschlagen hat, Sie zu uns in die Lehre zu schicken. Ich wußte von Ihren kleinen Reibereien mit Ihren Brüdern. Vielleicht haben Sie unrecht gehabt, aber Sie sind jung und die Jugend muß, wie ich glaube, einige Dummheiten machen, um dann um so bestimmter brav zu sein.«

Als sie so sprach, lächelte sie und suchte etwas; nachdem sie diese Worte beendet hatte, nahm sie eine silberne Uhr und gab sie mir mit folgenden Worten: »Ein guter Arbeiter wie Sie wird sich freuen, auf die Uhr sehen zu können. Hier!...« Ich wußte nicht, wie mir wurde. Mir eine Uhr?! Ich war vor Freude ganz trunken, ebenso wegen des Geschenkes, wie wegen des Umstandes, daß ich es von Frau Parangon erhalten hatte. Welche Auszeichnung für mich, welche Freude für meine Eltern! Meine Dankesbezeugungen ließen meine lebhafte Rührung sehen. Sie waren so überschwenglich, so wenig zusammenhängend, daß sie Colette lächeln machten. Tiennette zog sie weiter aus; sie war im Korsett und einfachen Unterrock. Ich bewunderte sie. Ich verschlang alle ihre Reize, aber mit einer naiven, unschuldigen Miene, die indessen nur in meinem Gesicht lag, während meine Sinne kochten. Da Tiennette einen Augenblick beschäftigt war, etwas zu ordnen, reichte mir Colette eines ihrer diskreten Kleidungsstücke, um es auf die anderen zu legen. Ich küßte es im verborgenen, aber Tiennette sah es. Endlich bemerkte ich, daß es schicklich wäre, wenn ich mich zurückzöge.

Seit der Rückkunft von Frau Parangon wurde ich von den Arbeitern ganz anders angesehen. Ich wurde wie der Sohn des Freundes ihres Vaters geachtet. Man setzte das »Herr« vor meinen Namen. Ich war erfreut. »Ah«, dachte ich mir, »diese schöne Frau hat nach allem, was ich sehe, auf diese Leute die gleiche Macht wie auf mein Herz.« Als ich das erste Mal meine Uhr hervorzog und sie in den Setzkasten zu den großen Buchstaben legte, um meine Seiten nach der Stunde zu regeln, kamen alle Arbeiter, sie zu bewundern. – »Das ist aber eine schöne Uhr.« – »Von wem haben Sie sie?« – – Tourangeot, welcher damals die Funktion hatte, das Papier zu reichen, antwortete für mich, daß die Meisterin sie mir mitgebracht hätte. »Die Meisterin!« Dieses Wort wurde gleichzeitig von allen Arbeitern ausgesprochen. »Ich beglückwünsche Sie, Herr Nicolas«, sagte der Faktor. »Sie wissen doch, daß ich Sie immer gerecht behandelt habe.« – »Ich weiß es, Herr Bourgoin; ich weiß, daß Sie immer sehr viel Geduld mit mir gehabt haben.« – »Das heiße ich antworten«, rief der gute Mann aus. Bourgoin, der anständigste der ganzen Bande, küßte mich mit tränenden Augen. »Frau Parangon kennt Sie besser als uns.« »Er wird nun wohl bei Tisch essen«, sagte er zu den Arbeitern. »Wie hat er sich nur ins rechte Licht gesetzt?« rief Tusignies aus, der mir vor zwei Tagen einen Fußtritt gegeben hatte, weil ich nicht bemerkt hatte, daß der Napf, der vor seiner Presse stand, mit Wasser gefüllt werden sollte. Der Faktor antwortete ihm: »Haben Sie es nicht gesehen; durch seine Weisheit und Ehrenhaftigkeit und durch das Stillschweigen über einige Vorfälle.« Jeury, der Normanne, der die Kusine des Herrn Parangon zur Frau hatte, sagte dann: »Als Herr Nicolas am Tage seiner Lehrlingsprüfung sein Einstandsgeld bezahlte, habe ich es sofort erkannt, daß er ein Mann aus guter Familie ist. Habt ihr auch bemerkt, daß er nur einen ganz kleinen Schluck getrunken hat, und daß er dann, nachdem er uns begrüßt hatte, verschwand?« – »Ich werde nun geachtet«, dachte ich bei mir, »aber nicht wegen meiner Verdienste, die kein großes Aufsehen erregt haben, sondern wegen des Respektes, den ihre Schönheit, ihre Güte und alle Eigenschaften und Tugenden, die in dieser Frau vereinigt sind, einflößen.« – Ich kann diese Eigenschaften nicht benennen, denn sie sind über alle Worte erhaben.

In dem Moment, als ich Frau Parangon sah, liebte ich sie. Wenn ich Colette schon kennengelernt hätte, als mein Herz sich vollkommen entfaltete, anstatt Jeannette Rousseau, hätte ich sie wohl als einzige angebetet. Aber da ich sie nicht gesehen hatte, und sie immer zu weit von mir entfernt war, so daß ich mich ihr erst nähern konnte, als mein Herz schon entblättert war, nicht nur durch die Liebe, sondern auch durch die Begierden und vor allem anderen durch die Laster der Stadt, so wäre Colette, meine Göttin, gewiß nie reiner angebetet worden. Die Begierde mischte sich in das Gefühl der Zärtlichkeit. Ich sah mehr ihre Reize als ihre Tugend; mein Herz wünschte nicht immer, daß das ihre noch unberührt sei; im Gegensatz zu jetzt habe ich früher immer gewünscht, daß Jeannette ebenso tugendhaft wie liebenswert sei.

Ich begann auf Herrn Parangon eifersüchtig zu werden. Er schien mir dieses Glückes unwürdig, das er nicht so empfinden könnte, wie ich es fühlen würde. In allen Romanen, die ich las, sah ich Colette. Sie drückte ihnen ihren Stempel auf und gab den Heldinnen Reize, die über alle Einbildung hinwegragten. Meine Phantasie sah Colette fortwährend in den Armen des lüsternen Parangon, welcher sich aller ihrer Reize erfreute (mein Gedanke war »sie entehrte«...). Meine Sinne entzündeten sich, und ihre Aufwallungen erstickten die tugendhaften Gefühle meines ehrlichen und zärtlichen Herzens, eines Herzens, das man für gewöhnlich bei lebhaftem Temperament nicht hat. Diese Aufwallungen waren manchmal so stürmisch, besonders wenn ich mit dem Meister im Beisein Colettes eine Korrektur las, daß ich gezwungen war, aufzuhören. Ich entfernte mich ganz gekrümmt und konnte mich gar nicht aufrechthalten. Eine Kolik, fast immer vorgetäuscht, von denen ich in meiner ersten Jugend sehr geplagt worden war, wenn ich ohne Zweck mit Mädchen spielte, war die Entschuldigung. Mich tröstete nur, daß mir Herr Parangon nicht besonders geliebt schien. Ohne es zu wollen, entflammte ich für Colette in gefährlicher Weise; verbrannt von Begierde suchte ich eine Möglichkeit, die glühende Flamme zu löschen, die unerträglich geworden war. Meine frühere Handlungsweise gegen Tiennette diente mir als Schild gegen dieses junge Mädchen.

Aber ach, wir hatten sehr schöne Mädchen als Nachbarinnen: rechts die drei Schwestern Baron, namens Madelon, Berdon und Manon. Links wohnte die schöne Prudhot, die Tochter eines Spezereiwarenhändlers, von der ich schon gesprochen habe. Mein Mut, meine Tugend und meine ausgezeichnete Konstitution, unterstützt durch die Sitten der Stadt, gestatteten mir nicht, begierdenlos diese jungen Mädchen täglich aus nächster Nähe zu sehen. Andererseits wurde ich durch meine Schüchternheit zurückgehalten. Ich schwankte fortwährend. Wenn ich meine Nachbarinnen oder Tiennette sah, begehrte ich sie. Aber mit dem Moment, als Frau Parangon erschien, war ich eher entzückt als enttäuscht über die Umstände, die mich von den anderen zurückgehalten hatten. Ich atmete nur mehr für meine Göttin. Mit unermeßlichem Vergnügen führte ich auch ihre geringsten Befehle aus.

Ich traf d'Arras oft; ich liebte ihn und Gaudet gleich freundschaftlich. Aber dem ersteren gab ich den Vorzug und belehrte mich bei ihm, während der zweite mich als seinen Meister ansah, als seinen Führer, als sein Orakel. Unglücklicherweise verschaffte die Vertraulichkeit, ohne daß ich es wollte, dem d'Arras Kenntnis über den Zustand meines Herzens. Ich erzählte ihm, allerdings ohne genaue Namen zu nennen, von Fräulein Prudhot, die damals noch krank war, und die ich nach unserer reizenden Unterhaltung nicht mehr gesehen hatte, von Madelon, von Fanchette. Vielleicht las er in meinen Blicken, in meiner Miene, in einigen unbeabsichtigten Worten meine Liebe für eine angebetete Frau. D'Arras hörte mir aufmerksam zu. Er erkannte die Unschuld meines Herzens. Aus Freundschaft unternahm mein Vertrauter, mich zu heilen. Er sagte mir, um romanhafte Beziehungen zu vermeiden, die mich nur unglücklich machen könnten, um von den Frauen nicht unterjocht, nicht vernichtet zu werden, sei es notwendig, daß ich die besäße, die ich liebte. Dann würden wir die Rollen tauschen und ich, Herr meiner Gefühle, würde mich über diese Wallungen erheben, die sie in mir erregten, über die Trunkenheit, die sie nährten. Dann würde ich nicht mehr von den Frauen abhängig sein, ich würde sie im Gegenteil von mir abhängig machen; wenn ich sie als Herr behandle, würde ich nur noch mehr geliebt werden. Er erwähnte die Beispiele, die wir in der Stadt vor Augen haben; unter anderem den schönen Rutot, dem alle schlechten Frauenzimmer ebenso nachliefen wie die Bürgertöchter. Dies käme daher, weil er sie zu verachten scheine. Eine einzige bilde eine Ausnahme: Xérine Legueux verachte ihn ihrerseits, da er vor ihr krieche (ich konnte an der Wahrheit dieser Beispiele nicht zweifeln, da ich ihr mehrere Briefe für Rutot geschrieben hatte). D'Arras erwähnte dann einen gewissen Bruder Hermine, der dreißig Anbeterinnen habe, da er sich vor den Frauen nicht fürchte, während Bruder Boulanger, der ihm wohl gleichkomme, seit drei Monaten für ein junges, aber häßliches Frauenzimmer schwärme, das nur ihre hübsche Gestalt und ihre Jugend habe.

»Aber ich muß dir auch meine Erfahrungen erzählen«, setzte er hinzu. »Wenn ich dem Fräulein Guigner mehr gefolgt wäre, hätte ich diese oder jene Erfahrung auch noch gemacht. Ich zeigte mich zu feurig, und die Frauen haben mit mir gespielt.

Ich habe jetzt ein Verhältnis mit Fräulein Bourgoin (ich sage dir das im Vertrauen); sie war über die Gefahr sehr erschrocken, in die mich meine Kühnheit brachte. Ich habe mich seinerzeit an sie gewandt, und sie hat mir bereitwilligst den Hausschlüssel gegeben, indem sie ihren guten Ruf riskierte. Deine Güte bewahrte uns vor Unannehmlichkeiten. Sie hat sogar noch mehr bewirkt. Du wurdest unser Rettungsengel. Ich habe aus meiner Unklugheit gelernt und eine entzückende Freude erlebt. Sie ist sehr eifersüchtig, und die Eifersucht ist empfindlich, wenn es sich um ein junges, hübsches Mädchen handelt. Sie wartet darauf, mich vorübergehen zu sehen. Wenn ich mich nur sehen lasse, ist sie schon begeistert. Ich werde immer mit großer Liebe empfangen, und das, weil sie gesehen hat, daß ich nicht dazu geschaffen bin, den Schmachtenden zu spielen und mein Licht unter den Scheffel zu stellen. Was dich anbelangt, werde ich dir jetzt im Vertrauen mitteilen, daß du viel glücklicher bist, als du denkst. (Sagte er das, um mich mutiger zu machen, oder wußte er etwas? Ich habe es nie erfahren.) Ich habe aus einigen Worten, die Manon entschlüpft sind, gehört, daß du Frau Parangon bestimmt nicht ganz gleichgültig bist, daß sie dir trotz des Vergnügens, sich mit dir zu unterhalten, oft aus dem Wege geht. Freund, das wiegt mehr als ein Mädchen! Man riskiert nichts für die Zukunft. Wage es, wenn du eine Gelegenheit findest; wage es, wiederhole ich dir, wage es mit Zuversicht. Vielleicht empfindet sie im Grunde ihres Herzens Mißvergnügen, daß du so schüchtern bist. Eine Frau, sogar die verständigste, liebt es, sich wenigstens aus ihrer Niederlage eine Ehre zu machen. Immer fühlt sich eine Frau entweder gehoben durch die Verteidigung oder sie empfindet Genugtuung über eine Niederlage. Gib ihr doch wenigstens eine dieser Freuden oder gar beide auf einmal. Es ist grausam, unmenschlich, einer Frau alles zu versagen, einer Frau, die wert ist, daß man ihr alles opfert. Was die Mädchen anbetrifft, so glaube ich nicht, daß die schöne Baron eine Vestalin ist, und da du doch einen Versuch machen mußt, würde ich bei ihr beginnen, das Terrain zu sondieren. Wenn erst andere dir zuvorgekommen sind, würdest du dich dann noch der Lächerlichkeit aussetzen wollen, deine Göttin von verachtungswürdigen Herzensjägern lieben zu lassen? Bei der kleinen Prudhot ist das eine andere Sache. Sie ist brav und benimmt sich nicht so frei. Aber nur die Heirat ist nach meiner Ansicht ein wirklicher Gewinn. Jetzt allerdings bist du noch zu jung, um zu heiraten. Ich weiß, was du beanspruchen kannst.«

Die Ratschläge, die mir d'Arras in bezug auf die Frauen gab, waren von dem Gedanken an das Glück getragen. Ich war versucht, ihnen zu folgen, aber sie überzeugten mich nicht. Es waren meine Leidenschaft und das Ungestüm meines Temperaments, die mich zwangen, die Liebe zu suchen.

Ich begann endlich, etwas freier zu denken. Die Begierde und der Genuß traten an die Stelle der Zärtlichkeit, die bis dahin in meinem Herzen gewohnt hatte.

Frau Parangon hatte einen Vorzug, dem ich nicht widerstehen konnte: einen entzückenden Fuß. Dieser Reiz erzeugte in mir durchaus kein keusches Empfinden. Übrigens war dieser Vorzug bei ihr schwerwiegender als bei anderen Frauen, die mir vorher gefallen hatten. Die Schuhe, die in Paris mit dem ausgezeichneten Geschmack hergestellt wurden, den eine schöne Frau zu entwickeln versteht, hatten die wollüstige Eleganz, die die Seele und das Leben zu vereinigen scheint. Manchmal trug Colette einen weißen Leinwandschuh oder einen mit silbernen Blumen; manchmal rosa mit grünem Stöckel. Ihr zierlicher Fuß, weit davon entfernt, den Schuh aus der Form zu bringen, vergrößerte im Gegenteil seine Zierlichkeit und machte seine Form noch anziehender. Nach dem Gespräch mit Gaudet, dessen Richtigkeit ich aus den Werken von Lafontaine, Grécourt, Vergier und Boccaccio ersehen konnte, suchte ich begierig alles zu sehen, was mein Verlangen anregen konnte. Früher hatte ich dies unterdrückt. Ich wollte, ebenso wie mein Freund, der ältere Deschamps, ein Verwandter des Fräulein Baron, der treu bleiben, die einst meine Gefährtin werden würde; aber diese Ideen änderten sich, nachdem ich mich mit d'Arras und Gaudet von Varzy zusammengetan hatte.

Der letztere war ein kräftiger, aber etwas borniertter Bursche, den seine Kraft immer lasterhafte Reden führen ließ, deren Ungeschlachtheit nicht verführen konnte, obwohl sie die Sinne aufregte. Der andere war ein Mönch, aber ein Feind seines Standes, der in seinen Reden und Handlungen die Freiheit der Weltmenschen übertrieb aus Angst davor, man könnte ihn für einen Frömmler halten.

Um die Katastrophe zu beschleunigen, derer ich mich nur zitternd erinnere, passierte es, daß Gaudet von Varzy, der mich für ein Wesen hielt, das hoch über ihm stand, glaubte, die

Diskretion nicht zu verletzen, wenn er mir anvertraute, daß eines Sonntagsmorgens Jaquette, die Frau seines Vormundes, sich in der Abwesenheit ihres Gatten und ihrer Dienstboten das Mieder von ihm hatte zuschnüren lassen. Als die entzückende Taille zugeschnürt war, habe das eng anliegende Korsett eine Alabasterbüste entblößt; er, Gaudet, hätte, entflammt und bebend vor Begierde, diese Reize mit seinen Augen verschlungen, diese Reize, die er beinahe berührte, und er hätte Jaquette fast umgeworfen, indem er sagte: »Sterben oder Sie besitzen!« Der stramme Gaudet versicherte mir, daß er seine Idee auch ausgeführt hätte, wenn das Stubenmädchen nicht gerade gekommen wäre. »Es war gerade dreiviertel Neun«, fuhr er fort, »Frau Minon legte ein Kleid an. Marie zog ihr die Schuhe an, und sie ging aus, um auswärts zu essen. Marie, die ihr nachkommen sollte, stieg in ihr Zimmer im zweiten Stock, um sich ein wenig anzuziehen. Trunken vor Wollust schlich ich ihr nach. Ich entdeckte sie und benutzte den Augenblick, als sie halb ausgezogen war. Ich warf mich wütend vor Verlangen auf sie; sie will sich verteidigen, ›Ich erdolche dich‹, sagte ich ihr, ›und mich nachher! Ergib dich.‹ – ›Du wirst mich zugrunde richten.‹ – ›Fürchte nichts.‹ – ›Du wirst mich heiraten?‹ – ›Ja, zum Teufel, ich werde dich heiraten.‹

Das Mädchen verteidigte sich noch immer. Aber ich hatte sie. Meine Kraft, meine Geschwindigkeit hatten sie überwunden. Sie gab nach. Ich hielt sie mehr als eine Stunde zurück. Ich war unersättlich und verließ sie erst, als ich an der Straßenpforte klopfen hörte, die ich, bevor ich hinaufgegangen war, verschlossen hatte. Es war eine Dienerin von nebenan, die nach Marie fragte. Du kennst sie wohl, dies ungeschlachte Ding, immer gut aufgelegt, immer lachend, immer mit Blumen im Haar, die bei der jungen Nannette Bourdeaux wohnt. Oft schon hat sie sich über mich lustig gemacht. (Ich verdiente es wohl. Ich gestehe, daß mein Aussehen und mein Gang linkisch sind.) ›Sie wohnen da oben?‹ sagte sie zu mir. – ›Die Mücken haben mich die ganze Nacht gestochen. Ich habe kein Auge zugemacht.‹ – ›Armer Kerl, aber Sie werden die Schnaken inzwischen doch umgebracht haben, nicht wahr?‹ – ›Das will ich meinen‹…Da ich Marie in ihrem Zimmer wußte, glaubte ich, sie werde herunterkommen. ›Ist sie in ihrem Zimmer?‹ – ›Ja.‹ – ›Wie komme ich hin?‹ – ›Hier entlang.‹ Ich stieß sie in die Schreibstube. Sie ging hinein und lachte über mich. Als wir im Zimmer waren, beim Kanapee, wo Frau Minon ihre Besucher niedersetzen ließ, brachte ich sie sanft zum Hinsetzen, und da die Vorhänge zugezogen waren, war es ganz finster. Ich hielt sie kräftig nieder, und sie war überwunden, bevor sie noch recht merkte, daß sie angegriffen war. Marie war fortgegangen, ohne uns gehört zu haben; sie hatte die Türe doppelt verschlossen. Da ich nicht hinaus konnte, mußte ich dableiben. Nannette hatte sich dadurch, daß ich ihr versprach, sie bei meiner Großjährigkeit zu heiraten, besänftigt. Sie hatte gutwillig nachgegeben. Jetzt waren's schon zwei! Wenn ich damals das gewußt hätte, was ich heute weiß, hätten sie lange warten können!…Wenn du wüßtest, wie die Frauen mir nachlaufen, wie sie nachgiebig sind. Aber leider ist mir die Herrin entgangen…Ha, wenn sie sich nur nochmals von mir schnüren ließe!«

Buisson, der später als Schiffsleutnant den Tod fand, war mir drei-oder viermal mit Gaudet d'Arras oder mit Deschamps begegnet, und wir hatten uns miteinander unterhalten. Als er mich eines Tages allein traf, kam er zu mir. »Nicolas«, fragte er mich, »soll ich dir ein Lied vorsingen, das ich gestern abend gedichtet habe und durch unseren Lehrburschen der schönen Pensionärin der Frau Hardouin, Fräulein Emilie Laloge, geschickt habe?« Ich hörte ihm zu, ohne zu antworten, und er sang mir das infamste Couplet vor, das ich je gehört hatte. »Du kannst dieses Couplet doch nicht einem so anständigen, hübschen und delikaten Fräulein geschickt haben?« – »Ach was, sie wird darüber lachen wie eine Verrückte…Und du? Als du ein Gedicht auf Josephine Paintendre machtest, in dem du sie, warum weiß ich nicht, mit Macaria vergleichst, wo sie doch nicht im Rufe steht, von ihrem Bruder ein Kind zu haben?«

Als die Messe aus war, traf ich Gaudet, der mir erzählte, was er mit den zwei Stubenmädchen getrieben hatte. Ich hörte ihm, ohne ihn zu unterbrechen, zu. Ich war in tiefem Nachsinnen, starr von dem, was ich sah, was ich hörte. Den gefährlichsten Eindruck machte nicht die Erzählung der doppelten Abfertigung der Stubenmädchen, wohl aber das Bild von Frau Minon, das mir so unverblümt vor Augen gehalten wurde, im Korsett, im kurzen Unterrock, mit hübschen Schuhen, die Brust entblößt. Ich empfand ein unfaßbares Durcheinander, das mich an die Verirrung bei Marguerite erinnerte, eine Verirrung, die um so mehr zu fürchten war, als die geheimen Seitensprünge immer dazu geeignet sind, die Jugend schneller zu verlieren. Martial sagt nur: *»faciunt praeciphantque virum.«* [machen den Mann und stürzen ihn ins Verderben.]

Als ich nachher zurückkehrte, um zu lernen, fand ich Frau Parangon elegant angezogen, in Schuhen mit Heckenrosen, grünen Rändern und Stöckeln; eine hübsche Brillantagraffe schmückte sie. Da sie neu waren, drückten sie sie scheinbar, oder auch, nachdem sie im Hochamt gewesen war, wo sie kommuniziert hatte, wollte sie sie vielleicht nur schonen. Sie zog grüne Pantoffel mit roten Stöckeln und Bändern an. Ich blieb unbeweglich stehen und verschlang sie mit meinen Blicken. Tiennette stellte die Schuhe der Herrin auf ein kleines Tischchen neben der Tür. Alle beide gingen in den ersten Stock hinauf und ließen mich auf ihre Rückkehr warten. Fortgerissen durch die brennendste Leidenschaft glaubte ich die angebetete Colette zu berühren, indem ich das, was sie eben getragen hatte, betastete. Ich preßte das eine Kleinod an die Lippen, während das andere wider die Natur, indem es seinen heiligen Zweck verleugnete, mich restlos in Verzückung versetzte. Eine genaue Erklärung ist unmöglich ... Die Wärme, die sie dem toten Ding mitgeteilt hatte, das sie berührt hatte, gab ihm eine Seele. Eine Wolke von Wollust bedeckte meine Augen.

Wieder beruhigt, schrieb ich mit ganz kleiner Schrift in einen der Gegenstände meiner kochenden Begierde: »Ich bete Sie an!« und ich stellte die eleganten Schuhe an ihren Platz zurück. Während ich mich diesem Entzücken überlassen hatte, bemerkte ich trotz meines feinen Ohres nicht, daß jemand hereingekommen und dicht neben mich getreten war. Die unschuldige Tiennette hatte mich gesehen, aber sie verstand von meiner Tat nichts, und sie ging wieder hinauf, um ihre Herrin zu holen. Frau Parangon kam überraschend herunter, glücklicherweise erst in dem Moment, als ich schon schrieb.

Ein leichter Lärm auf dem Vorplatz ließ mich hinausgehen. Sie las wohl während der Zeit, denn ich bemerkte, als ich zurückkam, nur mehr den Rockzipfel der Tiennette, und auch die veränderte Stellung der Schuhe war bezeichnend. Was könnte man über mein bizarres und rasendes Lustempfinden sagen! Es schien mir den Weg zu ebnen, der zu Colette selbst führte. Ich wurde nachdenklich, schweigsam, scheu, aber toll vor Begierde. Doch war der einzige Gegenstand meines wütenden Begehrens Colette, *adhuc virgo a nullo tacta viro.* [eine bisher von keinem Manne berührte Jungfrau.]

Ich küßte mit Begeisterung, mit Liebesraserei alles, was sie berührt hatte, und meine Wünsche flackerten noch mehr auf. Ganz besonders eines Tages, als ich mich in der Wäschekammer der ehrbaren Frau befand, wo sie ihre abgelegte Wäsche aufbewahrte. Ich ergriff begierig alles, was sie am Körper getragen hatte, preßte meinen vor Wollust zitternden Mund an ihr Halstuch, an ... an alles, was ich für *vela secretiora penetralium* [die verborgenen Hüllen des Inneren.] hielt, und zwar mit einer Begeisterung, die man nicht schildern kann. Wenn ich sie in dieser meiner Aufregung allein getroffen hätte, hätte ich wohl Gewalt angewandt.

Ich ging in mein kleines Stübchen, wo ich mich, anstatt zu arbeiten, mit Colette beschäftigte; hier war ich, fern ihren Blicken, mutiger und ich beglückwünschte mich dazu, daß sie meine Worte »Ich bete Sie an!« bemerkt hatte. »Sie weiß es zum mindesten«, dachte ich. Aber als die Tischglocke ertönte, kam meine Schüchternheit zurück, ich stieg wie ein Verbrecher, der vor seine Richter gerufen wird, hinunter.

Wir speisten allein, die Meisterin und ich. Herr Parangon und der Faktor, beide Freimaurer, waren in der Loge auf dem Lande, und Manon Bourgoin benutzte die Abwesenheit ihres Vaters, des Meisters der Loge, um mit Gaudet d'Arras im tête à tête zu essen, was sie vor ihrer Mutter durchaus nicht verheimlichte.

Ich senkte die Augen und blieb stehen. Frau Parangon sagte mit besonderem Ton in der Stimme, den ich noch zu hören glaube: »Nehmen Sie doch Platz.« Sie saß schon; ich setzte mich neben sie. »Wir sind nur zwei; setzen Sie sich doch mir gegenüber.« Sie legte mir vor, und ich aß schweigsam. Sie sprach auch nichts. Ich war in einer schwer zu beschreibenden Stimmung. Anfangs war ich fast ärgerlich über meine frühere Kühnheit, dann machte ich mir nichts mehr daraus ... Endlich sagte Frau Parangon zu mir: »Sie träumen?« – »Ja, Madame, ich träume.« –

»Essen Sie doch, da Sie ja bei Tisch sitzen.« Ich antwortete: »Ja, Madame«, aber ich wußte nicht, was ich sprach. »Waren Sie im Hochamt?« – »Ja, Madame.« – »Haben Sie auch kommuniziert?« – »Sie wissen doch, daß der Priester hinter dem Chor die Hostie nicht reicht.« – »Nein, ich wußte es nicht...Da haben Sie ein Stück Brot.« Sie reichte es mir auf einer silbernen Platte und gab es mir. »Sie sind sehr verschlossen?« – »Ja sehr, Madame«, und ich wickelte das Stück Brot, das sie durch ihre Berührung geweiht hatte, in ein Papier. »Sie wollen es verschenken?« – »Ich es verschenken? Gott möge mich beschützen!« – »Was wollen Sie damit tun?« – »Es aufbewahren, Madame, wie man Sachen aufbewahrt, die man von Personen bekommen hat, die man unendlich verehrt.« – Sie lächelte, errötete und sagte zu mir: »Das ist aber doch kein solcher Gegenstand.« Ich war versucht, ihr das zu sagen, was ich niedergeschrieben hatte: »Ich bete Sie an!« und ich stürzte hinaus, um meine Aufregung auf der Liebesinsel zu dämpfen, auf der Insel, wohin ich manchmal am Sonntag ging, um zu dichten oder Romane von Villedieu zu lesen oder mit dem älteren Deschamps über Literatur zu plaudern.

Die Stärke der Gefühle, die mir Colette eingab, ließ mich für Manon Prudhot und für das älteste Fräulein Baron erkalten. Erstere wurde wieder gesund, aber sie hatte die Hälfte ihrer Reize eingebüßt, und ihr Charakter litt darunter; sie war nicht mehr so nachgiebig gegen mich. Sie wurde eifersüchtig und anspruchsvoll. Sie fand es vor allem schlecht von mir, daß ich meine Haltung ihr gegenüber noch nicht geändert hatte; ich ließ mich nicht mehr bei ihr blicken. Was Fräulein Madelon Baron anbelangt, so sah sie mein Erkalten, ohne zu grollen. Sie lächelte nur, wenn sie mich sah. Ich errötete, als ob sie meine Schwächen gekannt hätte. Ich glaubte sie manchmal sagen zu hören: »Da kommt ja der zarte Verehrer der Pantoffel und der Schuhe der Frau Parangon! Diese würdigen Gegenstände nehmen sein vornehmes Herz ganz gefangen.« Der Anblick Colettes aber gab mir meine Begeisterung und meine außergewöhnliche Leidenschaft zurück.

In diesem Lebensabschnitt passierte mir etwas sehr Merkwürdiges im Hinblick auf meine Anlagen und auf die schönen Frauen, die mich umgaben. Eines Abends bei starkem Winde und tiefer Finsternist entdeckte ich Jeanneton, das zweite Stubenmädchen der drei Fräuleins Baron, auf den Stufen des Uhrturms sitzend. Die häßliche Jeanneton hatte ein kugelrundes Gesicht. Ganz in Gedanken an ihre älteste Herrin sagte ich mir: »Immerhin ist Jeanneton nicht so häßlich...!« Ich trug schnell meinen Hut ins Haus, verschloß unsere Tür, und als ich wieder heraustrat, kam mir der Gedanke, über sie herzufallen. Das Mädchen war erstaunt (da ich ohne Zweifel der erste Mann war), so daß sie stillhielt. Alle ihre Reize (soweit sie Reize hatte) schienen mir ganz unberührt. Wirklich hatte sie noch niemand gehabt. Durch all dies aufgeregt, ohne nachzudenken, ganz außer mir durch die Vorstellung anderer Schönheiten, die ich mir, kühn gemacht durch die Einsamkeit und die Dunkelheit, vorstellte, begünstigt durch ihre Unerfahrenheit und ihre automatisch-natürlichen Bewegungen, erreichte ich einen schönen Sieg. Nachdem alles vorbei war, erhob Jeanneton sich langsam, und ich bemerkte, daß ihre Gestalt, die gewöhnlich unten breiter war als oben, während meines Glückes gewonnen hatte. Trotzdem ging ich mit großen Gewissensbissen heim. Ich wagte nicht auf jemanden zu warten, und als Bardet kam, ging ich schlafen.

Am nächsten Morgen bedrückte mir die Erinnerung an meinen Genuß das Herz. Ich glaubte, daß jeder auf meiner Stirn lesen könnte: »Der Geliebte der schmutzigen Magd der jungen Damen Baron.« Ich sprach während des ganzen Vormittags nichts. Mittags wagte ich nicht einmal, mich an der Haustür zu zeigen. Aber als wir gerade bei Tisch saßen – dies war wohl eine Schicksalstücke – sandte Marote ihre Magd, Tiennette um etwas zu bitten. Jeanneton errötete, als sie mich erblickte. Ich schämte mich noch mehr als sie, und mein Gesicht war feuerrot. Bourgoin sagte: »Wirklich, ich glaube, dieses Geschöpf hat einen Liebhaber. Sie putzt sich auf lächerliche Art heraus und ist nur mehr halb so unappetitlich, als ich sie vorige Woche gefunden habe.« – Jeanneton ging hinaus. »Wie, sie hat eine Taille!« setzte er hinzu. Einer sagte, daß ihr Marote und Tiennette Geschmack beigebracht hätten. »Man wird sie nicht mit Glacéhandschuhen angepackt haben«, sagte Herr Parangon.

Ich war von einer so langen Unterhaltung über eine derartige Sache erstaunt. Es schien mir sogar, daß man mich dabei hämisch anblickte. Ich konnte diese Blicke nicht aushalten und ging zur Haustür. Ich erspähte Madelon an der ihren. Aber statt des ergebenen Grußes, den sie mir gewöhnlich schenkte, wandte sie ihren Kopf weg. »Ich bin verloren. Diese verdammte Jeanneton, die so dumm wie häßlich ist, wird alles gesagt haben. Jetzt sitze ich schön in der Tinte«, und ich verfluchte mich.

Ich konnte nicht zweifeln, daß Madelon alles wußte. Ich blieb unbeweglich stehen, als Jeanneton kam, um auszugehen. Sie lief vorüber, als ob sie vor mir Angst hätte, ein Zeichen von Vertrautheit, was mich sehr genierte. Frau Parangon kam dann auch zur Haustür. Ich hätte in den Boden sinken können! Ihr Blick, der mir ironisch schien, beschämte mich derart, daß meine Liebe zu ihr in die letzten Falten meines Herzens flüchtete. Ich schlich schnell hinein, als sie mir die Türe geöffnet hatte. Ich sprach auch diesen Nachmittag nichts mehr. Nie kam etwas den Qualen gleich, die mir die Erinnerung an mein Glück auslöste, an das Glück, das ich ungeachtet der Vollendung der Reize und der Weichheit ihrer Haut gewiß nicht als solches ansah. Jeanneton hatte nämlich harte und rauhe Arme. Dieser mein Zustand dauerte beinahe eine Woche. Endlich beruhigte ich mich.

Die Manie zu dichten hatte sich trotz meines mangelnden Talentes erneuert, seitdem ich durch meine Taten aus dem Geleise geworfen worden war. Aber die äußeren Anstrengungen, die ich machte, um dies zu verbergen, bewirkten, daß ich von niemandem Ratschläge erhielt. Es wurde schon gesagt, daß ich für mich selbst die Kunst, zu Schriftstellern, erfinden mußte. Ich tat dies, indem ich von Vorlagen, sei es in Versen, sei es in Prosa, abschrieb. Ich lernte fast ohne Hilfe zwei Sprachen, die lateinische und die griechische. Ich schrieb meine Werke nach ganz neuen Gesichtspunkten, in einer ungewöhnlichen Manier, wie sie ein Schriftsteller aus der Zeit des Ronsard angewandt hätte. Nach den Richtlinien, die ich gab, sollte man alle meine Werke lesen.

Am nächsten Sonntag ging ich zu Fräulein Manon Gauthier, derselben, die bei meiner Ankunft in der Stadt die Meisterin vertreten hatte. Sie war sehr hübsch angezogen und flößte mir heftige Begierden ein. Da ich keine andere Möglichkeit hatte, diese zu befriedigen, als meine Feder, lief ich in mein kleines Zimmerchen, wo ich alles, was diese große Spötterin Appetitliches hatte, in Reime brachte.

Eine kleine Unachtsamkeit von Berdon, der Schwester von Madelon, regte mich zu den Versen an, die um zwei Tage später datiert waren, als meine Epistel an Jeannette.

Die junge Berdon stand eines Abends, an dem ich zeitig zurückgekommen war, fast nackt in ihrem Zimmer und suchte fleißig Flöhe, ohne einen Vorhang zugezogen zu haben. Ich hatte mich ohne ein Licht an das Fenster gestellt und paßte auf, ob Frau Parangon allein zurückkomme, als ich die üppige Berdon sah, die damals gerade achtzehn Jahre war, drei Jahre jünger als ihre älteste Schwester. Sie ließ mich nach und nach, ohne mir das geringste zu verbergen, ihre rundlichen und vollendeten Reize sehen.

Aber nahe dem Gipfel meiner Bewunderung sah ich, daß Madame Parangon allein zurückgekommen war, das heißt, sie war von ihren Freundinnen nach Hause gebracht worden, die gleich wieder fortgegangen waren. Mein Wunsch, sie zu sprechen, zeigte mir sie in einer sehr verführerischen Situation, besonders verführerisch für einen jungen Mann meines Alters. Ich lief zu ihr. Mein Eintritt schien sie sehr zu genieren, und ich war eben dabei, mich zurückzuziehen. »Nein«, sagte sie zu mir, »Sie können hierbleiben. Hier ist ein neues Buch, die Briefe des Marquis de Roselle; bitte lesen Sie mir vor.« Ich setzte mich an einen Tisch. Die Lektüre interessierte mich lebhaft. Ich las mit Eifer, als ich eine neue, noch unbekannte, aber entzückende Überraschung erlebte. Durch Zufall hatte Frau Parangon ihren Fuß auf den meinen gesetzt, den ich aus Angst, sie es merken zu lassen, ganz unbeweglich hielt. Ich hatte dieses Vergnügen während des ganzen Vorlesens, womit wir erst um elf Uhr aufhörten. Noch niemand war nach Hause gekommen. Der Tag war, obwohl wir schon den 6. September schrieben, sehr heiß gewesen. Der Abend war so angenehm wie noch nie, und man genoß ihn. Frau Parangon spürte, als sie sich erhob, daß sie sich auf mich stützte. Die Furcht, mir weh zu tun, ließ sie stolpern, und sie fiel auf mein

Knie zurück. Trunken vor Liebe und elektrisiert durch diese unverhoffte Berührung, konnte ich eine kühne Bewegung nicht zurückhalten: Ich preßte mit beiden Händen ihre leichte Gestalt und drückte meine Göttin einen Moment an mich, indem ich mit zitternder Stimme zu ihr sagte: »Oh, Madame, haben Sie sich nicht weh getan?« Sie errötete und erhob sich geschwind, ohne mir aber zu antworten. Ich bemerkte wohl den Ton, in dem sie dann zu mir sprach: ihre Stimme war weicher, harmonischer, beinahe zitternd! Colette fesselte mich durch das, was sie mir sagte, noch mehr an sich. Sie schien durch Geständnisse, die im Grunde recht überflüssig waren, meinen Rat hören zu wollen, durch Geständnisse, die eine Frau jemandem, den sie nicht schätzt, gewöhnlich nicht macht. Die Hoffnung brannte in meinem Herzen, und seit ich Colette für mich interessieren zu können schien, fühlte ich nur mehr für sie. Ich war mutiger als sonst. Ich wagte sogar, ihr von Franchette zu sprechen; doch indem ich ihr meine Gefühle für ihre jüngere Schwester offenbarte, ließ ich durchblicken, daß diese mir nur durch sie eingegeben würden. Aber der Gatte kam nach Haus. Seine Anwesenheit war mir verhaßt, vor allem am Abend, und ich floh, als ich ihn kommen hörte.

Ich erinnerte mich nun wieder an Berdon und dachte daran, daß sie und ihre Schwester auch von anderen als von mir bei der nächtlichen Jagd im Evakostüm überrascht werden konnten. Ich entschloß mich, sie großmütigst zu warnen, und ich tat es in Versen. Ein solches Thema war natürlich für einen jungen glühenden Menschen sehr reizvoll.

Ich erzählte Berdon durch den Inhalt des Gedichtes, dessen Einzelheiten zu frei sind, um wiedergegeben werden zu können, genau von allen ihren Bewegungen, von allem, was ich gesehen hatte. Ich benutzte diese Gelegenheit, um ihre Reize, die wirklich über jedes Lob erhaben waren, zu betonen. Ich schrieb ohne Furcht, dadurch zu mißfallen. Mein Recht dazu lag in dem wichtigen Rat, den ich ihr gab. Ich war sicher, daß sie darüber schweigen werde, um so mehr, als ich Madelon das Gedicht für ihre Schwester zustecken würde. Das Gedicht endigte mit demselben Gedanken wie eine Ode des Anakreon, die ich damals noch nicht kannte. Aber die Leidenschaft hat zu allen Zeiten, in allen Ländern und in allen Köpfen dieselbe Sprache: Ich wünschte mir, die Hülle zu sein, die alle diese Reize verbirgt.

Die Nachsicht Madelons für mich war so groß, daß sie alle meine Gedichte entgegennahm, sogar die indezentesten, ohne mir die geringsten Vorwürfe zu machen. Übrigens beschrieb ich darin die Situation, in der ich in Wahrheit lieber Frau Parangon gesehen hätte.

Ich schrieb meine verachtungswürdigen Verse ins reine, und am Abend wartete ich an der Haustüre auf Madelon, um sie ihr zuzustecken. Aber sie ließ sich nicht blicken. Ich lief zu meinem Platz vom Tage vorher, um Frau Parangon zurückkommen zu sehen, zu dem Platz, der mich ein wenig an die Flohjägerei erinnerte. Statt Berdon war es diesmal Madelon, die den Platz einnahm. Sie öffnete das Fenster, und nachdem sie gesehen hatte, daß nirgends ein Licht war, sah sie sich noch weniger vor als ihre Schwester. Welche Vollendung! Dieser Anblick erzeugte in mir einen Effekt, in dessen Folge ich zu einem Entschluß gebracht worden wäre, wenn mein trauriges Schicksal, das mich immer verfolgt hat, nicht alles das wieder umgeworfen hätte, was mir günstig schien.

Ich ließ von dem Anblick Madelons aus demselben Grunde ab, der mich am Tage vorher eine nicht weniger verführerische Szene zu verlassen gezwungen hatte. Frau Parangon war zurückgekommen; ich bat sie um den zweiten Band der Briefe des Marquis de Roselle und las ihr vor. Colette saß mir gegenüber, ein wenig in ihrem Fauteuil zurückgelehnt – die Beine ziemlich hoch übereinandergeschlagen. Sie hörte mir aufmerksam zu, und ich las mit Wärme. Colette hielt die Augen geschlossen. Als ich einen ihrer Füße in der Höhe meines Knies bemerkte, suchte ich mit der Hand einen leichten Kontakt. Wie kann es sein, daß ein lebloses Ding, nur weil es den geliebten Gegenstand berührt, die Seele elektrisiert und sie mit einem Übermaß von Feuer erfüllt! Ich brannte lichterloh. Ich machte eine Bewegung, um noch näher zu kommen: ich wünschte nämlich, daß sich ihre Knie mit den meinen berühren sollten. Auch dies gelang mir, ich war nicht mehr Herr über mich selbst, meine Stimme versagte und erlosch. Ich hatte nur mehr einen leisen, zitternden Ton. »Sie sind wohl müde?« sagte Colette zu mir und öffnete die Augen. »Sie lesen mit zuviel innerer Anteilnahme. Schließen Sie jetzt.« Ich schloß das

Buch, aber ich entfernte mich nicht. Colette lehnte sich zurück, und ihr Fuß berührte meine Beine. »Dieser zweite Band«, sagte sie, »gefällt mir noch besser. Der erste hat mich etwas traurig gestimmt.« – »Ich interessierte mich so lebhaft für Leonore, aber jetzt stimme ich für Mademoiselle Ferval. Oh, welcher Unterschied! Ich sehe es, alle interessanten Frauen, alle müssen geliebt werden, aber... es gibt auch Göttinnen darunter, die man nur anbeten kann.« Ich senkte den Kopf; in Wirklichkeit suchte ich die Hand der Frau Parangon. Jemand trat in den Laden. Ich erhob mich geschwind und eilte hin, um zu sehen, wer es sei. Ich traf Fräulein Manon Bourgoin, die, nachdem sie die Haustüre aufgeschlossen hatte, jemandem Adieu sagte, der ihr die Hand küßte. Ich zeigte mich nicht und kam zurück, um dies Frau Parangon zu erzählen. Sie erhob sich. Ich wagte, sie am Kleid zurückzuhalten und sagte ihr: »Madame, gehen Sie doch noch nicht hin! Sie sagt jemandem sehr zärtlich Gute Nacht und... es wäre doch eine Indiskretion.« Colette errötete, aber sie blieb; sie sagte kein Wort, bis Manon eintrat.

Ich stand mit Manon Bourgoin sehr gut wegen meiner Beziehungen zu Gaudet d'Arras und als Mitwisser der Pläne, die mir Gaudet mitgeteilt hatte. Sie sagte jedermann nur Gutes über mich, besonders der Frau Parangon. Nach den gewöhnlichen Begrüßungskomplimenten ließ ich sie bei ihren Schmeicheleien und ging hinaus, als ob ich draußen ein wenig spazierengehen wollte.

Jeannette hatte seinerzeit mein ganzes Herz besessen und mich gehindert, es weiter zu verschenken. Jetzt besaß Frau Parangon alle meine Sinne, meine Begeisterung, meinen Geschmack, meine Eitelkeit, meinen Dank, meine Tugend, meine Ehrenhaftigkeit, kurz alle meine Vorzüge und Leidenschaften. Madelon dagegen entzückte mich durch eine Art Ähnlichkeit mit Frau Parangon, weniger durch ihre Gestalt, als durch ihre Kleidung. Edmée zog mich als Ebenbild von Jeannette an, durch ihre Bescheidenheit, ihre Gestalt, durch die Art sich zu kleiden. In ihr betete ich Jeannette an. Frau Parangon ähnelte durch die Art ihrer Schönheit Jeannette noch mehr als Edmée. Sie hatte denselben Teint, dasselbe Lächeln, sie waren gleich gekleidet, und man hätte sie für Schwestern halten können. Colette und die junge Edmée erinnerten mich so lebhaft an Jeannette, daß ich die ganze Zeit, während der ich beide liebte, nicht aufhörte, mein Herz erbeben zu fühlen und mich immer an die schöne Rousseau erinnerte; von Zeit zu Zeit noch (bis zum jetzigen Augenblick) beschäftigte mich das nebelhafte Bild einer glücklichen Ehe mit ihr. Man darf nicht über das erstaunt sein, was mir mit Madelon Baron begegnete. Die Sinne und die Lust zu heiraten rissen mich fort.

Im Monat November – dies ist mein Geburtsmonat – war ich oft in Dichterstimmung. Ich machte ein kleines Gedicht, datiert vom 1., beendigt am 3. Es war ein Loblied auf Therese Lalois, die abwechselnd mit Emilie Laloge nach St. Renobert zur Kirche ging. Diese beiden jungen Mädchen waren von Ouanne, einem Dorfe vier Meilen von Auxerres. Es ist unmöglich, diese Verse abzudrucken. Sie sind eine sehr ausschweifende Beschreibung, der Ausfluß eines sehr robusten Temperaments, erzeugt aus tausend Ursachen. Diese Aufwallungen wirkten auf mein Herz ein und verderbten es. Das zu hitzige Fieber verlangsamt den Kreislauf des Blutes und tötet den Körper.

Trotzdem diese Verse, in denen nichts verhüllt wurde, ganz außergewöhnlich frei waren, gab ich sie Madelon, der einzigen Person, die sie gelesen hat; sie nahm sie lächelnd entgegen.

Es war am 8. Dezember morgens, gerade als ich das Lobgedicht auf Annette beendet hatte. Es war einer der schönsten Tage meines Lebens, einer der glücklichsten, vielleicht der romantischste.

Frau Parangon war reizend angezogen, aber mit einem Geschmack und einer Eleganz, wie ich es bisher noch nie an ihr gesehen hatte. Sie bemerkte meine Bewunderung schon bei Tisch. Es fror. Sie ging nach Tisch aus, und ich sah sie bei ihrer Schwester Frau Minon, der Anwaltsfrau, eintreten, mit der sie dann zur Abendmesse ging. Ich blieb daheim und schickte alle Leute weg.

Alle waren froh darüber, besonders Tiennette, die der schönen Villetard, der Frau unseres Weinhändlers, die eine Freundin ihrer Familie war, einen Besuch machen mußte. Ich machte ein großes Feuer im Zimmer und setzte mich hin, um zu lesen. Das Werk, das mir gerade in die Hände fiel, war der »Cid« von Corneille. Ich las ihn zum erstenmal und war begeistert;

als ich zu Ende war, war ich in Ximene wirklich verliebt. Ich schürte nach und genoß träumend das eben Gelesene, als ich jemand die Glastür öffnen hörte. Ich war beinahe böse, daß ich gestört wurde. Man öffnete die Wohnungstür, und ich sah durch die Glastür eine Dame, die stehenblieb, als ob sie gezögert hätte, einzutreten. Ich erhob mich. Es war Frau Parangon. Ich fuhr zusammen und machte einen karmesinroten Fauteuil frei, den ich ihr anbot. »Sie haben glücklicherweise ein gutes Feuer; denn ich bin erstarrt.« Ich sah, daß sie kalte Füße hatte. Aber sie fürchtete entweder ihre schönen Schuhe zu verderben oder sie vor mir auszuziehen. Sie war so schön und ich war so begeistert, daß ich ohne nachzudenken auf die Knie fiel und ihr die Schuhe, ohne aufzuschnüren, auszog. »Geben Sie mir wenigstens meine Pantoffel.« Sie standen auf einem kleinen Tischchen, ich mußte nur meine Hand ausstrecken. Ich reichte sie ihrem Fuß, aber sie zog ihn zurück. Ich erhob mich, um die Pantoffel wieder dort hinzustellen, woher ich sie genommen hatte. »Setzen Sie sich doch.« Ich setzte mich. Eine tiefe Stille. »Sie haben gelesen; ich habe Sie wohl gestört?« – »Ich habe eben den ›Cid‹ beendigt…Oh, wie war Ximene doch unglücklich, aber sie war liebenswert.« – »Ja, sie war in einer grausamen Situation.« – »Ja, sehr grausam.« – »Ich glaube, daß diese grausame Situation ihre Liebe verstärkt hat.« – »Sicher, Madame, sie kräftigte sie wenigstens in einer Hinsicht.« – »Ha, wieso wissen Sie das in Ihrem Alter?« Ich war sehr verlegen und errötete, aber im nächsten Augenblick stieß ich hervor: »Ich weiß es geradeso gut wie Rodrigo.« »Das ist doch unmöglich.« – »Ich versichere Sie, Madame.« – »Sie können die Liebe noch nie gefühlt haben, Sie Armer.« – »Madame wollen sagen, Glücklicher.« – »Glücklicher oder Unglücklicher; Sie sind noch ein Kind.« – »Durch meine Jahre, aber nicht durch mein Herz.« – »Er sagt das mit entzückender Miene, armer Junge! Finden Sie den ›Cid‹ gut?« – »Madame, wenn er schlecht ist, dann verstehe ich nichts davon; ohne Zweifel ist er es, oder ich bin geradeso dumm wie der Autor.« Diese Worte brachten Frau Parangon zum Lachen. »Ha«, sagte sie, »wenn man Sie hören würde. Ebenso dumm wie Corneille, der doch ein großer Geist war!« – »Ich habe, nach dem Vergnügen zu urteilen, das mir sein Stück gemacht hat, daran gezweifelt, daß er ein großer Geist war.« – »Wer hat Ihnen mehr gefallen, Ximene oder Rodrigo?« – »Ximene natürlich; und Ihnen, Madame?« – »Rodrigo!« – Ich dachte einen Augenblick nach; da kam mir eine glänzende Idee: »Ich weiß warum.« – »Warum?« – »Weil…«, ich wagte nicht mehr, es zu sagen. Lange ließ ich mich nötigen; schließlich sagte ich: »Ximene gefällt mir besser, Madame, weil sie von Ihrem Geschlecht ist. Wirklich, jedesmal, wenn sie spricht, gebe ich ihr Ihr Aussehen, Ihre Stimme, Ihre Züge, Ihre Haltung, Ihre Schönheit.« Sie errötete. Ich wurde kühner: »Sehen Sie, Sie sind die Abbildung zu dem Buch, geradeso wie man Sie in den ›Liebesepisteln‹ von Ovid abgedruckt hat.« – »Ich wünsche Ihnen die Vorzüge des Rodrigo und vor allem sein Glück. Herrgott, hier ist es aber sehr heiß.« – »Soll ich die Tür öffnen, Madame?« – »Nein, ich werde hinausgehen; (und sich erhebend) hören Sie mir gut zu, Herr Nicolas. Sie müssen schön aufpassen, wie ich es schon von Ihnen gehört habe, sparsam und fleißig sein. Könnte sich für Sie nicht eine Ximene finden? Ihre Eltern sind ehrliche, geachtete Menschen. Ihr Vater ist der Freund des meinen.« – »Oh, Madame, mein Vater verehrt den Ihren unendlich…« – »Und mein Vater liebt Ihren Vater.« Sie ging einigemal im Zimmer auf und ab und schickte mich dann hinauf, um ihr den neuen rosafarbenen Umhang zu holen; den blauen, den sie bei sich hatte, gab sie mir mit; jedenfalls um sich in meiner Abwesenheit die Pantoffel anzuziehen. Als ich zurückkam, ging sie weg. O Gott, was für Reize! Ganz beglückt bewunderte ich sie, als ich sie zurückkommen sah. »Ich habe etwas vergessen.« Sie stieg geschwind wieder in den ersten Stock hinauf und ließ mir ihren Muff zurück. Als sie ganz leise zurückkam, fand sie mich in Anbetung vor allem, was sie vergessen hatte. Sie schien nichts davon zu merken; sie ging an den Kamin und sagte zu mir: »Wenn man nach mir fragt, ich bin bei Manon Bourgoin. Denken Sie ein wenig an Ximene, von der ich Ihnen gesprochen habe.« Beim Hinausgehen lächelte sie. »O angebetete Frau!« rief ich, als sie noch in Hörweite war, aus. Ich glaube, daß sie es gehört hat, denn sie verlangsamte ihren Schritt. Aber als Tiennette zurückkam, beschleunigte sie ihn sofort wieder. Ich ging letzterer nach und versteckte mich hinter einem Wandschirm, um bis zum Abend zu arbeiten.

Am 10. Dezember begann ich das Lobgedicht auf Fräulein Carouge. Ich beendete es am 17. Die am meisten hervorstechenden Vorzüge dieser Schönen waren ihre verführerische Naivität und eine gewisse Lässigkeit in ihrer Sprache und ihrem Gang, die das Herz betörten. Während ich mit der ›naiven Sorglosigkeit‹ der jungen Carouge beschäftigt war, fesselte ein anderes Thema noch mehr meine Aufmerksamkeit und regte mein Dichterherz an. Das Gedicht war ›Wache Träume‹ betitelt und ist vom 7. Dezember datiert. Diese Erzählung zeigt zwei Dinge: Meine vorgeschrittene Verderbtheit und den Eindruck des ersten Theaterstückes, welches ich besucht hatte. (Aber was für ein Theaterstück! Es war ›Die Krippe‹, die alle kennen, da man es jedes Jahr in Paris unter dem Torbogen der kleinen Spitalsbrücke spielt.) Das Sprichwort sagt: Tout nouveau, tout est beau. Das Marionettentheater mußte einen jungen Bauernburschen notwendigerweise entzücken, der trotz seiner Vorgeschrittenheit in Vergnügungen in den Künsten doch noch recht unerfahren war! Ich mußte in Entzücken versetzt werden! Aber bevor sich der Vorhang hob und auch während des Stückes, das in einem dicht besetzten Raum gespielt wurde, kamen ganz unverhoffte Dinge vor. Hier die Reihenfolge der Tatsachen.

Eines Abends nach dem Essen, also um viertel Neun, schlug Tourangeot, der Aimée Châtelain, die aus Joigny gekommen war, in unserer Gesellschaft sah, einen Theaterbesuch vor. Die schöne Tiennette, Jeannette Geolin, die Geliebte des Dieners Jean Lelong, Marie, Bardet und ich sollten mitgehen. Die Meistersleute aßen in der Stadt. Jean blieb zurück, um das Haus zu behüten, und wir zogen seine Geliebte mit uns fort, ebenso zwei kleine Arbeiterinnen, die eben vorbeikamen, die Pariserin Fleury und die schöne Luce. Bei unserer Ankunft im Theater setzten wir uns sofort. Ich kam zwischen Aimée und Tiennette, ich, der ich von beiden für einen ehrlichen Burschen gehalten wurde und für den Liebling der im Hause am meisten geachteten Person. Sie sagten mir um die Wette tausend anmutige Dinge und erwarteten den Beginn des Stücks. Sie erzählten sich gegenseitig Lobenswertes von mir, und der Weihrauch stieg mir in die Nase. Aimée küßte mich in einer freundschaftlichen Regung. Ich gab ihr den Kuß mehr als einmal zurück. Wir saßen so dicht beieinander und der Platz war so schlecht beleuchtet, daß niemand auf uns achtete. Tiennette lachte fortwährend, Tourangeot war eifersüchtig, Marie schien erstaunt, Luce und Fleury durchbohrten den Vorhang mit ihren neugierigen Blicken, Bardet machte schlechte Witze. Man saß auf Stufensitzen.

Als das Stück begann, erhoben sich alle. Ich ließ Aimée vor mich hintreten. Tiennette, die groß war, stellte Luce und Fleury vor sich. Bardet, um besser seine schlechten Witze machen zu können, stieg auf die Schultern Tourangeots, der Marie an sich drückte. Als wir so zusahen, verstellte Tiennette der hübschen braunen Tochter des Wirts Chavagny den Ausblick auf eine ägyptische Tänzerin. Sie bemühte sich, gut zu sehen. Ich bemerkte ihre Bewegungen und reichte ihr die Hand, um sie zwischen uns zu bringen. Ich hob sie sogar etwas auf und der Zufall (ich schwöre es) führte meine Hand. Wir waren in einer Scheune, die recht schlecht schloß; gerade bei der Anbetung der drei Könige, eine Szene, die alle in Entzücken versetzte, zerriß ein Seitenvorhang. Der Wind pfiff heftig herein und verlöschte alle Lichter. Ich sage die reine Wahrheit; wenn ich schuldiger wäre, würde ich es auch gestehen. Sophie Chavagny hatte meine Hand dort gelassen, wo der Zufall sie hingebracht hatte. Aber Aimée bemerkte es. Sei es aus Züchtigkeit, sei es, um mir Unannehmlichkeiten zu ersparen, die, wenn die Eltern es zufällig erfuhren, eine solche Freiheit mir einbringen konnte, nahm sie mich bei beiden Händen und küßte mich. Mich durchbebte ein entzückendes Lustgefühl. Ich preßte ihren Leib gegen mich.

Das Licht wurde wieder angezündet und ich beobachtete, ob mir Sophie Chavagny grollen würde, aber sie lächelte mir zu. Ich packte sie wie Aimée und drückte beide an mich. Ich habe seither Sophie oft wiedergesehen, die mir dieses Abenteuer wert gemacht hat. Aber wer könnte die Wallung beschreiben, die sie in meinen Sinnen erregte. Es war das erstemal, daß ich am Ehebruch Geschmack fand. In derselben Nacht hatte ich einen Traum, den ich in Versen niederschrieb.

6

Ich begann diese freien Verse sofort am nächsten Morgen, am 18., und beendete sie am 22. Sie waren für Madelon Baron bestimmt, die sie am 23. erhielt. Ich gab unter dem Titel »Wache Träume« diesen ekelhaften Unrat einem entzückenden Mädchen, das für mich viel zu gut war. Ich war der, den mein alter und würdiger Vetter Droin des Villages »das bescheidene Mädchen« nannte. Aber dieser Traum war in seinen Grundzügen reine Wirklichkeit, das Feuer meiner Liebkosungen hatte Aimée gerührt. Unter Freunden verschiedenen Geschlechts ist, man mag sagen was man will, die schönste und richtigste Liebesprobe die Vereinigung. Aimée dachte, daß ich noch tugendhaft sei. Sie stellte sich vor, daß ich noch die jugendliche Blüte habe, die man so gern verliert. Sie dachte bei sich: »Dieser arme Junge! Ich muß in Nichtachtung meiner Ehre, meiner Unschuld, in Nichtachtung alles dessen, was ich am meisten liebe, ihm die Kenntnis dessen verschaffen, was er noch nicht kennt.« Sie dachte nicht an das Verbrechen, nicht an die Untreue. Die Gefahr, die ihr von ihrem Gatten drohte, kannte sie recht gut; es war nämlich keine vorhanden. Sie schlief damals nicht mit Tiennette in der Küche, sondern in dem Zimmer des Faktors Bourgoin, der für einige Tage abwesend war. Wir stiegen zusammen hinauf. Sie nötigte mich einzutreten, um über Edmée Servigné zu plaudern. Sie machte sich anheischig, alles in Ordnung zu bringen. Ich erzählte ihr von meinen Kusinen; sie schien mir nachdenklich zu sein. Kurz nachher küßte sie mich. Wir blieben zwei Stunden beisammen, bis ich in meine Kammer hinaufging. Diese Schwäche Aimées war ihre einzige, und ich bin sicher, daß sie nie eine mit einem anderen gehabt hat.

Am Sonntagmorgen, am 20. Januar, wurde ich durch den Anblick Madelons sehr überrascht, die ich noch nie so verführerisch gekleidet gesehen hatte. Wie ich an der Haustür stand, sprach sie zu mir: »Sie gehen nicht ins Hochamt, Sie Ketzer?« Darauf entfernte sie sich schnell, ohne meine Antwort abzuwarten. Ihre Reize, ihr wollüstiger Gang, der etwas Verlegenes hatte, erregten in mir einen Wirbelsturm von Begierden. Ich dachte mir: Wie ist sie doch liebenswert; welches Glück, mit ihr vereint zu sein, ein so schönes Mädchen allein zu besitzen! Ich lief hinein und arbeitete an den Versen für sie mit einer Begeisterung, die ich noch nie gefühlt hatte. Ich beruhigte mich erst, als die Tischglocke ertönte.

Nach Tisch entfernte sich alles, und ich befand mich zwei Stunden ganz allein. Ich erinnerte mich, daß am nächsten Tag das ›Fest der Mädchen‹ sei, bei dem Madelon die Hauptrolle spielen sollte. Mir kam der Gedanke, ihr ein Gelegenheitsgedicht zu machen. Ich suchte ein Versmaß, damit sie das Gedicht auch nach dem Liede singen könnte ›Ich such ein Herz voll Ehrlichkeit‹, das Lied, das den verlöschenden Herbst in so glühenden Farben schildert. Es kam mir die Idee, eine Art Antwort auf dieses Lied durch ein Akrostichon zu geben, mit einem Refrain, dessen immer wiederkehrendes Wort ›Agnes‹ sein sollte.

Kaum war ich zu Ende, das letzte Wort war noch nicht geschrieben, als ich die Haustür gehen hörte. Es war beiläufig drei Uhr nachmittags. Die Vesper in der Pfarre, wo Madelon zu ihrer Heiligen betete, war gerade zu Ende und man begab sich in die Kirche zur heiligen Cordula. Ich glaubte, daß Tiennette zurückkehrte und ließ mich nicht stören. Ich beendigte meine Schreiberei. Jemand stellte sich hinter meinen Stuhl, als ich das Geschriebene gerade laut skandierend durchlas, um zu hören, ob nichts am Versmaß falsch sei. Ich wandte mich um: es war Madelon, noch schöner als am Morgen. Ich stieß einen erstaunten Freudenschrei aus. – »Was, Sie waren nicht in der Vesper?« – »Wenn ich Sie so schön gesehen hätte, wäre ich zu befangen gewesen. Aber ich beschäftigte mich die ganze Zeit mit Ihnen.« – »Was überlesen Sie da?« – »Hier.« Ich überreichte ihr mein Gedicht, das folgende Widmung hatte: »Dem Fräulein Madelon Baron, Akrostichon für »das Fest der Mädchen«, nach dem Liede ... usw.« Madelon errötete und las. Als sie damit fertig war, reichte sie mir das Blatt zurück. »Aber es ist doch schon an seiner Adresse.« – »Ich dachte nicht daran.« Sie legte es zusammen und steckte es zu sich. Ich faßte sie bei der Hand und küßte sie. Sie verteidigte sich nur schwach. »Ich bete Sie an«, sagte ich nach einem heftigen Kuß auf ihre vollen Lippen. »Ich bete Sie an«, wiederholte ich nach zwei neuerlichen Küssen. »Nein, ich glaube es ihnen nicht...« – »Ich bete Sie an, ich liebe Sie mehr als mein Leben! Sie werden in einigen Tagen sehen...« – »Nein«, und mit einer reizenden Miene: »Ich glaube es Ihnen nicht.« Bei jeder Äußerung des Unglaubens drückte ich einen Kuß auf ihre Lippen. Endlich preßte ich sie in meinen Armen. Als ich in ihren Augen einen Nebel voll Wollust sah, verließ ich sie und lief hinaus, die Haustüre mit dem Schlüssel zu verschließen. Im nächsten Augenblick kam ich wieder zu ihr und umarmte sie heftig mit meinen starken Armen. Ich drückte ihren ganzen schönen Körper zusammen. »Ich bete Sie an«, wiederholte ich. »Nein, nein, Diebstahl! Sie lieben mich nicht.« Mit welcher entzückenden Nachsicht drückte sie sich aus. Ihr Mund mied den meinen fast nicht mehr. Madelon war noch nie so schön gewesen, und ihre wiederholten Seufzer lüfteten ihr Brusttuch. Ein tiefer Seufzer kam aus meiner Brust. Die Lippen Madelons preßten sich auf die meinigen. Wir blieben vereint. Wir sprachen nicht, wir erfreuten uns nur einer am anderen. Die Begierde, die durch die Reize, durch die Liebkosungen und durch die aufregende Kleidung von Madelon aufgepeitscht war, erreichte ihr Ziel. Wenn ich einige Augenblicke unbeweglich in meiner Verzückung verharrte, so war es, weil mein Glück so groß war. Ich war wunschlos; aber dieser Zustand kann nicht andauern. Das Glück ist wie der Blitz. Wenn eine Begierde befriedigt ist, folgt ihr eine andere, um wieder nur für einen Moment aufzuleuchten.

Meine Einbildung war nun für mehrere Tage ganz mit Madelon beschäftigt. Sie malte diese Schöne lebhaft mit allen Reizen, die mich noch zu meinen jetzigen Gedichten inspirieren. Indem sie sich mit zärtlichem Ungestüm an meine Brust drückte, sagte sie mit ersterbender Stimme: »Verlassen Sie mich, wenn Sie ein Verführer sind.« – »Dein Geliebter! Ich schwöre dir ewige Liebe«, rief ich außer mir. »Ziel meiner Wünsche, angebetetes Mädchen! Fürchte nichts. Noch im Siege bin ich dein Sklave geworden.« Madelon seufzte; sie gab mir einen Kuß und bot mir nunmehr den Anblick erlöschenden Schamgefühls. Wie war ich glücklich!

Die Vesper bei den Franziskanern dauerte nur dreiviertel Stunde. Man mußte voraussehen, daß die Leute bald zurückkommen würden. Während dieser kurzen Spanne Zeit *bis terna Venere fuit locupletata.* [wurden zweimal je drei Orgasmen erreicht.] Ich konnte mich nicht von ihr trennen. Aber die Mädchen sind in solchen Lebenslagen für ihren Ruf vorsichtiger als für ihre Tugend und haben ein feines Ohr. Die große Glocke schlug zwölf kleine Schläge vor der Stunde. Als sie dies hörte, riß sich Madelon los, und als der Hammer erst viermal gegen die Glocke geschlagen hatte, war sie schon in ihrem Zimmer. Sie ließ mich noch verliebter als vorher zurück.

Nach Madeions Verschwinden setzte ich mich hin, um über mein Glück nachzudenken. Gar keine Gewissensbisse? Ich fühlte keine. »Sie ist Mädchen«, dachte ich, »und ich Mann. Ich werde sie heiraten. Meine Eltern werden in ihr eine glückliche und in jeder Beziehung passende Partie sehen; sie ist entzückend; sie werden sie anbeten; sie liebt mich, und ich werde der glücklichste aller Sterblichen sein.« Dann warf ich einen traurigen Rückblick auf mich selbst. »Oh, wenn diese tiefe Leidenschaft in meinem Herzen erlöschen würde.« Doch ich beglückwünschte mich, mich an sie gebunden zu haben (denn ich war damals noch so ehrlich, zu glauben, daß die Gunst Madelons mir sie zur Frau gemacht habe).

Der 11. März ist ein Tag in meinem Leben, der mir das Wohlbefinden und Glück raubte. Nach dreißig Jahren verstimmt er mich noch lebhaft. Am 6. Februar 1784 um ein halb Vier, in meinem Bette, wo ich eben arbeite, empfinde ich den Schlag ebenso heftig wie am ersten Tage. Wenn ich den 11. März schreibe, kann ich die Feder kaum halten. Die Erinnerung erregt mich zu heftig.

Ich sah Fräulein Baron jeden Abend seit dem 20. Januar, aber sie kam nicht mehr, mich Sonn-und Feiertags im Druckereisaal zu besuchen. Ich wurde jedoch durch einen Durchschlupf entschädigt, der zwischen der Kammer und dem kleinen Garten der Maine Blonde lag. Madelon hatte ihr mein Gedicht gezeigt und ihr anvertraut, daß ich auch der Autor der anderen Verse sei. Sie hatte sich so meinen Wünschen gefügig gezeigt. Das in diesen nächtlichen Exkursionen Merkwürdige war, daß meine Frau dabei nie ein Wort sprach, und daß ich sie ihre Feenrolle spielen ließ, ohne sie scheinbar wiederzuerkennen und ohne selbst ein Wort zu sprechen. Dies schien ihr zu gefallen. Wir sahen uns oft während des Karnevals, aber immer in Gesellschaft. In unseren häufigen Abendunterhaltungen oder beim Tanz beschlossen wir, daß, wenn sie nicht schwanger würde, wir das Ende meiner Lehrzeit abwarten wollten. Wenn sie aber schwanger würde, so sollte sie mich beim ersten Anzeichen benachrichtigen, und um sie der Schande nicht auszusetzen, würden wir alles unter einem ganz einfachen Vorwande in Richtigkeit bringen. Der Vorwand war, ich sollte meine Stellung verlassen und eine andere, vorteilhaftere annehmen, die mir ihr Bruder in Dieppe verschaffen würde. Wir nannten uns nunmehr »mein lieber kleiner Mann« und »meine liebe kleine Frau«. Wir teilten uns alle unsere Gedanken, alle unsere Pläne mit. Wir verbargen nichts voreinander. Ich betete sie an. Meine Dankbarkeit war so lebhaft, daß sie mir Liebe zu sein schien. Aber in Wirklichkeit war es, weil Madelon so schön, so zärtlich war. Wenn die Männer unbeständig sind, ist es fast immer ein Fehler der Frau, weil sie entweder zuerst erkaltet, oder weil sie die Gelegenheit, zu gefallen, vorübergehen läßt.

Es war am 7. März. Ich sah Madelon am Mittag vor dem Essen an ihrer Haustüre. Sie machte mir ein Zeichen. Ich lief auf sie zu. »Lieber Freund!« (diese Worte sollten die letzten sein, die sie zu mir sprach), »ich glaube, daß du langsam deine Eltern vorbereiten mußt; ich will deine Frau werden. Mein Bruder in Dieppe hat mir auf meinen Brief geantwortet: ›Wenn du den jungen Mann, von dem du mir geschrieben hast, heiratest, dann habe ich für deinen Mann eine gute Stellung in den Bureaus der Marine in Aussicht.‹ Da ich mich auf dich und deine Fähigkeiten verlassen kann, habe ich ihm geantwortet, er möge sie uns bis nach Ostern offen halten; da würde ich ihm einen Schwager geben, der ihm gut gefallen würde... Ich habe auch deinen Namen genannt; ich habe dein Äußeres genau beschrieben. Vor allem aber habe ich von deinem Charakter gesprochen; von deinen Eigenschaften, von deinen Tugenden; ich bin durch das Mädchen, das bei deiner Ankunft bei den Parangons war und durch Tiennette besser unterrichtet, als du glaubst; ich bin es sogar durch Frau Parangon selbst und durch Herrn Bourgoin... Schreibe an deine Eltern, mein Freund, aber zeige mir den Brief, bevor du ihn wegschickst. Ich will einiges hinzufügen, was ihn aber nicht verderben wird. Ich wüßte kein Ehehindernis. Weißt du eins?« – »Nein, nein, nicht das geringste!« Ich küßte ihr die Hand, obwohl an die dreißig Leute da waren. »Ich will schreiben«, fügte ich hinzu. »Adieu!« rief mir Madelon nach, da ist ja schon Bardet, der dich zum Essen rufen kommt. Adieu, mein lieber Freund!«

Ich verließ sie schweren Herzens oder zumindest in so großer Erregung, daß ich ganz außer mir war. Ich aß wenig. Frau Parangon sagte zweimal zu mir: »Was haben Sie!« Ich senkte die Augen, ohne zu antworten. Als wir fertig gegessen hatten, kehrte ich zur Haustüre zurück. Da ich Madelon, die mit dem Essen noch nicht fertig sein konnte, nicht sah, ging ich schnell wieder an meine Arbeit. Ich hatte im Sinne, gleich an meine Eltern zu schreiben, so nahm ich Feder und Papier und ging in meine Kammer. Kaum hatte ich eine Zeile geschrieben, kam Tiennette: »Madame will Sie sprechen.« Nie waren mir Colettes Befehle lästig gewesen; sogar diesmal waren sie es nicht. Ich lief rascher hinunter, als ich hinaufgestiegen war.

»Was haben Sie denn gehabt, Herr Nicolas?« fragte sie mich. Ich blieb stumm... »Ich weiß alles... Madelon hat Sie vorhin gesprochen?« – »Ja, Madame.« – »Ich weiß alles; sie hat mir alles gesagt... Ich beklage Sie nicht. Aber Sie vergessen rasch, was ich Ihnen sagte!« – »Ich vergessen... Alle Ihre Worte sind in mein Herz eingegraben; und doch... ich gestehe es Ihnen, die ich nicht für eine Frau, sondern für eine Gottheit ansehe... trotz allem habe ich mich mit Madelon verlobt... Die Ehre verpflichtet mich, und ich wäre ihrer in Ihren Augen unwürdig, wenn...« – »Ich verstehe Sie und spreche Sie frei... Aber mußten Sie... Doch ich will Ihnen keine unnützen Vorwürfe machen: Sie haben nunmehr eine einzige Möglichkeit, ein ehrlicher Mensch zu bleiben; man muß... Ich werde jetzt für Sie handeln, wie ich für meinen Bruder handeln würde. Herr Nicolas, ich sehe es jetzt, ich wußte es schon im voraus, daß die Tugend nur an einem dünnen Faden hängt. Man darf sich nicht den kleinsten Seitensprung erlauben, wenn man nicht noch mehr in Fehler verfallen will... Gehen Sie, verlassen Sie mich... ich werde mein möglichstes für Sie tun.« Ich zog mich in noch größerer Aufregung zurück als nach meinem Gespräch mit Madelon.

Nach dem Abendessen ging Frau Parangon aus. Ich sah Madelon nicht, auch nicht ihre Schwestern. Ich weiß nicht, warum ich so schüchtern war, mich bei der jungen Marote, ihrer

Kammerjungfer, nicht nach ihr zu erkundigen. Die Worte der Frau Parangon beschäftigten und ängstigten mich: ich stellte mir vor, daß sie bei Frau Baron sei. Schließlich zweifelte ich nicht, daß ich Madelon auch heute, wie täglich seit dem 27. Januar, haben würde, seit dem Tage, an dem ich ihr das Lobgedicht, zugleich mit dem für ihre Schwester, übergeben hatte... Aber ich wollte ja hineingehen, meinen Brief schreiben; es war mir jedoch unmöglich, die Haustüre zu verlassen; beim kleinsten Lärm lief ich wieder hin; ich brannte darauf, Madelon zu sehen... die ich nie mehr wiedersehen sollte!... Ich ging auf die Stiege, die zur Druckerei hinaufführt, und stellte mich an das Fenster, von dem aus man das Madelons sehen konnte. Ich sah wohl Licht, aber die Vorhänge waren so dicht zugezogen, daß ich nur die Bewegungen einiger schattenhafter Personen unterscheiden konnte.

In diesem Augenblick kam alles bei uns nach Hause. Ich hätte mein halbes Leben darum gegeben, wenn ich Madelon nur auf einen Moment hätte sehen können, wenn ich ihr hätte sagen können, daß Frau Parangon mit unserer Heirat einverstanden war. Ich ging in der Hoffnung zu Bett, sie bald nach Hause kommen zu hören und schlief nicht... Trügerische Hoffnung! Ich bekam Herzkrämpfe, eine schreckliche Qual, die ich seither oft durchgekostet habe. Gegen Morgen hatte ich einen Traum. Ich träumte, Maine Blonde auf einem Baume sitzen zu sehen; sie machte mir Zeichen, mit ihr zu gehen. Da sah ich Madelon vom Baume fallen. Gleichzeitig tauchten ihre beiden Schwestern Manon und Berdon in Trauerkleidern und tränenüberströmt auf. Ich stürzte auf den Platz zu, wo Madelon heruntergefallen war, aber sie war verschwunden... ich erwachte in furchtbarer Angst... »Es war ein Traum«, sagte ich zu mir selbst. »Es war doch nur ein Traum!« Aber leider sollte es Wirklichkeit werden.

Am nächsten Morgen, dem 8., vermied jeder, mich anzusprechen. Nachmittags ging ich vor die Haustüre, um Madelon zu sehen. Marote stürzte aus der Tür. Ich näherte mich; ich sah niemanden im Laden; die Nachbarn starrten mich an, da ich traurig aussah; sie glaubten, ich wisse schon alles. Am Abend fand ich Frau Parangon nicht bei Tisch. Als wir fertig waren, ging ich vors Haus. Ich traf dort Manon Bardon und ging auf sie zu, um in Gesellschaft zu sein und um mich zu erkundigen. Sie machte mir aber ein Zeichen, nicht näher zu kommen. In meiner natürlichen Schüchternheit folgte ich und ging nach Hause zurück, da ich nur Dinge vermutete, die weit entfernt von der Wirklichkeit waren. Ich wollte meinen Brief schreiben. Da kam mir die Idee, damit zu warten, bis ich mit Frau Parangon gesprochen hätte. Ich ging im Laden und vor der Haustüre einige Male auf und ab, bis alle Leute nach Hause kamen. Ich war in einer Art Betäubung; ich fragte mich immer wieder, warum ich eigentlich Madelon nicht sähe, konnte mir aber keine vernünftige Antwort geben. Als ich wieder in meine Kammer hinaufstieg, beobachtete ich ihr Fenster: die Vorhänge waren ebenso dicht geschlossen wie am Vortage; ich sah wieder nur Schatten, die kamen, gingen, sich bewegten.

Am 9. morgens kam Tiennette, als ich eben hinunterging, auf mich zu: »Fräulein Baron ist seit zwei Tagen sehr krank.« – »O Himmel, krank?« Ich lief hin, ohne auf Tiennette zu hören, die mich zurückhalten wollte. Als mich Frau Bonne-Baron erblickte, kam sie auf mich zu und nahm mich bei der Hand. »Wer ist krank, Madame« fragte ich sie. »Man wird es Ihnen schon sagen, aber Sie können die Kranke nicht sehen.« – »Warum?« – »Sie ist nicht bei Bewußtsein.« – »Nicht bei Bewußtsein?« – »Nein, wirklich nicht.« – »Welche von den Schwestern ist denn krank?« – »Man wird es Ihnen schon sagen. Ich habe Frau Parangon gebeten, es Ihnen mitzuteilen. – »Ha, meine Freundin ist es, Madelon!« – »Beruhigen Sie sich. Gehen Sie jetzt.«

Ich zog mich langsam zurück und drückte die Hand auf die Stirn, meine Augen waren in Tränen gebadet. Ich verbarg dies vor Fräulein Prudhot, küßte ihr die Hand, kam zu unserer Haustüre und wollte ins Haus laufen. Im Druckereisaale traf ich Frau Parangon, aber da sie nicht allein war, grüßte ich sie nur durch eine tiefe stumme Verbeugung. Ich eilte zur Arbeit. Ich lief mit einer Geschwindigkeit, die ans Wunderbare grenzte. Alle meine Lebhaftigkeit lag wegen des Sturmes, der mich durchtobte, in meinen Fingern. Bourgoin, der Faktor, schaute mich sprachlos an. Der Schweiß rann mir von der Stirne. »Sie werden sich töten«, sagte er, »Sie haben doch Zeit.« – »Zeit? Es ist aus!« Ich wußte nicht, was ich sagte.

Zur Essensstunde ging ich hinunter. Ich war vernichtet. Ich ging zu Madelons Haustüre; dort sagte mir Marote: »Sie liegt in den Armen ihrer Schwestern; sie ist jetzt ruhiger … aber sie ruht oder will ruhen … Oh, die liebe …« – »Nennen Sie sie nicht«, sagte ich, indem ich ihr mit meiner Hand den Mund verschloß. Marote erschrak; denn sie hielt mich für toll. Sie benachrichtigte Frau Baron. »Kann ich sie denn nicht wenigstens sehen, ohne von ihr gesehen zu werden, wenn es nicht anders geht?« sagte ich zur Pflegerin. – »Nein, nein, noch nicht.« Ich ging hinaus, ohne ihr zu antworten.

Um acht Uhr abends flog ich zur Haustüre Madelons. Da ich im Laden niemand erblickte, ging ich hinauf. Ich sah sie auf ihrem Bette ausgestreckt liegen. Die schwarzen Haarlocken beschatteten ihre Stirne. Sie schlief, oder sie war ermattet, oder sie war tot. Die Pflegerin und die Schwestern kamen ganz verstört auf mich zu. Man gestattete mir, Fräulein Baron zu sehen, aber man hinderte mich, mich zu nähern. »Sie ist es, ja sie ist es«, sagte ich zu Frau Baron und zu den beiden Schwestern, die ihre einzigen Beschützerinnen gewesen waren. Ich kniete nieder und hob meine Augen zum Himmel. »Lieber Gott, rette sie. Schenke mir Tränen.« Die Pflegerin wandte sich mir zu. »Wir werden ihr sagen, wie sehr Sie gerührt waren, und sie wird Ihnen danken.« Sie unterdrückte ihr Weinen und verbarg ihr Schluchzen; Berdon und Manon schauten mich wortlos, mit erstaunter und mitleidiger Miene an. »Ha, Sie zerreißen mein Herz«, sagte ich zu ihnen. »Ich möchte ersticken … aber jetzt kann ich weinen«, und ich zerfloß in Tränen … Mein zu heftiges Schluchzen zwang mich, mich zu entfernen. Wenn man meinen Besuch vorausgesehen hätte, würde man mich nicht vorgelassen haben.

Ich schlief kaum. Schreckliche Träume quälten mich. Um drei Uhr morgens wachte ich aus meinem Halbschlummer nach Atem ringend auf. Ein Alp lastete auf mir. Ich sah eine Frau mit wachsbleichem Gesicht, die Stirn von schwarzen Haaren beschattet. Es war Madelon! … Ich stieß einen Schrei aus und stürzte auf sie zu. Ich riß sie in meine Arme … ich stolperte und stürzte beim Fenster nieder. Leider war es eine Vorspiegelung meiner erhitzten Phantasie! … Oder kam Maine Blonde, mit tiefem Mitgefühl, mir mein Unglück zu verkünden und wollte es mir erleichtern? .. . Ich öffnete das Fenster, wo ich sie an dem Tage gesehen hatte, an dem glücklichen Tage! … von wo aus ich sie hatte singen hören: »Ich such’ ein Herz voll Ehrlichkeit.« Ich sah Licht. Die Schatten kamen und gingen geschäftig, in trauriger Ruhe. Ich konnte nicht hingehen und legte mich wieder in mein Bett. Meine Augenlider wurden schwer, aber ich hörte nur die schrecklichen Worte: »Adieu … Adieu … Adieu … Du wirst mich nicht mehr sehen.« Es war die Stimme von Fräulein Baron der älteren, von meiner Braut.

Ich wachte vollends auf und sprang aus dem Bett. Der Tag graute schon, und ich blieb einige Zeit am Fenster stehen. Die Lichter bei den Fräulein Baron waren erloschen; ein Hoffnungsstrahl folgte dem Schrecken. Der Tag wurde hell, und ich ging an meine Arbeit. Bis Mittag sprach niemand mit mir. Nach dem Essen, bei dem alle Leute traurig und schweigsam waren, ging ich zur Haustür. Ich lugte scheu hinaus, schließlich schaute ich genauer. Die Haustüre der Fräulein Baron war geschlossen. Ich blieb unbeweglich stehen, aber wie es wirklich stand, sah ich noch nicht. Ich ging wieder hinein und stieg zu meiner Arbeit hinauf. Meine Augen starrten wie festgebannt auf das Fenster von Madelon, das offen stand. Ich gab mich einige Zeit, auf das Fensterbrett gelehnt, Betrachtungen hin. Frau Parangon durchschritt den Hof, aber sie sah mich nicht. Ich vermeinte, Tränen bei ihr zu sehen … Ich erschrak! … Aber ich glaubte, mich getäuscht zu haben; bis acht Uhr arbeitete ich. Das Abendessen war sehr traurig. Ich wurde von Müdigkeit und Schlaf übermannt. Als wir mit dem Essen fertig waren, sagte ich zu Frau Parangon: »Madame, glauben Sie, daß es ihr ein wenig besser geht?« – »Nein.« – »O Himmel.« – »Ihnen geht es auch nicht gut, gehen Sie, sich ausruhen. Ich gehe an Ihrer Stelle zu ihr …, es wird besser sein, als wenn Sie hingingen.« Ich konnte nichts antworten und ging in meine Kammer hinauf. Ein tiefer Schlaf, der dem Tode ähnlich war, erquickte meine Sinne bis um sechs Uhr früh.

Es war Sonntag, der 11. März. Meine Aufregung hatte sich etwas gelegt, aber ich war noch niedergedrückter. Da ich mich künstlich beruhigen wollte, machte ich mir folgende Gedanken: »Wenn ihr Zustand hoffnungslos wäre, aus welchem Grunde hätten sie mich gehindert, sie zu sehen? Es wird so wohl besser und schicklicher sein; man fürchtet das Gerede und den Klatsch oder ihr späteres Erröten über das, was sie vielleicht in ihrem Delirium gesagt hätte.« Diese Gedanken gaben meinem Herzen einen heilsamen Trost. Im gleichen Augenblick drang ein klägliches Glockengeläute an mein Ohr. »Welcher Unglückliche ist jetzt gestorben?« dachte ich, »wer ist in den grundlosen Schlund der Ewigkeit gestürzt?« Ich stieg hinunter und suchte jemanden, mit dem ich sprechen könnte. Tiennette schien mich zu fliehen, Frau Parangon lag noch im Bett; Bardet war eben weggegangen und Tourangeot noch nicht zurückgekehrt. Da ich niemanden im Hause sprechen konnte, ging ich weg. Manon Prudhot war an der Haustüre. Als sie mich sah, ging sie hinein, aber das machte sie damals gewöhnlich so. Annette kam aus dem Hause der Fräuleins Baron heraus. Als sie mich sah, lief sie geschwind vorbei. Die junge Marianne Roullot, beinahe noch ein Kind, Maine Blonde und ihre Nachbarin, die schöne Bourdignon, hatten Tränen in den Augen ... Ich überquerte die Straße; zwei Schritte von dem Hause entfernt, sah ich Tourangeot im Hofe des »Palais«, der eben aus dem Magazin trat, wo er manchmal Orgien feierte. Er sah weniger tartarisch aus als gewöhnlich und kam auf mich zu: »Ich beklage Sie«, sagte er und nahm mich bei der Hand. »Sie ist heute um drei Uhr früh gestorben. Man möchte es nicht glauben, aber sie wird begraben werden.« – »Gestorben? – Wer ist gestorben?« sagte ich und erbleichte. Er antwortete mir nichts, aber er wies mit dem Finger auf die Haustür von Madelon und blieb einige Augenblicke in dieser Stellung (ich glaubte es wenigstens).

Ich weiß nicht mehr, was dann geschah; ich weiß nicht mehr, was aus mir wurde. Er verließ mich, oder verließ ich ihn? ... ich weiß nur, daß ich auf die Porte du Pont zueilte, daß ich bis zur Kirche St. Gervais ging, die halb in Trümmern liegt (wo ich damals Marguerite Adieu gesagt hatte), daß ich mich auf ein eingestürztes Gewölbe setzte, daß ich klägliche Schreie ausstieß, die nur von den Vögeln gehört wurden, die erschreckt hin und her flogen ... Leser! Wir schreiben den 11. März 1753. Diese Wunde wird nie heilen, die er mir geschlagen hat. Es war zehn Uhr vormittags, als ich bei der Kirche ankam. Ich blieb dort in einem Zustande von Hoffnungslosigkeit und Betäubung bis vier Uhr nachmittags. Ich fühlte meinen ganzen Verlust, aber gegen drei Uhr kam mir ein trostreicher Gedanke, meine Seele wurde ruhiger. In der Absicht, mich in die Arme der Frau Parangon zu stürzen, empfand ich einen gemäßigteren Schmerz. Ich zog mein Heft hervor und wollte darin einige Verse meiner Hoffnungslosigkeit und dem Andenken Madelons widmen, aber entweder verlöschten meine Tränen die Schrift, oder meine durcheinanderwirbelnden Gedanken hinderten mich am Sehen. Der Gedanke: »Madelon wird diese Verse nicht mehr lesen ...« erpreßte mir laute Schreie.

Der Schmerz, den ich fühlte, war mein erster dieser Art: Es war der Schmerz eines Mannes, der seine Frau verliert, eine Zukunft, die sie ihm leicht, angenehm und glücklich gestaltet hätte (und Frau Parangon wußte alles, da sie sich in der letzten Zeit entschlossen hatte, mir zu helfen). Sie war schön, die, die von mir Mutter werden sollte, die mit einem Teil von mir unterging ..., die mir als Geist wiedererschien, um mich von den Fehltritten der Jugend zurückzuhalten ..., die mich durch ihr Opfer vor dem schändlichen Schritt bewahrt hatte, Jeanneton zu besitzen, die den Tod finden mußte, nachdem sie mich drei Tage zuvor so glücklich gemacht hatte. –

Da sie die Leiter nicht gut befestigt hatte, war sie am Abend unserer letzten so wichtigen Unterredung gefallen, oder die Eintracht unserer Seelen war so stark gewesen. Ich kannte die Ursache ihrer Krankheit nicht! Gaudet d'Arras erzählte mir lügnerische Fabeln (ohne Zweifel aus Freundschaft). Da kam mir ein schrecklicher Verdacht: »Ha, Frau Parangon hat mir nichts gesagt!« Ich fühlte nun, warum ich sie hatte nicht mehr sehen können, warum man mir verboten hatte, die letzten Grüße meiner Frau entgegenzunehmen, die mir eben mitgeteilt hatte, daß ich Vater sei. »Feigling! Ruchloser!« rief ich aus. »Du hast deine Braut gegen d'Arras nicht zu verteidigen gewußt. Ungeheuer! Entmenschtes Herz!« und ich versank in die traurige Stille, die um die Kirche Notre Dame de la Cité ausgebreitet war. Die Trostsprüche der Frau Parangon schienen mir verdächtig. Ich bemühte mich, hinter das Geheimnis zu kommen; ich rechnete auf Fräulein Fanchette, anstatt mich an Berdon zu wenden, wie man es im Hause dieses Mädchens erwartet hatte, anstatt alle die Vorteile auszunutzen, die mir früher Madelon geboten hatte. Man rechnete dort so sehr darauf, daß Berdon mich, obwohl sie sehr stolz war, zuerst aufsuchte. Als die gewöhnliche Höflichkeit es verlangte, daß ich die beiden Schwestern wieder besuchte, vergaß ich beinahe Madelon. Um mich auszuforschen, fragten sie mich eines Abends unauffällig nach den vielen Gedichten, die ich an ihre Schwester gerichtet hatte, und da ich eine boshafte Neugierde zu bemerken glaubte, tat ich, als ob ich es überhörte. Dies war eine törichte Handlungsweise; denn Berdon war schön, sogar in meinen Augen.

Da Frau Parangon mich prinzipiell keine Folgen aus unseren gefühlvollen Unterhaltungen ziehen ließ, so überließ sie mich zu sehr mir selbst. Ich vertraute mich Gaudet d'Arras und Gaudet de Varzy an und traf oft die Bekanntschaften, die mir Buisson verschafft hatte; ich eiferte diesem nach und wurde vergnügungssüchtig. Die Vergnügungssucht führte mich zur Ausschweifung, und ich kam wieder auf den Gedanken, meine tugendhafte Wohltäterin zu täuschen. Drei Wochen nach dem Tode meiner Freundin, die mir wirklich Freundin und Geliebte gewesen war, (am 30. März) hatte ich einen Traum, der von Annette handelte.

Der Schluß des Traumes war das vollkommene Gefühl der Wollust, und ich wagte es aus Anstand nicht, ihn dieser jungen Person mitzuteilen.

Am 30. April wandte ich mich wieder der liebenswürdigen Laloge zu, gelegentlich eines Traumes, der mich sie sehr reizvoll sehen ließ... Ich übergab ihr auch gleichzeitig alte Gedichte, die sie noch nicht gesehen hatte, oder die ich nach dem, was sie mir am 20. August 1752 erzählte, verbessert hatte. Schließlich hatte ich Madelon, bevor sie mir ihre Gunst zuwandte, einige Gedichte darüber gemacht, daß ich der Einsamkeit müde sei, was sie wahrscheinlich zu dem großmütigen Opfer bewog, das sie mir, um meine Gesundheit zu erhalten, brachte.

Herr Parangon war am 27. nach Vermenton gereist; ich wußte es nicht. Gaudet d'Arras war da, mich zu besuchen, und hatte mir lächelnd gesagt: »Ist das aber eine schöne Strohwitwe!« Ich achtete nicht auf dieses Wort. Ich war ganz mit dem Gedanken beschäftigt, den er mir erst beibringen wollte: »Wenn diese charmante Frau ihren Mann verloren hätte, würde sie eine schöne Witwe abgeben!« Am Abend war ich mit Frau Parangon beim Essen allein, da der Faktor mit Gaudet d'Arras bei seinem Onkel zurückgehalten war, und vielleicht war auf Betreiben Gaudets auch Bardet mit Herrn Parangon gegangen. Man hatte hergesandt, um die schöne Strohwitwe einzuladen; aber Gaudet d'Arras, der im Hause alles galt, hatte das Dienstmädchen zurückgehalten. Ich hatte von alledem keine Ahnung. Colette und ich plauderten nach dem Essen. Es war fast drei Monate her, daß wir unsere letzte vertrauliche Unterredung gehabt hatten. Colette sagte zu mir: »Jetzt ist es im Gegensatz zum Herbst hier sehr still, nachdem so viele Leute dagewesen sind. Ich hätte Lust gehabt, meine Schwester mit meiner Mutter und der Schwester des Herrn Parangon nach Paris zu schicken. Eine Überlegung hat mich aber davon abgehalten: sie hat dem Neffen Parangons, dem Sohn seines Bruders, sehr schön getan. Ich wünsche diese Verbindung nicht, die man in der Familie Parangon anscheinend begrüßt hätte.« Ich lehnte mich zurück. Nachdem Tiennette abserviert hatte, setzten wir uns ans Feuer. »Meine Schwiegermutter und meine Schwägerin«, fing Colette wieder an, »lieben Sie nicht. Ich sage Ihnen das, damit Sie auf die Unfreundlichkeiten des Herrn Parangon nicht achten. Seine Mutter und seine Schwestern haben ihn gegen Sie ein wenig beeinflußt.« – »Madame, es tut mir leid, daß ich diesen drei Frauen mißfallen habe, aber was soll ich tun!« – »Nichts. Jetzt sind sie ja fort, ohne die Genugtuung mit sich zu nehmen, die sie erhofft hatten..., Gelegenheit zu einer Unterhaltung zu finden, die ihnen Beweise meiner Zustimmung gegeben hätte... Aber dies liegt nicht in meinem Charakter... Trachten Sie nur, sich mit Herrn Parangon leidlich zu vertragen; Herr d'Arras kann uns dabei behilflich sein; ihn müssen wir um Rat fragen.« – »Ich habe keine Hoffnung, daß es mir gelingt, Madame, es sei denn durch den Ausweg, den Sie mir gerade gezeigt haben. Was Sie anbetrifft, so ist es mir unmöglich, Ihnen nicht immer den Respekt und die Treue entgegenzubringen, die ich in meinem Herzen fühle.« – »Sie täuschen sich«, sagte sie zu mir und errötete ein wenig; ich sah, daß sie mir nicht alles, was sie wußte, gesagt hatte. «Was, Madame... Ich sollte mich täuschen; ich kann doch nicht...« – »Ich will sagen, daß Sie... es vermeiden sollen, zu sehr ins Feuer zu gehen, wenn Sie mich loben... auch wenn Sie einige meiner Befehle ausführen müssen. Überlassen Sie dies Bardet, Tourangeot und Tiennette; es ist meine Pflicht, mich an die zu wenden. Stürzen Sie nicht die ganze Welt um, um dorthin zu gehen, wohin ich Sie nicht schicke; Sie haben eines Tages dabei meine beiden Schwägerinnen umgeworfen, so daß sie beinahe auf meine Mutter gefallen wären.« – »Ich habe es nicht bemerkt, Madame.« – »Ich weiß es.« – »Ich werde mir diese schmerzliche Zurückhaltung auferlegen, Madame...; da Sie es mir befehlen, muß es wohl sein.« – »Ja«, sagte sie, »es muß sein, aber das ist nicht alles... Ich will Ihnen jetzt einen Rat geben... Aber er kostet mich... Ich... würde nicht wünschen... wegen meiner Absichten mit Ihnen, an denen ich unbedingt festhalte, daß Sie eine zweite Madelon fänden, dagegen eine ehrenhafte Unterhaltung, die mehr vorgetäuscht als wahr sein könnte, die die Absichten des Herrn Parangon in bezug auf meine Schwester Fanchette vereiteln würde...« – »Wenn es sich um eine Ehe handelt, so weiß ich mich zu benehmen.«

Tiennette kam herein. Frau Parangon ließ sie neben sich niedersitzen und fuhr fort, auf mich einzureden: »Ich kenne Ihre Gefühle. Sie sind ehrenhaft und können mich nicht verletzen. Aber weiß Tiennette alles, was ich Ihnen gesagt habe?« – »O lieber Gott, ja, ich weiß es, und ich verstehe es nicht, wie Damen in dem Alter, mit dem Geist solche Ideen haben können! Sie haben eines Tages dem Herrn sogar gesagt: ›Da, sehen Sie nur, Herr Nicolas ist in die Meisterin verliebt!‹... Natürlich stimmt das nicht.« (Ich errötete bei dem Gedanken: »Man ist ebenso scharfsichtig wie geistreich«, aber ich nahm mir vor, es mir zu merken und mich besser zu hüten.) »Der Meister hat Ihnen ja auch gesagt«, fuhr Tiennette fort, »er habe zu gute Beweise vom Gegenteil, um es glauben zu können. Er ist ja in drei oder vier gleichzeitig verliebt. Ich kenne drei Mätressen von ihm, ohne die jetzige.« (Hier hielt Frau Parangon der unschuldigen Tiennette den Mund zu, die ihre Meinung wiederholen wollte, ohne ihre Wirkung zu bedenken.) »Ja, Madame, man hat das gesagt, und der Herr hat geantwortet, was ich eben sagte... Da muß man sehr verdreht sein!... Schließlich, wissen wir denn nicht, was mit Fräulein Madelon war, als sie noch lebte? Ha, wenn ich nicht Dienstbote wäre, wenn ich es wagen dürfte, zum Herrn zu sprechen, ich wüßte wohl, was ich ihm sagen würde!« – »Sie wissen recht gut, Madame, was meine Wünsche und meine Hoffnungen sind; ich liefere mich Ihrer Gerechtigkeit aus.« – »Seien Sie sicher«, antwortete Colette, »daß ich weiß, woran ich mich halten muß. Aber lesen wir etwas«, und sie gab mir Racine. Ich las die Phädra, die einen sichtlichen Eindruck auf die naive Tiennette machte. Aber ein Gedanke, den sie aus ihrer unschuldigen Seele empfing, erschreckte Frau Parangon: »Eine Frau liebt einen anderen als ihren Gatten?«

Als ich an der Feuchtkammer vorbeiging, hörte ich ein Geräusch. Ich ging um zu sehen was es sei und erblickte Gaudet d'Arras. Ich argwöhnte, daß er uns belauscht habe. Aber da er den Schlüssel hatte, konnte ich ihm nichts sagen. Übrigens tat er so, als ob er gerade käme. Er sagte mir, daß er mir etwas mitzuteilen habe. Es war ein langes Geständnis, das sich auf die schöne Hollier bezog. Es war aber so deutlich, daß ich, als ich ihn verließ, ganz verblüfft war. Ich stieg, ganz in Gedanken versunken, hinauf. Ich glaubte, in den Blicken von Frau Parangon Menschlichkeit gelesen zu haben. Ich war durch den Anblick ihrer Reize entzückt, und vielleicht hätte ich mich ermannt, wenn Tiennette nicht dabeigewesen wäre... Ich stand in Flammen... Ich blieb bei meiner Kammertüre stehen und dachte nach, was ich machen könne, solange Herr Parangon fort sei. Ich dachte an meine Unterredung mit Colette, an die Vorlesung von Phädra, an die Worte Tiennettes, an die Schilderungen, die mir Gaudet d'Arras eben gegeben hatte, an sein Wort: »Das ist aber eine schöne Strohwitwe.« »Man muß glücklich sein!« rief ich aus. »Sie ist zu schön, als daß mir jemals Gewissensbisse kämen. Sie will nicht..., daß ich eine zweite Madelon fände... aber eine ehrenhafte Unterhaltung... Ich kann nicht daran zweifeln, daß sie sich meint!... Ja, wenn es nur so wäre!... Sie will nicht eine neue Madelon; sie ist ebenso gütig wie Madelon. Sie übertrifft sie sogar. Sie will mich vor geheimen Seitensprüngen und vor der Ausschweifung bewahren. Gehen wir! Sie wartet auf mich. Schonen wir ihr Schamgefühl. Keine Bewegung, die sie verletzen könnte. Besitzen wir diesen angebeteten Gegenstand mit Respekt...! Tun wir so, als ob wir nicht glauben, daß sie wach sei...«

Das waren die Gedanken, die mich zu dem kühnsten aller meiner Abenteuer bewogen. Ich stieg ganz trunken vor Liebe und Hoffnung hinunter. Ich konnte mir nicht gut vorstellen, was geschehen würde... Nackt, nur im Hemd, trotz der Kälte, durchquerte ich den Hof... ich brannte. Als ich zur Tür des Schlafzimmers gekommen war, die nur von innen geschlossen werden konnte, drückte ich leise auf die Türklinke, so daß ich kein Geräusch machte. Ich schlich hinein und machte die Tür mit der gleichen Vorsicht wieder zu. Begünstigt durch das schwache Licht der Nachtlampe ließ ich mich langsam bei Colettes Bett auf die Knie nieder. Ich versuchte sie zu berühren. Aber die bescheidene Frau (dies war ein Zeichen, das mich stutzig machte) hatte die Brust und andere Reize sorgfältig verhüllt... Ich war in einer furchtbaren Situation... Sie wachte auf, streckte ihre Hand aus und rief: »Eine Katze, eine Katze! Wer ist da?« Dann besann sie sich und fuhr fort: »Tiennette, Tiennette?« Ich legte mich auf den Bauch; ihr Arm erreichte mich nicht, obwohl sie ihn gegen mich ausstreckte. Wenn sie mich gespürt hätte, was wäre geschehen? Ich zittere noch jetzt bei dem Gedanken daran. Sie hätte mich für einen Dieb gehalten. Sie wäre vielleicht sogar gefährlich erschrocken; sie hätte geschrien, wenigstens geläutet! Tourangeot, der Faktor, Bardet, Tiennette und Jean Lelong wären herbeigelaufen. Ich wäre erwischt und für immer verloren gewesen.

Sie deckte sich wieder zu. Ich hörte, daß sie wieder eingeschlafen war, was ich aus ihrem Atem entnahm. Ich trachtete, ihr einen Kuß zu rauben... Aber ich konnte es nicht erreichen. Ich hätte sie wegen ihrer Lage aufgeweckt. Ein wenig Beruhigung ließ mir die Vernunft wiederkehren. Ich fühlte, daß ich mich zurückziehen müßte, ohne ein Unternehmen versucht zu haben, von dem ich nicht hoffen durfte, daß es mir ein zweites Mal gelingen würde. Ich öffnete wieder die Türe und schloß sie, lediglich dadurch, daß ich mich ganz langsam bewegte, lautlos. Es spricht viel dafür, daß mich Colette gehört hat. Denn sie gab mir Zeit, wieder hinaufzusteigen, bevor sie Tiennette läutete, die in der Küche schlief, die vom Schlafzimmer durch einen Teil des Vorplatzes getrennt war.

Nachdem ich wieder in meine Kammer gekommen war, legte ich mich zu Bett. Trotz der Kälte und meiner Nacktheit drang mir der Schweiß aus allen Poren. Ich deckte mich gut zu, aber ich zitterte erstarrt vor Angst, als ob ich einen Fieberschauer hätte. Mein Zittern war so heftig, daß sogar das Bett sich bewegte.

Endlich beruhigte ich mich und fiel in einen tiefen Schlaf; als ich ein sachtes Knirschen hörte, wie wenn jemand langsam geht und dabei die Sandkörner zertritt, horchte ich auf. Meine durch einen gewöhnlichen Holzriegel verschlossene Tür öffnete sich, jemand trat ein, und das Licht von Tiennette, die gleichzeitig zu Frau Parangon hineinging, warf einen leichten Schimmer, der mich eine junge Person von Colettes Gestalt unterscheiden ließ, nur im Leinwandleibchen... die Gestalt warf ihren Rock ab und legte sich nur in Strümpfen und Nachtjäckchen in mein Bett.

Ich war nicht der Bursche, der über einen solchen Besuch erschrocken wäre, aber ich war in einer merkwürdigen Verwirrung. Ich sah wohl, daß d'Arras dahinter steckte. Aber mit wem war ich beisammen? Tausend Gedanken durchkreuzten mein Gehirn, nur der nicht, den man mir scheinbar beibringen wollte. Ich dachte an Frau Linard, an Fräulein Hollier, an Tiennette, sogar an Berdon. Als die Gestalt sich wieder entfernte, erkannte ich Goton Pouillot, das appetitliche Zimmermädchen von Fräulein Hollier. Oh, Gaudet d'Arras! Du benutzest zu viel Gelegenheiten, mich verderbt zu machen; das wäre schon ohnedies geschehen!...

Am nächsten Morgen sagte mir Colette kein Wort davon, was sich in der Nacht zugetragen hatte. Wenn sie mich auch beargwöhnte, so hatte sie doch zu viel Schamgefühl, um es mich merken zu lassen. Sie teilte sogar Tiennette und Bourgoin nichts mit, selbst Manon nicht, ihrer Freundin. Aber am Abend bat sie letztere in meiner Gegenwart, während der Abwesenheit des Herrn Parangon bei ihr zu schlafen. Sie hatte gut daran getan, Manon Bourgoin zu wählen; denn wenn ich eine neue Unklugheit begangen hätte, so wäre sie uns beiden eine Freundin und außerstande gewesen, jemand anderem etwas mitzuteilen, außer meinem Ratgeber Gaudet d'Arras.

So war der Hergang und das Ende meines ersten Attentats, das mir in der Folge viel schrecklicher erschien, als es mir jetzt war. Ich bestärkte mich an dem Gedanken, daß mich Colette erkannt habe, aber daß sie nachsichtig sei. Am Tage der Ankunft des Herrn Parangon machte ich mir zornige Gedanken, in denen er die handelnde Person war (denn trotz allem kannte ich die abstinente Lebensweise der beiden Eheleute nicht).

Als ich nach Haus kam, war die Haustür geschlossen. Ich hütete mich, anzuklopfen, sondern lief zu Gaudet d'Arras, um mir von ihm den Schlüssel zur Feuchtkammer zu holen. Ich fand ihn aber nicht. Als ich wieder zurückkam, bemerkte ich Gaudet de Varzy, dem eben Marie leise öffnete. Ich klagte ihm meine Verlegenheit...»Zum Teufel, du wirst bei mir schlafen.« Wir stiegen in sein Turmzimmer hinauf und legten uns hin. Nach einigem Hin und Her schliefen wir ein. Gegen zwei oder drei Uhr morgens wachte ich auf und fand mich allein. Ich wußte nicht, was aus meinem Kameraden geworden war und rief ihn halblaut...Als ich sicher war, daß ich im Turmzimmer allein sei, erhob ich mich und stieg in den zweiten Stock hinab; ich stieß mit dem Finger an eine Tür, die nachgab. In der Absicht, mich zu unterhalten und über den Schrecken zu lachen, den ich Maria einjagen würde, ging ich hinein. »Sind Sie es?« sprach man zu mir ganz leise. Ich schwieg. Ich ging, geführt von der Stimme, aufs Bett zu. »Ich will nicht«, sagte eine Stimme, die mir ganz unbekannt war. Ich legte mich, nachdem ich mich überzeugt hatte, daß ich allein sei, trotz dieser kleinen Redensart ins Bett. Ich glaubte, Gaudet ein schönes Stückchen spielen zu können, und ich versprach mir, mächtig darüber zu lachen, wenn er käme und mich entdeckte. Währenddessen lag ich neben einem Mädchen, das sehr wohlbeleibt war und das nach einigen Küssen die Redensarten beiseite ließ; auch wurde ich wie ein erwarteter, ersehnter Mann behandelt.

Ich kam in Versuchung, mich großmütig zu erkennen zu geben, aber ich wurde durch die Angst, das Mädchen dadurch zu kränken, davon zurückgehalten. Diese Angst war sogar so groß, daß ich Gaudet vollkommen vertrat!...Ich war über die Vollendung der Reize entzückt, die man mir ganz auslieferte. Jeden Augenblick kam es mir aber in den Sinn: »Mit wem bin ich denn eigentlich zusammen, und wo ist Gaudet?« Ich hatte zuerst gewünscht, daß er mich auf diesem Platz finden würde, aber bald fürchtete ich es. Die Natur sprach kräftig, und ich übte immer wieder die Rechte meines Gastgebers. Ich blieb mehr als eine Stunde bei dieser süßen Beschäftigung. Endlich verließ ich das Mädchen und stieg wieder hinauf. Zu meinem großen Erstaunen war das Bett noch immer leer. Ich hatte, als ich das Mädchen verließ, gedacht, daß mir vielleicht Gaudet zuvorgekommen oder daß seine Abwesenheit nur durch eine dringende Notwendigkeit hervorgerufen sei; da ich ihn bei meiner Rückkehr nicht antraf, war ich überzeugt, daß er anderswo das Glück gefunden hätte. Aber wer war sie? Es gab in dem Hause doch keine anderen Frauen als Marie und die Meisterin.

Als der Tag langsam dämmerte, kam Gaudet zurück. Ich hörte ihn, stellte mich aber schlafend. Er legte sich leise hin, aber einmal im Bett, genierte er sich nicht mehr. »Hast du gut geschlafen?« fragte er mich. – »Ich habe die ganze Nacht durchgeschlafen.« – »Ha, ha, um so besser; ich hatte Angst, die fremde Schlafstelle könnte deinen Schlummer stören.« Er ließ es dabei, und ich war ebenso diskret wie er. Wir standen auf, und ich kehrte nach Hause zurück, um an meine Arbeit zu gehen.

Zu Mittag, nach dem Essen, ging ich zu Frau Minon, um mir dort die Personen auf ihre Physiognomie anzusehen. Kaum war ich dort, so sah ich ein Mädchen mit seiner ziemlich beleibten, aber frischen und schönen Mutter, es erschien mir recht lebhaft, außerdem noch Marie. Ich fragte Gaudet, ob dieses junge hübsche Mädchen im Hause geschlafen hätte. »Ja«, sagte er mit einem Kopfschütteln. Er führte mich etwas auf die Seite: »Dieses Mädchen kommt aus Paris, wo es bei einem Advokaten dient, dem Bruder unserer Meisterinnen, Frau Minon und Frau Parangon. Sie wird hier etwa acht Tage wohnen. Sie hat mir darauf ihr Wort gegeben; aber sie hat sich wohl über mich lustig gemacht; sie hat alles der Marie erzählt, die sehr eifersüchtig ist, warum, das weißt du ja; so sehr, daß sie sogar das Zimmer und das Bett getauscht haben. Das Mädchen aus Paris hat im zweiten Stock geschlafen. Ich wurde gefoppt, wie du siehst, und mußte die ganze Nacht bei meiner Alten schlafen, um ihr zu beweisen, daß ich nicht bei der Neuen sei. Sie hat mir einen Krach gemacht...als ich sie vier Stunden lang beruhigt hatte, begann sie von neuem.« Ich glaubte ihm darum, weil ich den neuen Ankömmling besessen hatte. Jetzt schaute ich sie mir genau an. Sie war wirklich hübsch. Sie errötete, als sie meine Bewunderung sah, klopfte Marie auf den Arm und sagte: »Siehst du diesen Scheinheiligen dort? Vertrau dich ihm nur nie an!« Ich allein verstand sie.

Dies war auch eines der unerwarteten Abenteuer, die auf die Sitten einen so unheilvollen Einfluß haben, die das Zartgefühl zerstören... Am Abend erfaßte mich eine leise Regung von Eifersucht. Ich ging zur Haustüre des Herrn Minon. Ich wollte nicht, daß Gaudet das Unglück vom Vortage gutmachen könne; Gunstbezeugungen, die ich erhalten hatte, ließen mich diese Teilung fürchten. Ich ging auf das Mädchen aus Paris zu, die allein an der Türe stand, denn Marie servierte bei Tisch. Aus Angst, diese Gelegenheit zu verpassen, raunte ich ihr rasch zu: »Na, was ist, meine Schöne? Ich weiß, daß Sie es sind, die diese Nacht einen jungen Mann in ihrem Bett empfangen hat, der...« – »Mein Herr, ich weiß nicht, was Sie sagen wollen und...« – »Sie wissen es ganz gut, streiten wir nicht; wir werden nicht mehr Zeit haben, uns zu verständigen... Der junge Mann, den Sie empfangen haben, bin ich. Wir haben es beide nicht zufleiß getan; ich wollte nur Gaudet überraschen, ohne irgendeinen Hintergedanken dabei zu haben. Ich wußte Sie nicht hier; wir haben uns noch nie gesehen. Sie sind schön; das Schwerste ist schon überwunden; vereinigen wir uns doch heute nacht freiwillig. Gaudet wird bei seiner eifersüchtigen Marie schlafen, ich bei Ihnen; wir werden alle zufrieden sein.« Die Freche lächelte, errötete aber trotzdem; ich nahm ihre Hand, sie drückte die meinige, und alles war abgemacht. Marie war von unserer Vereinbarung begeistert – wir konnten sie ihr nicht gut verbergen –, und unterstützt von ihr, verbrachte ich alle acht Nächte des Aufenthaltes der schönen Flipote in ihren Armen...

Währenddessen ereignete sich aber ein Zwischenfall. Marie, ihres Gaudet sicher, quälte ihn nicht mehr. Eines Nachts (der fünften, während der zweiten Ruhepause) kam dieser ausgelassene Mensch, um an den verbotenen Früchten zu rühren. Flipote und ich waren aber sehr schlau. Ich bemühte mich, mich auf die Seite zu wälzen, an die Gaudet heranschlich. Er näherte sich mit ausgestreckter Hand und fand einen Mann, bebärtet usw.!... Der Mann schien zu schlafen!... Gaudet zog sich zurück. Es fiel ihm ein, daß es sein Stellvertreter war. Er bebte vor Zorn; da glaubte er, eine ausgezeichnete Idee zu haben: Er geht hinunter und öffnet die Tür des meisterlichen Schlafgemaches. Er drückt leise auf den Knopf des Holzriegels (denn in allen diesen Häusern verschloß man die Türen gewöhnlich nicht); er schleicht zum Bett und tastet. Die Dame ist allein. – »Ha, lieber Gott, mein Freund, du kommst aber sehr spät nach Haus.« Gaudet antwortet nicht und tut so, als ob er sich ausziehen würde. Man weiß aber nicht, was dieser Unverstand tun wollte, wenn Herr Minon, der manchmal die halbe Nacht durch spielte, leise den Haupttorschlüssel umdrehen würde. Gaudet stellt sich hinter die Tür, und während Herr Minon bei Marie Licht holen geht, steigt er gemächlich in sein Turmzimmer hinauf. Ich erfuhr dies alles am nächsten Morgen von ihm selbst.

Am neunten Tag kam die Herrin Flipotes aus Semur-en-Auxerres, die ihr Mädchen nicht dorthin mitnehmen wollte; der Grund hierfür war ein junger Mann aus Semur, den ihr Mann hatte dorthin zurückschicken müssen, weil er sich in das junge Mädchen verliebt hatte... Der Advokat wohnte bei seiner lieben Schwägerin Frau Parangon. Aber sein Aufenthalt vor der Rückkehr nach Paris dauerte nur drei Tage. Während dieser Zeit wurde Flipote schwanger; sie bezeichnete mich als Vater. Man schrieb an Frau Parangon, die sich, ohne mir davon etwas mitzuteilen, bei ihrer Schwester erkundigte. Man versicherte ihr, daß ich nie mit Flipote gesprochen hätte.

Ich bedauerte damals, immer noch nicht tanzen zu können. Frau Bonne-Baron begann wieder, kleine intime Tanzereien bei sich zu geben, nachdem die Trauerzeit für Madelon vorbei war.

Ich war sehr beschämt, nicht dorthin gehen zu können, denn ich hatte den Plan gefaßt, Manon Baron zu verführen, die mir mehr Bereitwilligkeit zeigte als Berdon. Manon schien mir übrigens von verliebter Natur und zeigte sich der Ehe sehr abgeneigt. Ich hoffte, während ich auf Fräulein Fanchette wartete, mich gut zu unterhalten. Ich nahm mir einen Tanzmeister, der mir durch Ruttot empfohlen worden war. Er war ein Holländer, der bei Fontenoy oder Berg-op-Zoom in Kriegsgefangenschaft geraten war, und der sich, wie tausend andere, in Frankreich niedergelassen hatte. Er gab mir die ersten Stunden unter vier Augen... Als ich nach der Violine zu schreiten begann, bat er eine Nachbarin, eine Freundin seiner Frau, mit mir die Figuren zu tanzen. Sie war eine junge Witwe mit braunen Haaren, sehr schön, nicht scheu, kurz eine zweite Flipote. Das Tanzen mit ihr wurde mir, nicht durch sie, so lieb, daß es fast in Leidenschaft ausartete. Vom Anbruch des Morgens an ersehnte ich den Abend, um tanzen gehen zu können. Kaum war ich ein wenig geübt, so führte mich die braune Pernon, meine Partnerin, in den Tanzsaal.

7

Hiermit begann für mich eine neue Ordnung der Dinge. Bis dahin hatte ich in der Stadt nur in bürgerlichen Kreisen verkehrt, wo es ähnlich zuging wie bei uns zu Hause. In den Tanzsälen aber traf ich eine andere Welt; dort begegnete ich den Töchtern von Handwerkern, Arbeiterinnen, also denen, die sich einer großen Freiheit erfreuen.

Die Pernon vermittelte mir die Bekanntschaft einer Menge Mädchen, von denen viele sehr hübsch waren, und junger Männer derselben Gesellschaftsklasse. In mir ging nun eine große Veränderung vor. War ich bisher zurückhaltend und bescheiden gewesen, so wurde ich plötzlich kühn, ausschweifend, liederlich (nicht meinen alten ehrenwerten Bekannten gegenüber, sondern im Verkehr mit den neuen). Ich hatte nunmehr zwei Gesellschaftskreise: meinen gewöhnlichen Umgang mit Männern, Frauen und jungen Leuten bei Tage; abends nach dem Abendessen aber den mit Tänzern und Tänzerinnen in den Tanzlokalen. Hier ward mein gewohnter Begleiter Colombat, der Liebhaber der Annette Bourdeaux, der ein sehr anständiger Mensch war. Auch Gaudet ging zuweilen mit, aber sein ungeschicktes Benehmen reizte alle zum Lachen, und dies verdarb ihm den Geschmack am Tanzen, obgleich er gutmütig genug war, keinem den Spaß zu verargen. Im Gegenteil, er lachte selber mit, und man sah ihn gern in den Sälen. Die Mädchen suchten ihn auf, um ihn zu necken, sie scherzten, plauderten und lachten mit ihm, aber er verstand es nicht, Nutzen daraus zu ziehen; er fand nur Geschmack an Dienstmädchen…Colombat, das Gegenteil von Gaudet, war ein hübscher kleiner Gauner mit Grazie und guten Manieren, wenngleich ihm etwas Provinzlerisches anhaftete. Seine weibische Schönheit würde in Paris allen den Kopf verdreht haben, aber in unserer Provinzstadt machte man sich nicht viel daraus…Ich hielt die Mitte zwischen Gaudet und Colombat; nach meinem Auftreten schätzte man mich auf fünfundzwanzig Jahre; ich hatte lebhafte Farben, eine Habichtsnase, große Augen, die schön und lebendig wurden, wenn sie vom Vergnügen angeregt waren, und eine Gestalt wie ein Leibgardist. Meine Lippen waren von einem außerordentlichen Rot und zum köstlichsten aller Genüsse wie geschaffen. Sie waren es, denen ich meine schönsten und wollüstigsten Geliebten verdanke, und selten vermochte ein Weib, welches sich an meinem Anblick entzündet hatte, seinen Mund dem meinen zu verwehren.

Madelon sagte eines Tages zu einer ihrer Schwestern (Madelon hat es mir wiedererzählt): »Das ist ein Liebhaber mit gefährlichen Lippen; man muß sie meiden, sonst ist man verloren!«…Ich traf gewöhnlich im Tanzsaal, in den mich *Mme.* Pernon führte: Mlles. Leger, zwei Schwestern, von denen die eine sehr hübsch war, Rosalie Maufront, Marianne und Marine Tartre, Salle, die beiden Schwestern Lucot, Laurens, Babet, die hübsche Marianne Gendot, Maine Lebegue, die drei Schwestern Juliens, die fünf Morillons, drei Schwestern und zwei Kusinen; die schöne Colombe mit ihren drei Freundinnen, den Schwestern Aglae, Aimée und Madelon Ferrand; *Mlle.* Douy, eine Brünette mit dem Teint einer Gallsüchtigen, die beiden erwachsenen Schwestern Lacour, die Schwestern Jouan, die liebenswürdige und schmiegsame Gremmeret, die beiden Schwestern Tangis und ihre Kusine Dorothée, Jeannette Demailly, Manette Herisson und andere, die Kammermädchen der großen Häuser, endlich Tonton Lenclos und die Schwestern Guigner.

Meine männlichen Tanzgenossen waren für gewöhnlich der Faßbinder Piffou, Baras, der Stiefsohn des Zimmermeisters Dalis, ein Vetter von Monsieur Parangon, Leger, der Bruder der Schwestern Jeanneton, Dhall, der Bruder von zwei sehr hübschen Schwestern, Lacour, die Brüder Gremmeret und die anderen Burschen, die sich um die Gunst der Tänzerinnen bemühten und sich allerhand Freiheiten bei ihnen herausnahmen. Die Schwestern Leger, *Mlle.* Douy und einige andere tanzten ausgezeichnet, ebenso die Schwestern Ferrand, Colombe, die Fräulein Dhall und Marianne Tangis.

Ich machte hier eine Beobachtung: die schöne Douy mit dem Teint einer Gallsüchtigen, die die Geliebte von Baras-Dalis war, erregte Begierden in mir, die bis zur Raserei gingen. Das war nicht Liebe mehr, sondern ein fast unwillkürlicher Priapismus. Sie sah sich gezwungen, vor mir zu fliehen…

Unsere Tanzunterhaltungen pflegten ziemlich still vor sich zu gehen. Man störte das Tanzen nicht durch Gespräche, wie dies in Paris der Fall ist.

Sechs Monate lang hatte ich Tanzstunden bei meinem Lehrer gehabt. Ich lernte das Menuett, das Passepied, die Bretagne, die alte Allemande, die Matelote, die Sabotiere, den Liebessieger. Das Passepied ist eine geschmacklose Abart des Menuetts, kommt aber in fast allen Operntänzen noch vor. Die Bretagne ist eine Mischung aus Menuett, Rigodon, Battues, Chassées, Entrechats und Passepied, eine Vorstudie der Kontertänze in der Art der Allemande und all der andern Charaktertänze. Die alte Allemande ist plump im Vergleich zur neuen, die man damals noch nicht kannte. Die Matelote und die Sabotiere sind noch im Gebrauch. Der Liebessieger ist ein bunt zusammengewürfelter Tanz, pompös und von akademischer Steifheit, eine Art Pantomime, bei der ein Liebhaber von seiner Angebeteten einen Gunstbeweis erbittet, den er endlich erhält, worauf der Tanz ins Wollüstige und sogar Unanständige ausartet und zum richtigen Negertanz wird.

Meine angeborene Beweglichkeit hatte meinen holländischen Tanzlehrer bewogen, mir diese Tänze beizubringen. Er war froh, einen so gelehrigen Schüler in mir gefunden zu haben... Ich war der Held des Saales, wo ich meistens tanzte. Wenn ich eintrat, ging eine Bewegung durch die Reihen der Tänzer, und das Mädchen, das von mir aufgefordert wurde, fühlte sich geschmeichelt. Wäre meine Lage eine andere gewesen, so würde ich mir mit meinem Benehmen und mit meiner Geschicklichkeit im Tanzen Herz und Hand einer von den beiden reichsten und hübschesten Fleischerinnen erobert haben.

Meine Freude am Tanz zerstreute mich und lenkte mich von meinen Studien ab, sie entfernte mich häufig vom Hause und ließ mich die Gelegenheit meiden, Colette zu sehen. Ich liebte sie noch immer leidenschaftlich, aber ich hatte Ablenkungen. Das zügellose Treiben, das ich in den Tanzsälen täglich vor Augen hatte, verminderte mein Zartgefühl. Ich sah die unverschämten Freiheiten der andern, ich hörte Hunderte von unzüchtigen Unterhaltungen, ich kam mit Mädchen zusammen, die eigentlich nichts anderes waren als öffentliche Dirnen, so die beiden Schwestern Guigner, Tonton Lenclos, die kleine Bouzon, Greluche Pointd'ame, Goton Chovot und andere. Alle diese Mädchen warfen sich mir viel zu sehr an den Hals, als daß sie mir hätten Eindruck machen können, aber schließlich: meine Sinne waren erregt. Die hübsche Manon Leger war der Inbegriff der Wollust; ich fand sie sehr begehrenswert, aber sie war allzu entgegenkommend, und ich zog mich von ihr zurück... Wäre ich wirklich leichtfertig gewesen, hätte ich mich unbekümmert mit ihr abgegeben; so schenkte ich meine Zuneigung eine Zeitlang Colombe, nach ihr Ferrand der älteren, der hübschen Dhall und *Mlle.* Douy. Es waren nur oberflächliche Beziehungen, und diese Mädchen machten keinen tieferen Eindruck auf mich.

In dieser Zeit verwirklichte Gonnet den Vorschlag, den er mir gemacht hatte, und brachte mich mit Marianne Lagneau und Tonton Lenclos zusammen. Marianne war Stubenmädchen bei ihrer Patin und mußte ebenso vorsichtig sein wie ich selbst, weshalb wir unsern Ausflug zu einem abgelegenen Ort machten. Marianne, eine kleine Brünette mit natürlicher Klugheit, wußte nicht, wie liederlich Tonton war, denn sie kannte sie noch nicht näher. Von dem schlechten Ruf ihrer Freundin hatte sie noch nichts vernommen, denn sie wohnte in einem anderen Stadtteil... Wir veranstalteten eine kleine Schwelgerei, und nachdem wir es uns hatten schmecken lassen, warteten wir den Abend ab, um heimzukehren. Tonton gab sich mehr Mühe als ich selber, mir die Gunst Mariannes zuzuwenden; sie schalt sie, schäkerte mit ihr und neckte sie. »Ich glaube, du spielst die liebe Unschuld?« sagte sie zu ihr. »Mein Herzchen, du wirst es nicht zu bereuen haben; er ist ein hübscher Kerl, der dich nicht blamieren wird... nein, in keiner Weise... Nun?...« Dann sagte sie ihr etwas, das man nicht niederschreiben kann. Marianne war ein wenig erhitzt vom Wein, denn Tonton hatte ihr in den Rotwein statt Wasser weißen Wein gegossen. Es war der 12. März, einer der ersten schönen Frühlingstage und der Geburtstag Madelons. (Diese Erinnerung kam mir erst nachher, und ich vergoß Tränen der Reue und der Scham, daß ich den Geburtstag meiner ersten Gattin nicht gefeiert, sondern im Gegenteil ihn in verbrecherischer Weise entweiht hatte.) Nicht ohne große Schwierigkeiten machte ich Marianne an diesem Abend zu der meinen; angefeuert durch die Freiheiten, die Tonton und Gonnet miteinander trieben, wurde sie bis zum äußersten sinnlich erregt und gab sich mir hin. Einen Augenblick war ich nahe daran gewesen, von ihr abzulassen, denn ihre Tränen rührten mich, aber Tonton gab keine Ruhe, hetzte uns aufeinander und zwang uns geradezu zur Ausschweifung. Sie war eine Teufelin, die es nicht ertragen konnte, wenn jemand seine Unschuld bewahrte... Gonnet lachte stumpfsinnig zu alledem. Die kleine Brünette versöhnte sich, gänzlich zahm gemacht, wieder mit Tonton, die sie küßte. Die blonde Lenclos war schon so verderbt, daß sie allerhand lüsternen Unfug trieb. Durch verschiedene gewagte Stellungen erregte sie von neuem unsere Begierden. Sie flüsterte mir den Vorschlag ins Ohr, bei ihr die Stelle Gonnets einzunehmen. Ich empfand aber einen solchen Abscheu vor solch wüster Ausschweifung, daß ich ihr vorstellte, sie werde dadurch jede Aussicht verlieren, von Gonnet, einem guten, wenn auch nicht sehr empfindlichen Burschen, geheiratet zu werden. Dieser Einwand leuchtete ihr ein, und sie kehrte zu ihrem Partner zurück, während ich bei Marianne blieb... Endlich traten wir in völliger Dunkelheit den Heimweg an.

An einem Sonntag, den 26. März, fing ich an, die vierte Szene der Komödie »Phormio« von Terenz zu übersetzen, als sich die Tür öffnete. Es war Madame Parangon!... Mein Herz klopfte heftig. »Was, Sie sind hier? Bei diesem schönen Wetter?«

»Wie Sie sehen, Madame; ich übersetze meinen Terenz.«

»Zeigen Sie her! Ihre Arbeit von heute?«

»Dies hier!«

»Allerdings, die Schrift ist noch frisch!«

Colette war mit bestem Geschmack gekleidet... Sie war anbetungswürdig!... Das Wetter war herrlich! Niemand würde kommen...

»Wo ist Tiennette?«

»Sie ist fortgegangen; sie hat mich gebeten, hier unten zu bleiben.«

»Es ist sehr freundlich von Ihnen, sie spazieren gehen zu lassen, indes...«

»Sie hat mir dadurch keine Mühe gemacht, ich versichere Sie, Madame. Ich hatte die Absicht, zu arbeiten.«

Sie setzte sich an die Seite des Tisches, an der ich saß. Plötzlich stand sie wieder auf: »Mein Gott, mein Garn hängt noch oben, der Staub wird es verderben. Es hängt schon drei Tage da; Tiennette ist recht unbesorgt...«

Sie stieg ins obere Stockwerk hinauf. Ich verschlang sie mit meinen Blicken... Einen Augenblick später rief sie mich. »Monsieur Nicolas! Wollen Sie mir das Garn reichen?« Ich eilte hinauf. Colette stand schon auf einem Stuhl; ich nahm die Garnpacke und reichte ihr einen nach dem andern... Sie legte sie in das oberste Fach eines Schrankes. Meine brennenden Blicke betrachteten ihre schlanken Beine, ihre Schuhe aus weißem Atlas mit schmalen hohen Absätzen, die die Zierlichkeit ihrer niedlichen Füße, wie ich sie so köstlich geformt noch nirgends gesehen hatte, noch erhöhten. Jedesmal, wenn sie ein Garnpaket an seinen Platz legte, wandte sie mir den Rücken zu und streckte ein Bein nach hinten aus; ihr Fuß berührte mich; dies wirkte wie glimmender Zunder auf Schießpulver. Alle meine Sinne befanden sich in Aufruhr... In diesen Augenblicken war ich versucht, sie vom Stuhl herabzureißen, aufs Bett zu werfen und ihr zu sagen: »Sie besitzen... oder...« Meine verwegene Hand berührte ihren Rocksaum... Endlich reichte ich ihr das letzte Paket Garn, mit dem sie sich länger zu schaffen machte als mit den andern. Ich benutzte diese Gelegenheit und wagte, ihren Fuß zu berühren, ich wagte den Rock zu küssen, der ihre Reize barg... Ich war entschlossen, über dieses so lange und heiß begehrte Weib zu siegen oder zu verderben...

Kaum hatte ich diesen Entschluß gefaßt, als Colette sich herumdrehte, um vom Stuhl zu steigen... Sie stützte sich auf meine Schulter. Ich wandte mich zu ihr. Während die eine meiner Hände angriffslustig war, umschlang die andere ihre Taille. Anfangs erschrak sie kaum... Aber als meine Hand verwegen ihren Rock aufhob und ich sie gegen das Bett hindrängte, wurde sie beunruhigt. »Lassen Sie mich los!« sagte sie.

»Nein!« antwortete ich. Ich fühlte meine Kräfte durch die Berührung meiner Göttin wachsen und sich verhundertfachen...Ich drückte Colette nieder...»Oh, mein Gott! ... Monsieur Nicolas! Monsieur Nicolas!...Was wollen Sie? Was tun Sie?« sagte sie hastig.

»Sie...besitzen...oder...sterben...Sie und ich; wir wollen zusammen sterben...«

»Großer Gott!...Ach! Sie vergewaltigen mich...Hoffen Sie nicht...Ach! Unglücklicher!...Ich sterbe...«

Ich weiß nicht mehr, was sie sagte...aber sie nannte ihren Vater und meine Eltern...Ich hörte nicht darauf...Ich war...ein Held...wahnsinnig in wildester Leidenschaft...Ich erstickte sie fast in meiner Umarmung, statt sie zu liebkosen...Ich hatte sie so aufs Bett geworfen, daß sie sich in dieser Stellung meines Angriffes nicht erwehren konnte. So sehr sie sich auch bemühte, vermochte sie sich doch in dieser Lage nicht zu rühren...

Die Liebeswut, die mich ergriffen hatte, unterdrückte jede weiche Zärtlichkeit der Sinne und betätigte sich in gewalttätiger Kraft. Nichts beschleunigte den Ausbruch, der zuweilen die Verwegenheit mißglücken läßt...Sie erschöpfte sich in vergeblichem Widerstande, der mich nicht hindern konnte, sondern nur meine Begierden steigerte und meine Angriffe verdoppelte...Dann verlegte sie sich aufs Bitten...Dies war ein neuer Reiz für mich...Die blutigen Reste ihrer Scham, dreimal schon mein Opfer, entflammten mich immer wieder, statt mich zu sättigen...Da glaubte sie, ich trachte ihr nach dem Leben und wolle, sobald meine Sinnlichkeit befriedigt sei, uns beide umbringen...Die Frauen fürchten so sehr den Tod, weil sie so äußerst feinfühlig sind... Nun versuchte sie, mich zu rühren. Ich weiß nicht, was sie sagte, aber ich weiß, daß sie lächelte und mich küßte...Vielleicht irre ich mich auch...Ich hing an ihren Lippen, und mit meinen Küssen verhauchte ich meine Seele...

Colette seufzte und alle ihre Nerven bebten. Wir lagen da wie tot. Ein neuer Seufzer belebte sie wieder ein wenig.

»Ach, mein Freund«, sagte sie, »was haben Sie getan?! Wie wird uns das Gewissen peinigen!«

Ihr Kuß hatte mich gerührt; hätte sie mich gleich zu Anfang geküßt, so würde ich vielleicht nicht über sie triumphiert haben...Ich ließ mich vor Colette auf die Knie gleiten...

Meine rasende Leidenschaft war nicht geschwächt, aber sie war sanfter geworden. Ich betrachtete mein Opfer, aber nicht mit dem Siegerstolze eines Barbaren, sondern mit einem Gefühl der Anbetung...Sie lag wie sterbend, ihr Gesicht war entfärbt, ihre Hände fühlten sich eiskalt an...Ein Schmerzensschrei entrang sich meinen Lippen, und ich stand ihr bei.

»Schonen Sie mich!« sagte sie, als sie ein wenig zu sich kam. »Töten Sie mich nicht!«

Meine Raserei wich, dies Wort vereiste meine Sinne. »Wie, halten Sie mich für einen Mörder?« Ich lag noch auf den Knien, küßte ihre Hände und netzte sie mit meinen Tränen...

Sie lächelte, aber wie in einer Art Wahnsinn. »Sie wollen mich nicht töten?«

»Ich? Ich gäbe mein Leben hin, wenn ich damit das Ihre nur um einen Tag verlängern könnte!« Sie fing an zu weinen: »Ach, das sagen Sie, Sie, der Sie meine Ehre angegriffen haben?!«

»Nein! Nein!« antwortete ich mechanisch, »ich war von Sinnen. Der Zustand, in den Sie mich versetzt hatten, war schrecklich!«

Sie blickte mich an, als wollte sie in meinem Gesicht lesen, ob ich wahr gesprochen hätte. Meine ehrerbietige Haltung schien sie zu überzeugen...

»Gehen wir hinunter!« sagte sie mit einem erzwungenen Lächeln, denn sie fürchtete mich noch immer. Wie war ich hart gestraft! Sie wollte sich aufrichten, aber sie hatte nicht die Kraft dazu. Ich nahm sie in meine Arme, um sie zu tragen.

»Ach!« rief sie erschrocken, »was machen Sie mit mir?«

»Sie nach unten tragen!«

Sie wollte gehen, aber sie fühlte sich zu schwach. Ich trug sie mit einer Leichtigkeit, die sie überraschte. »Was, so stark?«

Ich legte sie in einen Lehnstuhl; sie versank in Nachdenken, und nur ein tiefer Seufzer entrang sich ihr von Zeit zu Zeit. Plötzlich blickte sie mich an und sagte:

»Wer hätte gedacht, daß der Sohn so ehrenhafter Leute einer solchen Handlungsweise fähig sei!...Oder überhaupt nur daran denke...

»Madame, hören Sie mich an!«

»Ach, sprechen Sie! Ich habe nicht die Kraft, es Ihnen zu wehren.« Ihre Tränen flossen. Ich befand mich an ihrer Seite.

»Verzeihen Sie mir!« sagte ich. »Verzeihen Sie mir meine Freveltat... Ich habe beschlossen zu sterben, wenn ich Ihre Verzeihung nicht erlange... Ich liebe Sie... ich bete Sie an... Ach, was habe ich nicht alles versucht, um Sie aus meinen Gedanken zu reißen?! Ich habe mein Herz preisgegeben... Ich habe versucht, mich in den Vergnügungen des Tanzens zu betäuben... Aber nichts hat geholfen... Das übermächtige Gefühl, das Sie mir eingeflößt haben, war stärker als alles andere... Ich habe Sie stumm angebetet... aber selbst dieses Schweigen schürte den Brand in meinem Herzen, der mich durchglühte und verzehrte!... Sie sprechen zu meinem Herzen, zu meinen Augen, zu allen meinen Sinnen mit unbegreiflicher Gewalt... Ich war nicht mehr Herr meiner selbst... Sagen Sie ein Wort! Sagen Sie, daß Sie mir verzeihen können, oder daß Sie mich verabscheuen, oder...

»Ach, ich klage mich selbst ebenso an wie Sie!« sagte Colette. »Legen Sie nicht Hand an sich, denn ich bin ebenso schuldig wie Sie... und ein zweites Verbrechen kann das erste nicht auslöschen. Sie haben sich gegen Gott versündigt, und ich bin Ihre Mitschuldige gewesen... Mehren Sie meine Schuld nicht, indem Sie die Ihrige verdoppeln.«

Sie blickte mich starr an.

»Unglücklicher! Du hast dein Glück zerstört!... Weißt du, was ich für dich tun wollte... bald... in einigen Tagen?... Jetzt darf ich nicht mehr daran denken...«

In diesem Augenblick sah ich sie erschauern. Sie schwieg lange. Endlich legte sie ihre Hand auf die meinige: »Ach, weißt du, was nun geschehen wird?...«

Mich schauderte, ohne daß ich wußte, warum. Ich warf mich wieder vor ihr auf die Knie und ließ meinen Tränen freien Lauf.

»Himmlischer Engel! Ich habe dich geschändet! Ich bin ein Scheusal! Ich hätte dich stumm anbeten sollen! Niemals werde ich mir mein Verbrechen verzeihen!...«

»Ich vergebe Ihnen! Begraben wir dies Entsetzliche zwischen uns! Ich sage es Ihnen aus tief-stem Herzen!«

»O göttliches Weib! Du vermehrst meine Gewissensqualen!«

»Der Himmel straft mich durch Sie«, antwortete sie, »er gibt mir eine schreckliche Lehre!«

»Ach, Madame, vielleicht bewirkt er etwas Gutes damit. Ich fühle mich verwandelt... Ach, wie bin ich gestraft!«

»Nun wirst du nie mein Bruder sein!... Ich bin mehr gestraft als du!« Sie sprach dies so schmerzlich bewegt, daß ich von der Aufrichtigkeit ihrer Worte überzeugt ward, schon weil sie es so unwillkürlich zum Ausdruck brachte. Diese Erkenntnis traf mich wie ein harter Schlag, denn seit dem Tode Madelons hatte mich die Hoffnung auf *Mlle.* Fanchette mit einem gewissen Stolz erfüllt. In diesem Augenblick fühlte ich mich vollständig gebrochen und erniedrigt wie noch nie. Ich verachtete mich zum ersten Male selbst.

»Ach, ich habe mich verloren!« rief ich aus, »ich fühle es!«

»Zu spät!«

»Leider, ja, Madame, zu spät!«

»Sie, den ich so zärtlich geliebt habe!... Undankbarer...«

»Ach, dies Wort ist zu hart. Sagen Sie das nicht, Madame, ich bitte Sie inständig! Sagen Sie das nicht mehr!... Es zerreißt mir das Herz!«

»Er hat also doch noch eine Seele!... Ich glaubte es nicht mehr...«

»Ja, ich habe eine Seele, die fühlt, daß ich Sie unsäglich beleidigt habe, daß ich ein Scheusal bin und daß ich meine Augen nicht mehr zu Ihnen erheben darf!...«

Ich erhob mich. Sie ergriff meine Hand, und in einem Tone, der mich durchbebte, fragte sie mich: »Wohin gehen Sie?«

»Wo ich zu sein verdiene, fern von Ihnen!«

»Ich habe Ihnen doch verziehen.«

»Großer Gott!« rief ich... Und ich warf mich ihr zu Füßen; meine Tränen, mein Schluchzen erstickten die Worte in meiner Kehle. Ich konnte nur stammeln: »Ich habe... das... erhabenste Götterbild... entweiht!... Ich verdiene nicht mehr, zu leben...«

»Bleiben Sie bei mir... Ihre Nähe ist mir notwendig geworden... Indem wir uns immer sehen, bleibt unsere Reue wach. Grausamer Jüngling, mein Leben hängt von dem deinen ab! Wagst du es, darüber zu entscheiden?...«

Ich nahm ihre Hand und preßte meine glühenden Lippen darauf, während sie sprach. Als sie aufhörte, blickte ich sie an und wagte mit einer Ruhe, die nicht echt war, zu sagen: »Ich will Ihr Vertrauen rechtfertigen. Ich will wieder der achtbare, unschuldige junge Mann werden, als den Sie mich gekannt haben. Ich versichere es Ihnen. Ich beschwöre es Ihnen vor Gott... Sie sollen mein Leitstern sein; vielleicht kann ich es Ihnen beweisen, daß ich trotz meiner lebhaften und wilden Leidenschaft noch der Mensch bin, der es am meisten verdient, von Ihnen geachtet zu werden, der Ihren Wert am stärksten empfindet, der Ihnen die reinste Ergebenheit darbringt, die glühendste Hingabe zollt... Ihrer Schwester bin ich nicht würdig; ich bitte Sie nicht mehr darum, ich entsage ihrer... Sie sind es, Sie allein, die ich anbete! Sie sind mir alles!... Ach, ich täuschte mich, wenn ich glaubte zu lieben und zu begehren!... In allen Frauen sah ich immer nur Ihr Bild! O Hoffnungslosigkeit! Die, die ich anbete, die Hälfte meines Selbst, die einzige Frau, die der Himmel für mich geschaffen hat, ruht in den Armen eines andern!...«

Bei diesen Worten erhob sie sich; ihr Gesicht belebte sich: »Das wird niemals sein!«

»Und Sie werden leben?« rief ich.

»Ja, ich werde leben!«

Dann sprachen wir nichts mehr, weder sie, noch ich. Unsere Tränen flössen wie zwei Quellen, unser Schluchzen erstickte uns.

Als ich am andern Morgen erwachte, war mein erster Gedanke Colette. Ich sprang aus dem Bett, denn es war Zeit zum Aufstehen. Ich hatte geschlafen, und ich wunderte mich darüber!... Schnell kleidete ich mich an und ging nach unten. Tiennette schlief noch; ich weckte sie. Ich konnte meine Unruhe nicht meistern und trat in den Saal. Monsieur, der gegen meine Erwartung schon wach war, fragte mich: »Was ist denn los?«

»Ich wollte Tiennette wecken«, sagte ich» ich bin etwas in Unruhe wegen Madame.« (Mme. Parangon hatte am Abend vorher etwas gefiebert und war nicht zur Abendmahlzeit heruntergekommen, sondern hatte sich zu Bett gelegt.)

»Na ja, da haben Sie recht. Schauen Sie doch selbst schon einmal nach...«, meinte Monsieur Parangon.

Ich stürmte die Treppe hinauf, mein Herz schlug heftig. Oben ging ich auf den Fußspitzen und trat mit angehaltenem Atem in Colettes Zimmer. »Tiennette, bist du's?«

»Nein, ich bin's, Madame!«

»Ah!« Ein leichtes Erschrecken klang in diesem Worte.

»Wir machen uns Sorge wegen Ihrer Gesundheit«, sagte ich. »Monsieur Parangon hat mich beauftragt, nach Ihnen zu sehen, als ich Tiennette wecken wollte...«

Ich näherte mich ihrem Bette und öffnete ein wenig die Bettvorhänge. Madame Parangon war, wie alle Frauen mit schönen Augen, im Nachtgewand schöner als elegant angezogen und frisiert. Ich fuhr zusammen! Sie reichte mir eine Hand, die ich an die Lippen drückte.

»Es geht mir besser«, sagte sie, »gehen Sie und schicken Sie mir Tiennette.« Ich wollte gehen. »Hören Sie«, fuhr sie in zärtlichsüßem Tone fort, »denken Sie daran, mir immer ein tugendhafter Freund zu bleiben, für den ich nie zu erröten brauche! Versprechen Sie mir das?«

Ich sank vor ihr auf die Knie und hob beteuernd meine Hände zum Himmel. »Meine Freundlichkeit gegen Sie«, sagte sie, »würde ein anderer vielleicht falsch auslegen; Sie verstehen mich richtig, dessen bin ich sicher!«

»Ja, ja!«

»Nun aber gehen Sie, mein Freund!... Nennen Sie mich ‚Meine Freundin‘, und nun gehen Sie!«

»Meine göttliche Freundin!«

»Sagen Sie einfach: ‚Adieu, meine Freundin!‘«

»Nur einfach ‚meine Freundin‘?«

»Ja, ganz einfach...«

»Darf ich nicht wenigstens das Wörtchen ‚liebe‘ hinzufügen?«

»Nein, nur einfach: ‚meine Freundin‘!«

Ich stürzte aus dem Zimmer. Unten fand ich das Zimmermädchen fertig angekleidet und sprach ein paar Worte mit ihm. Dann ging ich an meine Arbeit. Ich war in Gedanken versunken und sehr schweigsam, wie in tiefstem Leid; wenn man mich ansprach, zwang ich mich zu einer Antwort, einem Lächeln, um dann wieder in meinen alten Zustand zurückzufallen. Bourgoin, ein Mann von ausgezeichnetem Charakter, sagte, als er vom Frühstück kam: »Sie sehen angegriffen aus!... Madame geht es wieder gut... Ich verstehe Ihre Sorge um sie: Sie haben in ihr eine so gute und würdige Freundin!«

»Ich glaube es«, antwortete ich lebhaft, »und ich werde niemals undankbar sein.«

»Sie haben keine Ahnung davon, wie gern man Sie hat! Monsieur d’Arras zum Beispiel singt immer Ihr Lob!... Übrigens bekommen wir einen neuen Lehrling; der ist kein Taugenichts wie Bardet, sondern ein Freund für Sie, ein Kamerad meines Vetters Lalande, des Chirurgen, der meine Kusine zur Frau hat. Der junge Mann heißt Loiseau und ist ein gescheiter Kerl, denn er war Erzieher der Söhne eines Edelmannes und der Söhne eines Präsidenten. Sie werden gut zusammenpassen...« Diese Neuigkeit freute mich, da ich aber ihren besonderen Wert nicht kannte, erwartete ich das Ereignis ohne jede Ungeduld.

Zum Mittagessen ging ich hinunter und traf Madame Parangon im Saal. Sie trug eine runde Haube mit einem blauen und zart rosafarbenen Bande; sie war blaß, aber ich fand sie verführerischer als je... Ich grüßte sie ehrerbietig. Da ich mich im Augenblick mit ihr allein sah und niemand mich hören konnte, sagte ich zu ihr:

»Meine Freundin sieht so rührend aus, daß ich fühle, wie mein Herz sich öffnet, um dieses teure Bild in sich aufzunehmen!«

Sie antwortete nichts; aber sie bedeutete mir, ihr ihren Stuhl zurechtzurücken. Es war dies schon seit langem mein tägliches Amt.

Colette aß wenig bei Tisch. Ich versuchte Eßlust und Heiterkeit vorzutäuschen, aber ich konnte kaum etwas hinunterbringen, weil mir das Herz zu schwer war. Als wir von der Tafel aufgestanden waren und ich einen Augenblick mit Colette allein blieb, sagte sie zu mir: »Wir werden diesen Abend miteinander plaudern... diesen Abend und alle andern... wenn ich nicht gezwungen bin, auszugehen.« Ich fürchtete, man könnte mich beobachten und antwortete nur durch eine Verbeugung. Bei der Arbeit dann war ich ebenso nachdenklich und in mich versunken wie am Morgen. Bourgoin lächelte und sagte: »Es muß irgend etwas los sein... Sie haben einen heimlichen Kummer, und Madame Parangon hat ihren Teil daran... Aber ich will Sie nicht ausfragen.«

»Ich bin in Sorge wegen der Gesundheit meiner Mutter«, sagte ich; sie war in der Tat krank; »wenn ich sie verlöre, so wäre das ein großes Unglück für mich!...« Der Faktor schwieg.

Um acht Uhr ging ich zum Abendessen. Als man sich zu Tisch setzen wollte, kam der älteste Bruder der Madame Parangon. Ich wußte gleich, daß nun nichts aus unserer Abendplauderei werden würde. Die Tränen traten mir in die Augen, und nur mühsam konnte ich das Weinen unterdrücken. Colette blickte mich an. Ich senkte die Augen, und eine Träne rollte mir über die Wange... Ich verließ die Tafel unauffällig und eilte hinaus ins Freie...

Man könnte annehmen, daß mein Verhältnis zu Madame Parangon nach unserer Aussprache vertrauter geworden wäre. Aber dies war nicht der Fall; je teurer ich ihr wurde, um so mehr mied sie mich. Als sie mein Leben durch mich selbst nicht mehr gefährdet wußte, zog sie sich mehr von mir zurück. Ihre Tugend war lauter wie Gott selbst. Eines Tages sagte diese bewunderungswürdige Frau zu mir: »Grübeln Sie nicht zuviel! Sie lieben den Tanz; gehen Sie diesem Vergnügen doch wieder nach! Tun Sie es... ich bitte Sie... ich will es!«

Dieses »Ich will es!« in ihrem Munde galt mir als eine Gunst... Ich gehorchte und suchte meine Tanzgenossen wieder auf, die Mädchen und Burschen, die ich seit mehr als einen Monat nicht gesehen hatte. Unmerklich verlor ich mich wieder in diesen Vergnügungen. Ich glaubte, daß diese Zerstreuungen, der Umgang mit neuen Freunden, mit denen Gaudet mich zusammenbrachte, und die Freuden der Tafel und des Weines mich verändern müßten. Ich besuchte nämlich Gaudet d'Arras wieder; die Aufhebung seiner Gelübde war eine ausgemachte Sache, und er lebte schon ganz weltlich, wenn er auch noch das geistliche Kleid trug. Er verbrachte die Tage bei Manon Bourgoin, die ihm ganz zu Willen war...

Ihr Bestreben ging dahin, mein Verhältnis zu Madame Parangon ebenso zu gestalten wie das ihrige; auf diese Bemühungen verwandten sie ihren ganzen Scharfsinn, Gaudet offen und ohne Umschweife, Manon mit List und Heimlichkeit. Gaudet d'Arras ging dabei so weit, der tugendhaftesten aller Frauen zu sagen (ich weiß es von ihm selbst), sie sei bei ihrem Gewissen verpflichtet, sich dem zukünftigen Gatten ihrer jüngeren Schwester preiszugeben, um ihm dadurch die Reinheit seiner Sitten und seine Gesundheit zu bewahren. Er schilderte ihr in schrecklichen Farben die Wirkungen der Onanie und der Masturbation und stellte ihr vor, welche Gefahren einem so jungen Manne aus Liebschaften mit Mädchen wie Toinette und anderen weiblichen Bediensteten drohten.

Ich sagte bereits, daß ich glaubte, ein anderer zu werden; ich fing an, wie Gaudet, Geschmack an den Freuden der Tafel zu finden. Ich schloß mich an die andern Druckereilehrlinge an, besonders an die weniger wüsten. Mit Gonnet besuchte ich dessen Geliebte, denn außer Tonton hatte er derer noch zwei oder drei andere. Auf diese Weise lernte ich die liebenswerte Colombe kennen, die mich ebenso durch ihre Eigenschaften wie durch ihre Schönheit an sich zog; sie wäre eine vorteilhafte Partie für mich gewesen, aber ich dachte nicht daran, zu heiraten, weder sie noch eine andere aus diesem Kreise. Ich rechnete auf *Mlle.* Fanchette, auf die ich im Ernst nicht verzichtet hatte. Unterdessen tröstete ich mich mit Colombe, die ein großes schönes Mädchen war, für das ich eine Art von Verehrung fühlte. Ich hatte anfangs verschiedene Rivalen. Aber dies machte mich um so beharrlicher. Ohne bestimmte Absichten wollte ich sie erobern.

Später flatterte ich von der lieblichen Leger zur braunen Marianne Tartre, von dieser zur schönen Maufront, zur herausfordernden Douy, zur lebhaften Laurent und zur pikanten Aglae Ferrand und andern mehr. Es war meinen Genossen vom Tanzboden nicht entgangen, daß mich die junge Colombe, das Ziel des Ehrgeizes aller, stärker fesselte als jede andere.

Als sie dahinterkamen, daß die schöne Colombe mir den Vorzug gab, waren meine Rivalen bestürzt. Ich bemerkte es, und es schmeichelte meiner Eitelkeit, daß ich ihnen überlegen war. Ich schwankte in dieser Situation zwischen dem Gefühl der Eitelkeit und dem Entschluß, mich dem freundschaftlichen Vertrauen eines Mädchens, das mich allen andern vorzog, erkenntlich und würdig zu erweisen.

Eines Tages suchte mich Leger auf. Er sprach in höflicher und fast rührender Weise zu mir, wodurch er den besten Eindruck auf mich machte.

»Mein Freund«, sagte er zu mir, »du siehst *Mlle.* Colombe so häufig und ich glaube, du mißfällst ihr nicht. Es würde anmaßend und töricht von mir sein, wenn ich nun sagte, du mögest nicht mehr so oft mit ihr zusammenkommen; das verlange ich auch nicht von dir, aber du bist ein anständiger Mensch, willst du sie heiraten?... Sie ist ein liebenswertes, achtbares Mädchen, dem du sicher kein Unrecht zufügen willst. Ich bitte dich, sage mir die Wahrheit, mein lieber Nicolas! Ich erwarte das von deiner edlen Gesinnung, die ich immer an dir wahrgenommen habe.«

Ich mußte seine Worte und ihre Beweggründe billigen. Der ruhige, anständige Ton, den Leger mir gegenüber anschlug, erweckte meine natürlichen Gefühle der Großmut. »Nein«, erwiderte ich, »ich denke nicht an das Heiraten. Ach, ich habe an soviel andere Dinge zu denken!« Meine Augen wurden feucht, aber ich beherrschte mich.

»In diesem Fall«, fuhr Leger fort, »darf ich also wohl annehmen, daß du mir keine Schwierigkeiten machst, wenn ich mich um *Mlle.* Colombe bewerbe?«

»Ich? Auf keinen Fall!... Mit welchem Rechte auch sollte ich es?«

»Aber vielleicht schmerzt es dich, wenn ich mit ihr zusammen bin, mit ihr spreche, denn ich sehe, daß du gerührt bist.«

»Ich?…Ach, mein Freund, ich bin gerührt, ich gebe es zu…aber nicht wegen dem, was du da sagtest; das hat andere Gründe!« Ich dachte an Madelon.

Im Laufe unserer Unterhaltung waren wir vor der Türe von Legers Haus angelangt; seine Schwester, die hübsche Manon, die am Fenster stand, hatte uns kommen sehen und trat zu uns. Sie empfing mich immer mit tausenderlei Neckereien. Sie war ein reizendes Mädchen, das mich in den Tanzsälen stets mit schmeichelhaftester Auszeichnung bedachte. Ich blieb mit ihr an jenem Sonntagnachmittag einige Stunden allein, während Leger meinen Platz bei Colombe einzunehmen versuchte. Sie fragte ihn, ob er mich gesehen habe und wo ich sei. »Er ist bei uns zu Hause, bei meinen Schwestern…«

Diese Antwort kränkte Colombe in doppelter Beziehung, aber sie verbarg es. Ich kam nicht in die Tanzsäle, denn ich fand mehr Vergnügen bei Manon Leger in vertraulichem Beieinander. Dieses junge Mädchen war in Wirklichkeit gerissen: um ihren Bruder von einem bevorzugten Nebenbuhler zu befreien, scheute sie kein Mittel und ließ sich von mir geschickt jede Gunst abringen…Ich habe übrigens in meiner Heimat viele Familien kennengelernt, in denen sich die Schwestern für ihre Brüder opfern, sogar im Einverständnis mit ihren Vätern…Manon Leger, die mich zurückhalten und ein Wiedersehen mit Colombe verhindern wollte, wandte viel Geschicklichkeit auf, damit ich mit ihr zufrieden sei…Meine Sinne fingen Feuer, ihr Aufflackern verdrängte meine Gefühle für *Mme.* Parangon. Ich erlaubte mir Freiheiten gegenüber Manon; sie wehrte sich zwar dagegen, zeigte aber keinen sonderlichen Unwillen, wie ein Mädchen, das an Angriffe gewöhnt ist, und fand nur ein paar höfliche Vorwürfe, als ich zu den größten Unverschämtheiten überging. Ich behandelte sie, wie ein Wüstling eine geriebene Dirne behandelt.

Abends machte ich Colombe einen kurzen Besuch. Sie lehnte an der Haustüre und sagte lächelnd: »Man sieht Sie ja gar nicht mehr! Warum entziehen Sie Ihren Anblick und Ihre Unterhaltung jemandem, der Vergnügen daran findet, und der geglaubt hat, daß sein Anblick und seine Unterhaltung auch Ihnen angenehm sei?« »So ist es auch, liebe Colombe!« antwortete ich, und fuhr wahrhaft gerührt fort, »aber ich muß Ihnen gestehen, was mir auf dem Herzen liegt; ich will Ihnen nichts verhehlen. Ich spreche zu Ihnen wie zu einer Schwester, denn ich liebe Sie wie eine Schwester und noch mehr als Sie ahnen.« Meine Erklärung war sehr lang und für sie äußerst schmerzlich, denn ich verbarg ihr nichts von meinen Plänen und Entschlüssen und deutete ihr an, daß ich bereits gebunden, aber meine Zukünftige noch zu jung sei, um zu heiraten. Dies hatte eine gute Wirkung: Colombe, die sich ohne wirkliche Nebenbuhlerin sah, versicherte mir nun gleichfalls ihre schwesterliche Freundschaft und daß sie mich niemals vergessen werde. Als ich sie verließ, bat sie mich, ich möge sie nicht mehr besuchen und nicht mehr mit ihr sprechen. Diese Bitte rührte mich derart, daß ich noch einmal zurückkehrte, um ihr zu sagen: »Ich bin dein, schöne Colombe. Ich will dich heiraten, aber sofort…«

»Das genügt mir«, antwortete sie nach einem Augenblick der Überlegung, »aber ich nehme Ihr Anerbieten nicht an…Wir werden uns wiedersehen, denn ich sehe, daß Sie mir eine wahrhafte Anhänglichkeit entgegenbringen und daß Sie nicht undankbar sind, wenn auch Vernunftgründe eine Verbindung zwischen uns hindern. Dies tröstet mich; es ist die Wahrheit, wenn ich Ihnen sage, daß ich in der Ehe kein Glück finden würde, außer mit Ihnen…«

Ich wollte sie, die ins Haus lief, zurückhalten, aber in diesem Augenblick fiel mir *Mme.* Parangon ein; ich eilte in mein Kämmerchen, um meine Schande und meine Untreue zu bereuen.

Legers Annäherungsversuche wurden von Colombe nicht gut aufgenommen. Er wurde abgewiesen, aber er grollte mir deswegen nicht, denn sie versicherte ihm, daß sie mir nie etwas bedeuten könne.

Man weiß, wie Romane die Ereignisse herbeiführen: ihre Verfasser folgen den Gesetzen der Kunst und niemals der Natur. Es war an einem Sonntagabend, als ich so freimütig mit Colombe gesprochen hatte. In der folgenden Woche sah ich sie fünf- oder sechsmal. Am 29. Juni, dem Feste des heiligen Peter, kam sie mit Aglae Ferrand zum Tanze. Ich wählte Colombe, und sie versprach sich mir für meine beiden Menuette. Nach dem Tanze ging ich mit Colombe ins Freie hinaus; wir wanderten durch das Pariser Tor am Ufer der Maladiere entlang und gelangten in die Erdbeergründe, wo ich im verflossenen Jahre mit meinen Freundinnen Lalois und Dugravier gewesen und wo ich nachher mit Emilie Laloge so glücklich gewesen war. Es war die gleiche Jahreszeit, und wir pflückten uns süße Früchte. Dieser Ort bezauberte mich durch die Erinnerung an die Vergangenheit ebenso wie durch den Reiz der Gegenwart. Colombe bückte sich und zeigte mir dabei ihre vollkommenen Beine... Meine Wünsche regten sich. Ich unterdrückte sie. Wir setzten uns. Ich umschlang die Taille meiner schönen Begleiterin und raubte ihr einen Kuß. Ich nahm wahr, daß dieses junge Mädchen Tiennette glich: ihre schönen Augen verschleierten sich. Ich wurde verwegener. Wir saßen auf dem Grunde einer Senkung, die rings von Hecken umgeben war. Noch immer beherrschte ich mich. Colombe warf mir einen schmachtenden Blick zu. Durch diesen Blick ermutigt, suchte ich den Sieg. Sie verteidigte sich kaum und ich triumphierte...

Ich glaubte, daß Colombe untröstlich sein werde!... Aber sie war es keineswegs! Ich bildete mir ein, sie habe eine so gute Meinung von mir, um anzunehmen, daß ich alle Folgen meiner Handlungsweise auf mich nehmen würde. Aber ich täuschte mich. Dieses... großherzige Mädchen gestand mir:

»Halten Sie mich nicht für durchtrieben, für gerissen; durch Zufall kenne ich die Absichten der *Mme*. Parangon, dieser ehrenwerten Frau, ich weiß von den Gefühlen, die sie für Sie hegt und die Sie ihr entgegenbringen... Ich will Sie durch nichts binden und verpflichten... Ach, ich möchte nur, was andere für ein Unglück halten!... Ich möchte... ein Kind bekommen!...« Ich war überrascht von diesen Worten. Ich bot ihr nochmals die Ehe an. Aber Colombe genügte es, mir ihre Gunst gewährt zu haben...

An dieser Stelle will ich noch eines anderen Ereignisses gedenken!... Aber es ist eines der verzeihlichsten meines Lebens. Ich empfand weder Gewissensbisse noch Scham darüber. Hätte sich eine Gelegenheit geboten, so würde ich *Mme*. Parangon alles gebeichtet haben, was vorgefallen war...

Lenclos, der Colombe verehrte, schlug einen gemeinsamen Ausflug vor, an dem Colombe, Tonton und ich teilnehmen sollten. Colombe, die Verkäuferin im Laden des Tuchmachers war und nicht aus der Stadt stammte, kannte Tonton nur flüchtig. Sie nahm die Einladung ihrer jungen Nachbarin, an dem Ausfluge teilzunehmen, an, denn Tonton hatte ihr nicht gesagt, daß zwei junge Männer dabei sein würden. Nun hatte Leger verbreitet, daß ich mit Colombe gebrochen habe; Lenclos, der nicht daran zweifelte, hoffte, ich würde für ihn sprechen. Seine Schwester hatte noch andere Absichten, denn sie liebte ihren Bruder in derselben verderbten Weise wie Manon den ihren; sie hoffte, daß ich auf den Köder ihrer Gunst anbeißen würde. Dies war nicht ihr erstes Abenteuer, und sie hatte weit weniger Besorgnisse und Schüchternheit als Manon Leger; sie war schon durch und durch verdorben. Sie rechnete damit, Colombe aus meinen Gedanken verdrängen zu können, und dieser Plan gelang ihr auch zum Teil, dank meiner Schwäche und meiner leidenschaftlichen Empfänglichkeit gegenüber den Frauen...

An einer geeigneten Stelle auf der Promenade trafen wir uns, Lenclos und ich. Letzterer ging dann seiner Schwester entgegen und begrüßte die mitkommende Colombe. Tonton sagte zu ihrem Bruder:

»Ach, du mußt mit uns kommen... Vorwärts! Wir gehen nach Sainte-Geneviève und essen da... Aber mit wem bist du zusammen?«

»Es ist ein guter Freund von mir.«

»Trefflich! Geh und hol' ihn, wir nehmen ihn mit... Meine liebe Colombe, hier sieht uns niemand. Er ist ein guter Junge, dieser Monsieur Nicolas. Also auf nach Sainte-Geneviève!... Kommt, tut mir den Gefallen! Ich möchte gar zu gern mal dahin!«

Colombe zögerte, aber schließlich ließ sie sich, gutmütig wie sie war, überreden; waren wir doch Freunde, und dachte sie vielleicht auch an unsere letzte Unterredung. Lenclos kam, um mich zu holen. Ich grüßte Colombe achtungsvoll und sie entgegnete kühl. Tonton hing sich an meinen Arm, worüber Colombe nicht einmal eifersüchtig wurde, denn dies Arrangement erlaubte es ihr, weniger vertraulich mit mir zu sein. Tonton zog mich den andern voraus und sagte:

»Vorwärts, zum Abendessen in Sainte-Geneviève, vorwärts, vorwärts!...«

Tonton war eine kleine reizende Blondine. Obzwar ich sie schon kannte, fand ich Vergnügen an ihren Gefälligkeiten und – soll ich es sagen? – die Hoffnung auf einen leicht einzuheimsenden Genuß schmeichelte meinem lasterhaften Herzen...

Wir gingen voraus, denn Tonton brachte mich mächtig in Trab. So gelangten wir den andern nach ein paar Biegungen des Weges, der von hohen Hecken umsäumt war, aus den Augen. Plötzlich umarmte und küßte mich Tonton in äußerst herausfordernder Weise. Dadurch erregte sie in meinen Sinnen eine ungestüme Trunkenheit, so daß ich Colombe und die ganze Welt vergaß...

Als wir an unserm Ziele angekommen waren, bestellte Tonton Rahmkäse und Weißwein. Noch ehe Colombe mit Lenclos ankam, war der Tisch schon gedeckt und das Mahl bereitet. Tonton hatte sogar noch Zeit gefunden, mir eine Probe von dem zu geben, was sie begehrte.

Beim Essen war dieses sonderbare Mädchen von toller Ausgelassenheit, sie trank viel, ich dagegen nur wenig. Colombe benahm sich mäßig und sittsam. Sie nahm mich einen Augenblick beiseite, um mir ins Ohr zu flüstern:

»Mademoiselle Lenclos ist keine Gesellschaft für mich... Ich weiß wahrhaftig nicht, was mich mit ihr zusammengebracht hat... Ihr Bruder mißfällt mir noch mehr.«

»Warum?«

»Gleichviel! Ich kehre in etwa acht Tagen sowieso nach Joigny, in meine Heimat, zurück.«

»Was sagen Sie da, Colombe?!«

»Warum betrübt Sie das?«

»Ach, wenn Sie wüßten, wie unglücklich mich das macht!«

»Seit unserer letzten Unterredung weiß ich, daß das nicht wahr ist. Sie sind nicht unglücklich, und ich wünsche Ihnen Glück... Was aber Tonton und ihren Bruder anbetrifft, so hat dieser mir unterwegs Gefühle offenbart, die ich ihm nicht zu erwidern vermag... Ich verachte die beiden... Wie kommt es nur, daß Sie, die Sie beide doch zweifellos kennen, mit ihnen verkehren? Warum haben Sie mich nicht vor ihnen gewarnt? Ich bin doch Ihre Schwester!...«

Ich drückte ihr die Hand. »Ja, das sind Sie. Niemand hat uns zusammen gesehen, und wir wollen es vermeiden, gesehen zu werden, meine Schwester... Sie haben nichts zu fürchten...«

»Ich bin Ihnen deshalb nicht böse, ebensowenig Tonton und ihrem Bruder... Ich reise bald ab; den Tag meiner Abreise werde ich Ihnen noch mitteilen. Erwarten Sie mich dann an der Kapelle des heiligen Simon, damit wir uns dort verabschieden.«

»Ja, ja«, antwortete ich, »ich werde es nicht verfehlen!«

Lenclos und seine Schwester dachten wohl, wir sprächen von ihnen und ließen uns darum eine Weile ungestört miteinander plaudern. Aber schließlich kam Tonton und rief:

»Was habt ihr denn? Ihr seid so ernst wie Nachtlichter! Das ist langweilig! Wir sind doch hierhergekommen, um vergnügt zu sein! Vorwärts, nimm dir meinen Bruder, Colombe!... Der hier ist für mich!«

Wir konnten nicht anders, als ihr folgen; denn es wäre unhöflich gewesen, Bruder und Schwester miteinander allein zu lassen. Tonton war ganz ausgelassen und ich war froh, daß ihr Übermut mich etwas zerstreute. Sie lief scherzend in die Tiefe des Gartens, bis hinter die letzten Bäume und Hecken, und ich folgte ihr...

Wenn ich nicht widerstand, so war die Schuld kaum auf meiner Seite; es war Tonton, die mich dazu herausforderte, und ich hätte der Versuchung auch dann erliegen müssen, wenn meine Tugend stärker gewesen wäre... Ich scheue mich, es zu sagen; aber ich glaube, es war so zwischen Bruder und Schwester verabredet worden, um mich mit Colombe zu entzweien.

Lenclos, der mit der schönen Colombe allein geblieben war, stellte sich beunruhigt wegen uns und bestimmte sie, uns gemeinsam zu suchen. Sie weigerte sich. Da meinte er denn, es solle jeder von ihnen für sich auf die Suche nach uns gehen. Colombe, die mir zürnte, weil ich sie mit Lenclos allein gelassen hatte, war damit einverstanden. Lenclos fand uns in einem abgelegenen Graben; ich glaube, seine Schwester hatte ihm durch ein von mir überhörtes Signal geschickt die Richtung gegeben, so daß er uns entdecken mußte, und er versuchte, Colombe zu dieser Stelle hinzulocken, um sie zur Zeugin meiner Verirrung zu machen...

Das kluge und sittsame Mädchen tat, als sähe es nichts und entfernte sich wieder, obschon Lenclos sich bemühte, Colombe zurückzuhalten, indem er sagte:

»Sehen Sie, sehen Sie, Mademoiselle!... Ach, das hätte ich von Nicolas nicht gedacht!... Aber er ist Junggeselle... meine Schwester ist ein lediges Mädchen... Wir werden sehen!«

»Sehen Sie nur«, sagte Colombe, »ich meinesteils habe zu viel gesehen!« Sie entfernte sich, empört über seine Gemeinheit und verletzt durch meine unbesonnene Schwäche.

Lenclos folgte ihr und sie nötigte ihn, mit lauter Stimme nach uns zu rufen... Ohne zu wissen, daß meine Schande offenbar war, kehrte ich zurück, aber ich fühlte mich doch unsicher vor Colombe, die aus ihrem Abscheu vor dem Geschwisterpaar keinen Hehl mehr machte und besonders durch die unverschämte Art der liederlichen Tonton gereizt war; sie nahm meinen Arm und sagte: »Wir wollen gehen!«

»Schon?« rief Tonton.

»Ich fühle mich hier nicht wohl, Mademoiselle«, antwortete Colombe, »Monsieur Lenclos, ich nehme Monsieur Nicolas, denn ich habe mit ihm zu reden!«

Lenclos zweifelte nicht, daß sie mir wegen meines Benehmens Vorwürfe machen und mit mir brechen werde; er war deshalb nicht ärgerlich über unser Zusammensein, verließ uns und ging zu seiner Schwester.

Colombe blickte verstohlen zu ihnen hinüber, dann sagte sie zu mir:

»Der erbärmliche Kerl! Er lacht mit ihr!«

Bei diesem Worte wurde mir fast alles klar.

»Was ist denn dabei, daß er mit ihr lacht?«

»Sie wissen es... Glauben Sie nicht, daß ich Ihnen deshalb böse sei! Aber jene beiden verachte ich... Ich kann mir denken, daß ein junger Mann, durch eine hübsche Verworfene wie diese da verführt, um so leichter unterliegt, je tugendhafter die andern Frauen und Mädchen seiner Bekanntschaft sind... Ach, seit meiner Ankunft in Auxerre habe ich so viele Dinge erfahren! Die Art und Weise der jungen Leute hier und... aller Männer ist so schamlos, daß ich wieder in die Arme meiner Mutter fliehe... Denken Sie sich nur: dieser Lenclos hat, nachdem er seine Schwester entdeckte, mich dorthin gelockt, damit ich alles sehen sollte... Ach, wie ich diese beiden, Bruder und Schwester, und ihre dumme Niederträchtigkeit verabscheue!... Aber reden wir nicht mehr davon!... Monsieur Nicolas, ich spreche als Freundin zu Ihnen, als Schwester: vertrauen Sie diesem Mädchen nicht, sie ist nichts für Sie... nicht einmal, um sich mit ihr zu vergnügen... Vor der Stadtmauer müssen wir uns trennen; ich biege in eine Gasse ein, und Sie müssen mich dann verlassen... Auf Wiedersehen am Samstag! Ich nehme nicht die Post, sondern benutze einen Wagen. Um sechs Uhr werde ich bei der Kapelle des heiligen Simon sein... Ach, Sie haben mir zu viel Kummer bereitet, als daß ich Sie allzusehr entbehren würde!«

Ich war durch ihre Worte beschämt und verhehlte ihr dies nicht, denn wie meinen verwegenen Unternehmungen im Grunde keine bösen Absichten innewohnten, war ich doch nicht unverschämt, boshaft oder ganz verdorben.

»Sie haben in allem, was Sie sagen, vollkommen recht!« antwortete ich. »Sie sehen mich beschämt! Ich bin verwirrt und voller Reue!« »Er drückt sich doch immer besser aus als alle andern, selbst wenn er im Unrecht ist!« sagte Colombe wie zu sich selbst. »Monsieur Nicolas! Ich bitte Sie, meiden Sie jene beiden, deren Umgang Sie entehren würde!... Bewahren Sie sich Ihren guten Ruf, einer Schwester zuliebe...«

Meine Antwort war ein stummer Kuß auf ihre Hand, und diese Geste, die in dieser Gegend ungewöhnlich war, rührte sie; ich bemerkte Tränen in ihren Augen; aber sie beherrschte sich und bot mir ihre Wange.

»Nein!« sagte ich, »heute werde ich ein ehrbares Mädchen nicht einmal auf die Wange küssen!«

»Nun gut! Es sei denn!... Sie lindern alle Schmerzen, die ich um Sie gelitten... Aber Sie dürfen sich nicht mehr mit diesen Elenden abgeben!« Ich versprach es ihr.

Inzwischen waren wir an der Stadtmauer angekommen. Lenclos und seine Schwester gingen fünfzig Schritte vor uns. Colombe bog in eine kleine winkelige Gasse ein, und ich betrat die Stadt von der andern Seite durch das Pariser Tor...

In der Folge mied ich die Lenclos und traf weder mit dem Bruder noch mit der Schwester zusammen, denn es gab gute Gründe, die mich der Dankbarkeit für die Gunst, die ich bei ihr genossen hatte, entbanden.

Am Sonnabend, den 13. Juli, fünfzehn Tage nach unserem gemeinsamen Ausfluge, stand ich in der Frühe vor vier Uhr auf und arbeitete bis fünf Uhr, damit meine Arbeit unter der versäumten Zeit nicht leide. Von meinem Setzkasten aus konnte ich zur Kapelle des heiligen Simon hinübersehen. Um halb sechs Uhr schritt ich durch das Stadttor, entdeckte aber keinen Wagen auf meinem Wege. Sollte sie schon vor der Zeit abgefahren sein?...Ich eilte weiter. Da erblickte ich jenseits der Kapelle auf der Seite von Epoigny einen Wagen, der den Hügel des Waldes von Chenayes hinabfuhr. Ich lief ihm nach, Colombe ließ halten, und einen Augenblick später hatten wir uns gefunden.

»Ich glaubte, ich würde Sie nicht mehr sehen«, sagte sie. »Ich rechnete auf sechs Uhr«, erwiderte ich, »aber wenn ich nicht so aufmerksam gewesen wäre, hätten wir uns nicht getroffen.«

»Das war es, was ich wollte, ich fürchtete diesen Augenblick!« sagte sie und warf sich in meine Arme.

»Wie, Colombe, ist das möglich?«

»Nun bin ich froh, daß es mir nicht gelungen ist. Wie bin ich glücklich, daß ich Sie doch noch einmal wiedersehe...«

Bei diesen Worten brachen die Tränen aus ihren Augen und auch die meinen konnten nicht trocken bleiben.

»Das eben fürchtete ich«, sagte sie und trocknete sich die Tränen, »aber nachdem Sie es einmal gesehen haben, will ich sie ebensowenig vor Ihnen verbergen wie meine Gefühle...Mein lieber Nicolas...ich verlasse diese Stadt nur...um nicht mehr...einen jungen Mann zu sehen, den ich...ich fühle es...allzusehr liebe...und...der doch nicht mein Mann werden kann...Aber... ich wiederhole es Ihnen...ich bedaure es dennoch nicht, daß ich Sie kennengelernt habe. Ich werde Sie lieben bis ans Grab!...Bewahren Sie mir ein treues Andenken, das ist alles, um was ich Sie bitte. Ich schäme mich weder meiner Gefühle für Sie, noch dessen, was ich aus Liebe getan habe, wenn ich Sie auch jetzt fliehe...Im Gegenteil, meine einzige Freude, mein einziger Trost wird es sein, meiner Mutter alles zu sagen und ihr von Ihnen zu erzählen...Auch darum gehe ich von hier fort: ich hatte hier keinen, mit dem ich davon reden konnte...«

Ich erstickte; ich befand mich an einem der grausamsten Wendepunkte meines Lebens. Mein Schmerz war so heftig und aufrichtig, daß er den meiner Geliebten milderte...

»Trennen wir uns!« sagte sie endlich, »der Wagen wartet auf mich und der Kutscher wird ungeduldig...Leben Sie wohl!«

»Ach, trennen wir uns nicht...Bleiben wir zusammen!« rief ich.

»Das ist unmöglich...Ich weiß alles. Ich würde eine zweite Madelon sein. Immer würde Fanchette dir fehlen, ihre Schwester, die dir sie ersetzen soll...Nun aber lebe wohl!« schloß sie nach einer stürmischen Umarmung, in der sich unsere Seelen vereinigten; dann gab sie dem Kutscher ein Zeichen und nötigte mich, auszusteigen...

»Lebe wohl, meine liebe Colombe!« rief ich.

»Lebe wohl, mein Bruder!« antwortete sie, und zum Kutscher gewandt rief sie: »Vorwärts, schnell! Fahren Sie zu!...«

Ich rief noch einmal hinter ihr her: »Lebe wohl, meine Schwester!« Es war ein Abschied auf ewig...Niemals habe ich sie wiedergesehen, niemals wieder etwas von ihr gehört...Es war dies einer der schrecklichsten und niederschmetterndsten Schicksalsschläge, die mein Leben verdunkelten, als sein Frühling sich dem Ende näherte...

Am 15. Juli kam der neue Lehrling Louis Timothée Loiseau an, begleitet von seinem Freunde Lalande, dem Arzte, der der Gatte der älteren Schwester von Manon Bourgoin war. Er war ungefähr sechsundzwanzig Jahre alt, also sechs Jahre älter als ich...Ich werde, solange ich lebe, diesen glücklichen Tag preisen, an dem ich einen wirklichen Freund fand, ein Gegengewicht zu Gaudet d'Arras, zu Gaudet aus Varzy und zu allen andern, die mich zu Ausschweifungen verleiteten, sei es durch irreführende Lehren, sei es durch die Lockung grober Wollust... O Loiseau, teurer Freund, du hast viereinhalb Jahre zusammen mit mir verlebt!... Es war genug, um dich kennenzulernen, genug, um dich immer zu beweinen!... Doch es war nicht genug für mich!... Vor welchen Ausschweifungen hast du mich bewahrt!... Wie hast du mich in meinem Kummer getröstet, wenn du ihn nicht verhindern konntest!... Aber warum beklage ich mich? Hat er mir nicht geholfen, die beiden grausamsten Verluste zu ertragen, die ich jemals erlitten?!...

Es war Mittag. Ich war mißgestimmt, und ich ging zum Essen hinunter, weil ich mich danach sehnte, Frau Parangon zu sehen; sie lächelte mich an, ein Lächeln, das mehr zärtlich als heiter war. Hinten, im großen Zimmer, bemerkte ich einen großen Mann, dunkelhäutig wie ein Jäger, und neben ihm einen schönen, blonden Jüngling mit leicht gebräuntem Gesicht, offenen Mienen, gütig, heiter und überaus gewinnend. Er gefiel mir sofort.

»Das ist Ihr neuer Kamerad, Monsieur Nicolas!« sagte Madame Parangon.

»Ich beglückwünsche mich, mein Herr!« sagte ich.

»Und ich«, entgegnete Loiseau, »mich noch mehr, mein Herr. Sie wissen das bereits, was ich zu lernen wünsche; also ist es an mir, Ihnen den Hof zu machen.« Er sagte dies in äußerst verbindlichem Ton (ach, wenn er die heutige Zeit erlebt hätte, wo man ,Bürger' sagt statt ,mein Herr', und wo man nichts hört als das ,Du'), er sprach, wie gesagt, in so höflichem Tone zu mir, daß ich ihn vom ersten Augenblick an liebgewann. Aber man glaube nicht, daß unsere Freundschaft sich so schnell bildete.

»Monsieur Nicolas wird alles tun, was er vermag«, sagte Madame Parangon, sich an Monsieur Lalande wendend. »Jedermann hat seine kleinen Fehler, aber Monsieur Nicolas hat so hervorragende Vorzüge, daß sie seine Mängel aufwiegen.«

Bei diesen Worten reichte mir Loiseau die Hand. »Wenn Sie vollkommen wären, so würde ich mich vor Ihnen fürchten. Gewähren Sie mir Ihre Freundschaft, wenn ich sie verdiene!«

»Es sei, und ohne Bedingung!« antwortete ich.

»Madame«, sagte er zu Colette, »was Sie da eben sagten, ist das Angenehmste, was eine Dame wie Sie von einem jungen Manne sagen kann, denn es verrät ein Gefühl der reinen und klugen Freundschaft.«

Ich entfernte mich ein wenig, indem ich den Stuhl der Madame Parangon auf seinen Platz rückte und ein paar Bücher in Ordnung brachte.

Lalande sagte leise zu Loiseau: »Er macht einen sehr netten, gewinnenden Eindruck und scheint recht ernst zu sein.«

»Ich habe es bereits gemerkt«, erwidete Loiseau, »und er hat ein offenherziges Lachen; ich stehe für ihn ein.«

Ich verlor keine Silbe von diesem Gespräch. Madame Parangon sagte lächelnd zu ihnen:

»Ich habe es bereits bemerkt«, erwiderte Loiseau, »und er hat ein offenherziges Lachen; ich stehe für ihn ein.«

Ich verlor keine Silbe von diesem Gespräch. Madame Parangon sagte lächelnd zu ihnen: »Trauen Sie ihm nicht, er hört Sie!«

Ich trat etwas näher. »Haben Sie nicht gehört, was man hier flüsterte?« fragte mich Colette.

»Doch, Madame!«

Lalande errötete. »Nun, er gesteht es wenigstens ein, ohne Ausflüchte zu machen«, sagte er.

»Ich habe ihn noch nie auf einer Lüge ertappt«, erklärte Colette, während ich in den Laden gehen mußte, um einen Käufer zu bedienen.

Endlich kam Monsieur Parangon aus seinem Zimmer, dann erschien der Faktor, und Loiseau wurde ihnen vorgestellt. Auch *Mme.* und *Mlle.* Bourgoin kamen noch dazu, und man ging zu Tisch. Loiseau glänzte mit seinen Kenntnissen auf allen Gebieten, und ich staunte über sein Wissen in der Philosophie und Physik. Er bemerkte meine Vorliebe für diese beiden Nährmittel des menschlichen Geistes, denn die Physik ist diejenige Wissenschaft gewesen, die ich immer inbrünstig und ohne Unterlaß geliebt habe. Er drückte sich gut und anschaulich, mit Anmut und Sicherheit aus. Er hatte die Hauptstadt des Landes gesehen, war in Dijon Hauslehrer der Kinder eines höheren Verwaltungsbeamten gewesen und hatte das gleiche Amt im Hause eines Barons von Puisaye bekleidet. Er hatte sich weltmännische Umgangsformen angeeignet, jene Formen, die mir fehlten, und er besaß das Auftreten eines Großstädters; aber eben dies war es, was mir anfangs, obwohl ich es an ihm bewunderte, ihm gegenüber eine gewisse Zurückhaltung auferlegte: gleich und gleich gesellt sich gern.

Nach dem Mittagessen folgte mir Loiseau in die Druckerei…Ich erklärte ihm alles. Bourgoin, der Faktor, rühmte mein Wissen und meinen Charakter. Ich war um soviel weniger unwissend wie Bourgoin, als Loiseau gescheiter war als ich. Loiseau war ein Mann; er wurde gleich am ersten Tage vor einen Setzkasten gestellt. Bourgoin äußerte sich Bardet gegenüber, daß Loiseau für sein Alter ein ungewöhnlicher Mensch sei.

Seit Colombes Abreise hatte ich keinen Freund mehr, und ich lebte still, schweigsam und in meine Arbeit vertieft für mich dahin. Loiseau hielt mich daher für einen mürrischen Charakter, blieb mir fern, und behandelte mich noch höflicher als die andern Drucker. Mich ärgerte dies, aber ich war zu stolz, um etwas davon merken zu lassen.

Loiseau beobachtete mich viel besser als ich ahnte. Er übersah die Schwierigkeiten und Hindernisse, die ihm mein Charakter bereitete; wider meinen Willen liebte er mich, aber ehe ich ihn liebte, wollte er mich wert machen, sein Freund zu sein. Diese Bemühungen meines teuren Freundes Loiseau dauerten einundeinhalbes Jahr und hatten endlich Erfolg, aber dieser Erfolg blieb geheim, denn oft entgingen ihm selbst sogar die Anzeichen davon. Ich war noch nicht vollkommen mit ihm verbunden, als ich am 1. September des nächsten Jahres Auxerre verließ.

Madame Parangon erschien mir weniger schwermütig, seit ich einen tugendsamen Kameraden hatte. Diese vortreffliche Frau zweifelte nicht daran, daß er meine Sitten gut beeinflussen werde. Sie sprach mit mir fast nur noch abends, wenn er zugegen war…

Ich hatte *Mlle.* Fanchette gesehen, als meine Eltern mich nach Vermenton gebracht und dort dem Buchdrucker Parangon vorgestellt hatten; ich fand sie reizend. Dies war etwa vor dreieinviertel Jahren gewesen. Sie zählte damals ungefähr zwölf Jahre, mußte jetzt also annähernd fünfzehn Jahre alt sein. Madame Parangon hatte ihren Vater gebeten, er möge Fanchette erlauben, sie zu besuchen, als sie nach Paris reiste, wo sie sechs Monate bleiben sollte…So sah ich sie denn wieder.

Die Schönheit des jungen Mädchens blendete mich, als ich ihr bei Tisch gegenübersaß. Sie war blond, goldblond, während ihre Schwester aschblondes, feines Haar hatte. Sie hatte lebhafte, zarte Farben, edle Gesichtszüge, die sich durch ein wenig Keckheit von denen Colettes unterschieden, eine bewunderungswürdige schlanke Taille, wie sie eben einer Fünfzehnjährigen eigen ist. Hände und Arme sowie alles übrige waren vollkommen. Ihre Stimme hatte einen hellen Silberton, der voll Wohlklang war; sie sprach ein wenig langsam, mit verführerischer Anmut, und lachte oft mit kindlicher Grazie. Sie war lebhaft, beweglich, fröhlich, sie hatte Geschmack und Eleganz, alles Eigenschaften, die so gewaltig auf die Herzen der Männer wirken. So war *Mlle.* Fanchette, ehe sie in die Hauptstadt ging, wo sie sich noch weiter entwickeln sollte.

Als ich das große Zimmer betrat, spielte Fanchette mit Monsieur Parangon, der ganz ausgelassen war; beide lachten. Das liebliche Mädchen betrug sich derart, daß die Freiheiten ihres Schwagers die Grenzen des strengsten Wohlanstands nicht überschreiten konnten. Ich grüßte schüchtern, denn ich zitterte, sie zu verlieren!…

Bei Tisch war mein Platz neben ihr; ich war entzückt darüber. Sie sprach viel mit mir, in einem sanften, fast familiären Tone, der mich ehrte und mir schmeichelte, und der meine Hoffnungen erstarken ließ. Ich bemühte mich, liebenswürdig zu sein, aber ich weiß nicht, ob es mir gelang. Ein Schleier trübt meine Augen. Sie verriet viel Geist, ich bewunderte ihr Benehmen…

Nach Tisch fand *Mme.* Parangon einen Vorwand, ihre Schwester und mich mit in ihr Zimmer zu nehmen, da sie mir Dinge von Wichtigkeit vor dem jungen Mädchen sagen wollte. Sie schickte mich nämlich hinauf, ein Kleidungsstück zu suchen, das ich aber nicht finden konnte, und als ich zu lange blieb, kam sie mit der jungen Fanchette selbst herauf, indem sie Ungeduld heuchelte…Als wir drei ohne Zeugen waren, begann sie (ach, hätte sie ein Jahr oder mindestens ein halbes Jahr vorher so gesprochen!): »Meine Kinder, ich habe euch für einen Augenblick bei mir zusammengeführt, um euch etwas zu sagen, was notwendig für euch beide ist, für dich, meine Schwester, weil dieser hier dein künftiger Gatte ist, und damit du den Galanterien anderer Männer kein Gehör leihst, die vor allem in Paris sehr gefährlich sind!...Für Sie, Monsieur Nicolas, auf daß Sie meiner Schwester würdig bleiben, indem Sie Ihre Ehre wahren und Ihre Sitten untadelhaft erhalten. Mit einem Worte, ihr beide müßt darauf bedacht sein, euch immer so zu betragen, daß alle Welt euch achtet. Was eure zukünftige Lage anbetrifft, so ist das nicht das Schwierigste; ich werde euch helfen, denn ich besitze Mittel und Wege dazu. In sieben bis acht Monaten werde ich meine Schwester von Paris wieder zurückholen und dann werden wir weitere Schritte unternehmen. Das übrige ist eure Sache; ihr wißt, was ihr zu tun habt!«

Sie legte Fanchettens Hand in die meine; ich küßte sie und drückte sie an mein Herz. Fanchette, die von ihrer Schwester vorbereitet schien, sagte zu mir:

»Mein Vater hält sehr viel von Ihnen! Ich hörte ihn verschiedentlich mit großem Lobe von Ihnen sprechen!«

»Ich hoffe, dieses Lob eines Tages zu verdienen!« antwortete ich...

Ich sagte kein Wort mehr zu Fanchette, sondern küßte ihr nur noch öfters die Hand. Sie lächelte und blickte ihre ältere Schwester an, wohl etwas erstaunt über mein Schweigen.

Endlich fand ich die Kraft, zu sprechen: »Wenn ich eines Tages das Glück haben werde, Sie, Mademoiselle, zur Lebensgefährtin zu erhalten, so hoffe ich, Ihnen zu beweisen, daß Sie, die ich so lange hoffnungslos ersehnte, das Höchste und Köstlichste für mich auf Erden sind... Ich schwöre Ihnen ewige Treue...Ich schwöre es vor Gott und vor Ihrer tugendreichen Schwester!...«

»Willst nicht auch du etwas versprechen und geloben?« fragte Frau Parangon.

»Ja, liebe gute Schwester, von ganzem Herzen! Aber wie soll ich es ausdrücken!«

»Gib ihm ein Unterpfand!...Was du willst.«

Fanchette suchte; sie brachte verschiedene Dinge zum Vorschein, aber nichts davon schien ihr zu genügen. Endlich reichte sie mir ihre Taschenuhr. Ich zögerte, sie anzunehmen, aber ein Zeichen von *Mme.* Parangon befahl es mir. Ich küßte Fanchette die Hand und sagte:

»Aber was soll ich Ihnen geben?«

»Sie sind nicht darauf vorbereitet«, sagte *Mme.* Parangon, »aber ich habe daran gedacht.« Und sie gab mir eine viel schönere, zierliche Uhr, indem sie bemerkte: »Dies sei Ihr Geschenk!«

»Diese darf ich ihr schenken!« entfuhr es mir.

Ich befestigte die Uhr an der Kette Fanchettens und an der meinigen die, die ich von ihr erhalten hatte.

»Die Pfänder sollen euch aneinander erinnern...Wer von euch beiden zuerst den andern vergißt, verliert meine Freundschaft, unwiderruflich. Gehen Sie nun, Monsieur Nicolas, ich möchte nicht, daß man unser Zusammensein bemerkt.«

Ich eilte an meine Arbeit zurück. In diesem Augenblick war ich glücklich, glücklich, als wäre ich in Unschuld wiedergeboren! Ach, wie ich *Mme.* Parangon anbetete!...Ja, sie war es, die ich anbetete! Selbst in den Reizen der hübschen Fanchette fand ich nur ihre Schwester wieder... Denn Colette hatte eine große Seele und Fanchette war noch zu jung...

Nach Fanchettens Abreise ward ich betrübt; Madame Parangon sogar riet mir, mich zu zerstreuen. Sie empfahl mir, mich Loiseau anzuschließen. »Ich werde einige Zeit fern von Ihnen sein müssen...« Ich verstand nicht recht, was sie damit sagen wollte. Sie mied mich von diesem Augenblick bis zu ihrer Abreise.

Mir selbst wieder ganz überlassen, gab ich mich eifrig dem Vergnügen des Tanzes hin. Am 31. Juli tanzte ich zum erstenmal öffentlich den »Liebessieger« und wurde sehr bewundert. Ein paar kleine Abenteuer blieben nicht aus.

Der Tag, an dem *Mme.* Parangon abreisen sollte, kam näher; sie war entschlossen, früher zu reisen, als sie mir ursprünglich gesagt hatte, gebieterische Umstände schienen sie zu zwingen, ihr Unternehmen zu beschleunigen. So nahte der 15. August, der Jahrestag von Madelons Tod.

Ich hatte mir vorgenommen, ihn würdig zu feiern. Als ich nach dem Abendessen vom Tische aufstand und gehen wollte, bat *Mme.* Parangon mich vor allen Anwesenden um meinen Arm, da sie zur *Mlle.* Bourgoin gehen wolle.

Ich war der einzige, der von ihrer so bald bevorstehenden Abreise noch nichts wußte; wahrscheinlich hatte man mir nichts davon gesagt, weil man fürchtete, es würde zu schmerzlich für mich sein. Tiennette hatte wohl hie und da eine Bemerkung fallen lassen, aber sie hatte es nicht gewagt, ihrer Herrin, die mir selbst alles erklären wollte, vorzugreifen. Kaum waren wir allein, so sagte *Mme.* Parangon in fast furchtsamen Ton: »Sie werden ein wenig überrascht sein! Schon morgen reise ich...«

»Wie, Madame?«

»Schon morgen reise ich zu Fanchette...«

»Morgen?«

»Ich habe mich früher dazu entschlossen, als ich Ihnen sagte. Die Gründe, die ich unlängst angab, sind inzwischen noch zwingender geworden. Ich empfehle Tiennette Ihrer Hut...Einer der Gründe, die meine Freundschaft für Sie gefestigt haben, war Ihr Benehmen gegen Aimée und Tiennette, und darum stelle ich Tiennette unter Ihren Schutz...Ich werde mich unterwegs drei Tage zu Sens aufhalten; denn ich habe dort in Ihrem und in meiner Schwester Interesse etwas zu tun. Mein Vater ist von allem unterrichtet und leiht mir seinen Beistand...Ich wiederhole es Ihnen, daß ich diese Reise nur Ihretwegen unternehme, denn die Interessen meiner Schwester sind untrennbar von den Ihrigen...Benehmen Sie sich während meiner Abwesenheit verständig. Schreiben Sie mir nicht; ich komme Ihnen darin zuvor, falls Sie mich darum bitten wollten; es ist vollkommen unnötig. Aber an Fanchette können Sie ein-oder zweimal schreiben. Wenn sich irgend etwas ereignen sollte, was ich unbedingt wissen muß, so teilen Sie es darin mit, daß ich es auf diese Weise erfahre.«

Wir waren vor dem Hause von Manon Bourgoin angekommen, die auf mein Klopfen selbst öffnete und *Mme.* Parangon umarmte. Wir traten ein, und kurz darauf kam Gaudet d'Arras, der kein Mönchsgewand mehr trug.

»Jetzt bin ich endgültig frei,« erklärte er; »heute noch reise ich nach Troyes, um mit meinem Vater zusammenzutreffen. Niemand weiß etwas von meiner Befreiung.« Und indem er auf Manon zeigte, fuhr er fort: »Sie ist seit heute morgen meine Frau! Alles ist in größter Heimlichkeit vor sich gegangen; das Glück ist ein zartes Pflänzchen, das am besten im Schatten gedeiht; man muß es behutsam anfassen.«

Nach einigen Worten nahm man Abschied voneinander, und wir gingen wieder.

Schon früh gegen halb drei Uhr am nächsten Morgen war ich auf, denn um fünf sollte die Post abfahren. Ich weckte Tiennette, die zu ihrer Herrin ging. Auch mich rief man hinzu, daß ich der schönen Reisenden bei den letzten Vorbereitungen behilflich sei. O mein Gott, wie anbetenswürdig sah Colette in ihrem neuen Reisekleide aus!

Sie hatte ihren Gatten gebeten, sich nicht so früh aus dem Schlafe stören zu lassen, und so verschlief er die Stunde der Abreise. In meiner Freude lobte ich Morpheus und hätte ihm eine Hymne gesungen, wenn die Liebe mir Zeit dafür gelassen...

Tourangeot, Bardet, Bourgoin, Loiseau und Tiennette begleiteten uns aus dem Hause. Jeder trug ein Gepäckstück, und so eilten wir zur Post.

Dort nahmen wir Abschied von der Meisterin und warteten, bis die schöne Reisende abfuhr. Da wir keinen Augenblick allein waren, konnte sie mir nur noch ein paar aufmunternde Worte und ein Lebewohl sagen; dann setzte der Postwagen sich in Bewegung...Gern wäre ich ein Stück weit mitgefahren, wie dies Sitte ist, aber wir hätten wenig dabei gewonnen, denn dann wäre auch noch einer von den andern mitgekommen, mit ihr allein zu fahren aber wäre aufgefallen...Also trennten wir uns...

Niemand als ich erschien abends bei Tisch, und so aß ich allein mit Tiennette. »Sie haben sich seit Mittag nicht sehen lassen!« sagte das Mädchen. Ich erzählte ihr, was ich den Tag über getan hatte, und es war das einzige Geständnis dieser Art, das ich einem andern Menschen anvertraute. Ich hatte an Colette und an alle Frauen gedacht, die ich in meinem Leben geliebt: an Jeannette

Rousseau, an Manon Prudhot, an Edmée Servigné, an die schmerzvoll beweinte Madelon, deren Bild in meiner Phantasie mit dem Colettes verschwamm ... Alle diese Frauen, deren Liebe meiner Eitelkeit schmeichelte, verblaßten aber endlich vor *Mme.* Parangon, die mich wieder ganz in ihren Bann zog, und voll wehmütiger Zärtlichkeit gedachte ich des Abschieds ...

Das junge Mädchen ward gerührt, als sie von der innigen Andacht erfuhr, mit der ich meiner einstigen Freundinnen gedachte, und nicht minder bewegte sie meine Anhänglichkeit an unsere Herrin. Sie sagte naiv: »Monsieur Nicolas? ... Ich möchte wissen, ob Sie sich auch meiner einmal erinnern werden, in langer, langer Zeit?«

Ich blickte sie an ... Es schien mir, als ob ich mich auf zwanzig, dreißig, vierzig Jahre in die Zukunft hinaus versetze; und ich erinnere mich wirklich heute noch genau an all das, was damals geschah, obgleich sich um die Erinnerung an Tiennette jener Zauberschleier gelegt hat, der alle vergangenen Dinge umwebt ...

Ganz gerührt sagte ich: »Ich werde Sie niemals vergessen ... Und wenn ich Ihrer dereinst gedenke, so werde ich immer sagen: Sie war ein hübsches, liebes, gutes Mädchen, diese Tiennette Dominez aus Toury! ...«

Tiefgerührt sagte das gute Mädchen, während sich eine Träne aus ihrem Auge stahl: »Ach, Sie werden sich meiner erinnern?! Wie ich Sie beide liebe, Madame und Sie! ... Niemals habe ich einen jungen Mann wie Sie gesehen, niemals eine Herrin wie diese!«

»Tiennette,« sagte ich, »wenn ich einmal selbst Meister bin, dann werde ich ein Buch drucken, das berühmt werden und seinen Verfasser unsterblich machen soll, und auf den Titel oder auf die Schlußseite setze ich:

Colette war die anbetungswürdigste aller Frauen; sie hatte als Kammermädchen und als Freundin Tiennette Dominez aus Toury, das hübscheste, liebste und beste aller Mädchen, und ich, Nicolas Anne Edme Augustin Restif aus la Bretonne bei Sacy, hatte das Glück, beide zu kennen ...«

»Ach, Monsieur Nicolas, das wollen Sie wirklich hineindrucken?«

»Allerdings, das drucke ich hinein, ob ich Meister bin oder nicht, sobald es nur in meiner Macht steht.«

»Ach, wie glücklich würde ich sein, wenn ich es lesen könnte!«

»Sie sollen es lesen, ganz gewiß ...«

»Aber wann wird das sein? In zwanzig Jahren vielleicht? Ach, ich glaube, dann müßte ich vor Freude weinen! ...«

»Wenn ich weiß, wo Sie sind, sollen Sie es lesen!«

Nach dem Abendessen saß Tiennette an meiner Seite und ich unterrichtete sie im Lesen. In kurzer Zeit hatte sie so gute Fortschritte gemacht, daß ich sie deshalb lobte. Da bekannte sie mir, daß auch *Mme.* Parangon sie unterrichtet habe und sie also zwei Lehrer auf einmal gehabt hatte. Dies Wort entzückte mich! Ich gab ihr einen Kuß auf die Wange, ich ergriff eine ihrer Hände und hielt sie in der meinen; daß Tiennette die Schülerin der *Mme.* Parangon war, machte sie mir noch hundertmal teurer ...

Sie wollte aufstehen, aber ich hielt sie zurück und sagte zu ihr:

»Ist Ihnen meine Nähe nicht angenehm?«

»Im Gegenteil, ich fühle mich sehr wohl in Ihrer Nähe, aber ... es ist nicht gut, wenn man sich daran gewöhnt ...«

Ein leichtes, zärtliches Lächeln begleitete diese reizende Antwort ... Ich ließ sie aufstehen, aber um sie in meiner Nähe zu halten, schlug ich ihr vor, ein paar Schreibübungen zu machen, denn ihre Gegenwart war mir unentbehrlich.

Die Schelmin, die, ohne daß ich es wußte, von *Mme.* Parangon auch im Schreiben unterrichtet worden war, lächelte listig, während sie ging, um Papier zu holen. Dann setzte sie sich an den Tisch, breitete ihr Heft aus und bat mich, ihr eine Aufgabe zu stellen. Ich ergriff lachend die Feder und schrieb, um sie in Verlegenheit zu bringen:

Aufgabe für Tiennette Dominez.

Heute, am 15. August, ging hier die Sonne um fünf Uhr morgens unter. Das verstehe, wer kann; denn mehr kann ich nicht sagen.

Wie groß war mein Erstaunen, als ich sah, daß sie meine Worte ganz leidlich abzuschreiben vermochte...Als sie das Wort ›sagen‹ geschrieben hatte, sagte sie kindlich: »Schauen Sie bitte nicht mehr her, sonst zittert mir die Hand.«

Ich zog mich ein wenig zurück und blickte ihr nach einer Weile verstohlen über die Schulter; zuerst las ich die Abschrift meiner Aufgabe, dann darunter voller Erstaunen das Folgende:

»Ich verstehe das rättsel wol, den es bedeutet, das Madam Parangon heute von hir abgereißt ist morgens fünf Ur mit der Poßt...«

Plötzlich wandte sie sich um und erblickte mich. »Sie haben geschaut!« rief sie. »Auf die Orthographie verstehe ich mich noch nicht recht, das weiß ich wohl...«

»Schreiben Sie weiter«, sagte ich; »ich werde einen Augenblick vor die Türe gehen; aber zeigen Sie keinem Ihr Schreibheft, falls jemand kommen sollte.« Sie nickte zustimmend, und ich ging hinunter.

Als ich wieder eintrat, schrieb sie noch immer; erst als sie mich hörte, hielt sie inne und trat beiseite. Ich fand zwei beschriebene Seiten folgenden Inhalts:

»Monsieur Nicola Anne Emme Ogustin Restif von Labretonne bei Sacy, mein lerer, der mich lesen und schreiben gelert hatt, hat mir versprochen, mich nimalls zu vergesen und hatt mir gesagt, das er meinem Namen zusamen mitt dem von Madame Parangon in ein Buch drukken wil in follgender weise: Colette die anbetungswürdigste frau hate alls kammerzoffe und Freundinn Tiennette Dominez aus Toury, das libste, hübbscheßte und besste Mädchen. Ich Nicola Anne Emme Ougustin von Labretonne bei Sacy hate das Glück, beide zu kennen. – Das wird mihr vil Vergnügen machen, den ich möchte zusamen mit Madam, die ich von Herrzen libe, in seiner Erinnerung bleiben, unnd ich habe es gern, wen mann in der Zukunfft an mich denkt. Darumm libe ich meinen Lerer noch mer, weil er meinen Nahmen in ein Buch drukken wil.«

Tiennette beobachtete mich, während ich halblaut das Geschriebene vorlas; sie war überrascht, daß ich es trotz ihrer mangelhaften Orthographie ohne Stockung lesen konnte.

»Das haben Sie gut gemacht, meine Kleine!« sagte ich. »Haben Sie wirklich am Berühmtwerden soviel Geschmack gefunden?«

»Was heißt das?«

»Daß man von Ihnen spricht, von Ihren Tugenden...«

»Ja, das möchte ich...Dafür gäbe ich zehn Jahre meines Lebens! Aber man soll nur Gutes von mir sagen...nichts Schlechtes – – sonst möchte ich viel lieber sterben.«

Sie war so hübsch! Und ich war jung! Selbst die zärtlichsten Empfindungen, die in uns erweckt werden, sind in diesem Alter Erregungsmittel der Sinne. Ich zog Tiennette auf meine Knie. Sie blieb da. Ich umarmte sie, sie bot mir die Wange. Ich fühlte jenes heimliche Schauern, welches den Liebesgenuß verlangen läßt...und ich drückte das junge Mädchen in meinen Arm...Ich wußte, wie leicht sie zu erregen war...Die Wirkung entsprach meiner Erwartung: die liebliche Dominez versank in einen Taumel der Trunkenheit. Ich wollte eben...da zwang mich ein Lärm vor der Haustüre, einzuhalten; ich sah nach. Es war Tourangeot, der, vom Wein berauscht, Einlaß begehrte. Ich öffnete ihm, und wir brachten ihn in seine Kammer, Tiennette und ich. Durch diese Unterbrechung kamen wir beide zur Besinnung und als wir wieder allein im Zimmer waren, schien Tiennette ernst.

»Was haben Sie, meine Tiennette?« fragte ich.

»Ich habe...nichts...aber...sagen Sie mir in allem Ernst, mein lieber Lehrer, wie kommt es, daß ich, sobald Sie mich berühren, in einen Zustand verfalle, den ich bisher noch nicht gekannt habe? Es ist ein sehr angenehmes Gefühl, aber es bedrückt mein Herz und danach bin ich traurig...«

Ich wußte nicht recht, was ich ihr darauf antworten sollte; kannte ich doch selbst damals die Natur einer Wirkung, die mir nicht fremd war. Nun kenne ich den Grund: die junge Tiennette liebte mich mehr, als sie selbst ahnte, und sie ward sinnlich erregt, sobald ich sie berührte und an mich preßte. Damals erklärte ich es ihr damit, daß ich ihr sagte, was sie verspüre, sei ein Beweis ihrer Freundschaft, die sie mir entgegenbringe. Das tröstete sie...

Die jungen Mädchen unserer Gegend haben ein heilsames Vorurteil: ein Mädchen fühlt sich wie entehrt, wenn ihm ein Bursche mit der Hand unter die Röcke greift. So war es auch bei Tiennette der Fall, über die ich schon hundertmal triumphiert haben würde, hätte sie nicht jene Freiheiten verweigert, die dem Genuß der Liebe vorausgehen. Aber sie war nicht dafür zu haben. Selbst ihr verzückter Zustand machte sie nicht gefügiger und ließ das Schamgefühl in der unschuldigen, naiven und reinen Tiennette nicht erlöschen. Bei einer solchen Gelegenheit sagte sie zu mir:

»Ach, mein lieber Lehrer, ich bin doch keine Bauerndirne! Wollen Sie mir weh tun, wenn Sie mich so anfassen?«

Monsieur Parangon, der eintrat, unterbrach meine verliebten Verwirrungen, und in meine Kammer zurückgekehrt, schämte ich mich meiner selbst und meiner Schwachheit...

Meine erste Zerstreuung ward Rosa Lambelin. Bis dahin hatte ich einen auserlesenen Geschmack bewiesen: Alle, die ich bisher geliebt hatte in Dorf und Stadt, waren die Schönsten, die es gab, zum mindesten unter denen, die mir erreichbar waren. Und nun, Rosa Lambelin war häßlich, hatte einen gewöhnlichen Gesichtsausdruck und den Ansatz – wage ich es zu sagen? – den Ansatz zu einem Kropf. (Es kostet mich Überwindung, dieses häßliche Wort zu schreiben.) Und doch, Rosa Lambelin, obwohl häßlich und wirklich sehr groß, war zierlich gebaut und hatte einen Teint, zart und weiß wie Linnen. Dieses Mädchen bemächtigte sich weder des Herzens noch der Sinne, aber der Bewunderung des Liebhabers der schönen Fanchette und der anbetungswürdigen Colette. Was war doch an ihr, daß sie dies konnte? O mein Leser! Es war der Geist. Der Geist einer Hofintrigantin, der Geist einer Madame de Sévigné! Ich erzählte von ihren gewöhnlichen Gesichtszügen: und doch war es ohne Zweifel ihr Lächeln, das sie mir so liebenswert machte. Dennoch war es unnatürlich, daß sie ein Gefühl in mir auslöste, das einer Leidenschaft gleichkam. Sie fühlte es, und ihr Benehmen wurde ein Meisterwerk von Gewandtheit. Sie trat aus dem Kloster aus, in dem sie bisher Zögling war. Wir sahen uns das erstemal auf der Liebesinsel. Ich grüßte Rosa mit Nachdruck. Ab und zu blieb ich auch stehen, wenn ich gerade neben ihr war. Ihr Geist entzückte mich mehr und mehr mit den kleinen Einwürfen, die sie von Zeit zu Zeit machte. Kaum gewahrte ich sie an ihrer Türe, als ich auch schon zu ihr eilte. Wenn sie mich empfing, trug ihr sonst so herbes Gesicht einen feinen zärtlichen Schimmer. Ich fühlte mich wohl bei ihr und verließ sie stets mit dem Gefühl der Zufriedenheit, zufrieden mit ihr und mir. Da sie so häßlich war, wiegte ich mich in einer vollkommenen Sorglosigkeit. Einmal jedoch kam mir der Gedanke, ich könnte mich in sie verlieben, aber ich beruhigte mich, indem ich mir sagte: »Es wird mir sicher nicht schwerfallen, mich zu trösten.« Ich glaube, man soll mit der Liebe nicht spielen. –

Plötzlich, am 11. November, sah ich Jeannette Rousseau bei uns vorbeigehen, und zwar in Begleitung von Mutter und Bruder. Wenn ich auch lange nicht mehr so schüchtern war wie damals, wagte ich nicht, sie anzusprechen! Mein Aufenthalt in Courgis stand vor meinen Augen, ich wurde über und über rot, ich empfand das gleiche starke Herzklopfen, dasselbe Gefühl törichter Scham und hatte nicht die Kraft, hinauszutreten. Jeannette sah mich nicht, und ich wagte nicht, ihr gerade in die Augen zu sehen – ich sah sie zum letztenmal. Als sie vorbei war, fiel mir plötzlich ein, daß ich dabei übersehen hatte, drei Bekannte zu grüßen, die mich ebenso lebhaft interessierten; ich lief sofort hinaus und wollte mich zu ihnen gesellen... aber ich hatte zu lange gebraucht, um mich zu fassen – sie waren verschwunden. Da stand ich nun unbeweglich – gedankenlos. So stand ich zehn Minuten, genau so einfältig wie derzeit in Courgis: ich war um vier Jahre zurückgekommen. Da ging die kleine Lucie Picard – ich habe bislang noch nichts von ihr erzählt – an mir vorbei. Sie war Waise, sehr hübsch und kam öfters zum Weißnähen zu Frau Parangon. Sie blieb stehen, trat auf mich zu und fragte, ob Frau Parangon wohl bald nach Hause zurückkäme?... Diese Frage riß mich aus meinen Träumen; ich gab ihr zur Antwort, daß Frau Parangon erst Ende des Jahres wiederkommen werde. »Aber« – fügte ich noch hinzu – »Tiennette würde sich sicher freuen, Sie zu sehen, bitte kommen Sie doch einen

Moment herein!« Ich wollte sie möglichst schnell loswerden und sehen, daß ich Jeannette am Ende doch noch erreichen könnte. Ich ging die Rue de la Fricauderie hinunter und traf gegenüber der Fleischbank Gaudet, der gerade vom Porte du Pont kam. »Eben ging hier die schönste Bäuerin, die man sich vorstellen kann, vorbei«, sagte er. »Ah, ist sie schön!« – »Was hatte sie denn an?« – »Ein feines blaues Mieder und einen rot und weiß gestreiften Rock; sie trug die übliche Kopfbedeckung und ein hübsch gefaltetes Umschlagtuch. Die war hübsch!« – »Das ist Jeannette Rousseau!« rief ich erregt. »Wo ist sie?« – »Ich weiß es nicht, aber die, von der ich spreche, muß jetzt in der Gegend von St. Gervais sein. Wenn es Jeannette Rousseau ist, dann ist sie ein hübsches Mädchen!... Wo ist sie her?« Die Eifersucht – jawohl, ich war eifersüchtig – ließ mich das Wort Courgis nicht sagen, und Gaudet drang auch nicht weiter in mich.

Als ich wieder nach Hause kam, traf ich Lucie Picard bei Tiennette. Ich sagte, ich ginge nun arbeiten, und da niemand da sei, sollten sie dann läuten, wenn jemand in den Laden käme. »Bleiben Sie nur ruhig hier«, sagte Tiennette, »wir werden leise reden, um Sie beim Arbeiten nicht zu stören.« Ich mochte gegen die beiden hübschen Mädchen nicht unhöflich sein, und so blieb ich. Nach einer kleinen Weile sagte ich: »Ihr verwirrt mich, ihr Kleinen, ihr lacht und schwätzt und, in der Hauptsache, ihr seid hübsch; das alles zerstreut mich.« Lachend stellten sie einen Wandschirm vor mir auf, den sie, damit er nicht hindere, gegen die Ofenecke lehnten. Ich hatte kaum eine Viertelstunde gearbeitet, als jemand kam. »Hui«, sagte Lucie, »wenn es nur nicht Herr Parangon ist; ich mag nicht, daß er mich hier antrifft.« Sie trat hinter den Wandschirm und setzte sich auf einen kleinen Schemel, mir zu Füßen. Es war Tourangeot. »Ah, ich treffe Sie allein, Tiennette«, sagte er, »fein, wir werden uns jetzt messen.« – »Lassen Sie mich, Herr Tourangeot, ich sage Ihnen, Sie werden damit kein Glück haben; oh, wenn Frau Parangon es wüßte!« – »Ich achte diese Frau und wenn sie da wäre, würde ich mich vor ihr scheuen. Aber sie ist weit weg, und sehen Sie, hübsche Tiennette, ich fürchte niemand, der nicht da ist. Aber ich liebe die hübschen Anwesenden, wie zum Beispiel Sie, kleiner Schelm!» Dieses sagend umschlang er Tiennette und trug sie auf das Bett der Frau Parangon. Leidenschaftlich küßte er sie. »Es tut dem Pferd nicht wehe, wenn es von einem Fohlen getreten wird«, sagte er und verdoppelte seine Dreistigkeit. Lucie, die unter dem Gehörten förmlich litt, machte den Wandschirm ein wenig auf und stach Tourangeot mit einer Nadel in jenen Fleischteil, der für die Fehler der Schüler büßen muß. Tourangeot stieß einen von einem Fluch begleiteten Schrei aus. Da sah er Lucie. »Ah, Sie hier, kleine Katze! Das werden Sie mir büßen!« Er ließ Tiennette fahren und erwischte Lucie gerade noch beim Rockzipfel, und als er sah, wie schwächlich sie war, hob er sie wie eine Feder hoch. Die Kleine schrie um Hilfe, denn der Grobian verstand keinen Spaß, und Tiennette eilte herbei; aber als er sie abwehrte, erlaubte er sich derartig unflätige Berührungen, daß sie meine Hilfe in Anspruch nehmen mußte. Ich hatte schon geahnt, was kommen würde, als der rohe Mensch kam, und die Feuerzange in die Glut gelegt. Jetzt gab ich sie Tiennette, und diese ging damit auf Tourangeot los. Er packte sie mit der Hand an und verbrannte sich derart, daß er Lucie loslassen mußte. Lucie floh mit einem Satz davon, Tiennette rettete sich in die Küche und zog den Schlüssel ab.

Es muß erwähnt werden, daß Tourangeot getrunken hatte. Als er allein war, schob er den Wandschirm zur Seite und war natürlich verblüfft, mich zu sehen; aber ich schrieb und tat, als hätte ich nichts gehört oder gesehen. »Teufel noch mal, wie kommst du hierher?« – »He, was machst du hier für Radau mit den Mädchen, daß ich nicht weiß, wo mir der Kopf steht?« Anstatt mir zu antworten, nahm er mein Tintenfaß und goß es über seine Brandwunden. Dabei fluchte er heftig und schwur, daß sowohl Lucie als auch Tiennette dafür büßen müßten. Ich sagte ihm darauf, daß ich alles gehört habe und sehr überrascht wäre, wie weit er es mit den Mädchen triebe, zumal sie doch im Hause wohnten und schon aus diesem Grunde zu achten seien. »Wenn ich sie küsse, so heißt das doch nicht, daß ich sie nicht achte.« Diese Antwort machte mich fast verlegen. Bestimmt müßte man mit diesem Schamlosen deutlicher reden und ohne Umschweife. »Und wenn sie nun ein Kind bekommt?« – »Dann heirate ich sie.« – »Aber sie liebt dich nicht.« – »Das ist es ja, wenn sie mich lieben würde, brauchte ich sie gar nicht erst durch ein Kind zu zwingen, mich zu nehmen.« – »Na und deine Marie?« – »Marie, du hast recht! Aber das war nicht ich, und ich bin doch eher verpflichtet, einem Kind meinen Namen zu geben, wo ich sicher weiß, daß es von mir ist, als dem anderen...Aber du erinnerst mich an Marie; ich hatte sie über dem Trinken ganz vergessen. Wer nichts sieht, sagt auch nichts.« (Redensart des Tourangeot.) »Ich gehe jetzt zu ihr, wenn du hier weiter aufpassen willst.« – »Natürlich will ich, aber laß mich jetzt wieder arbeiten.« Mit diesen Worten verließ er mich, und alsbald erschien Lucie, die zu Marianne, der Zofe der Damen Cuisin geflüchtet war. Sie rief Tiennette, diese erschien auch sofort. Sie fragten mich nun, wie sie sich wohl bei Frau Parangon beklagen könnten. Ich antwortete ihnen: »Wer hier Zucht und Sitte aufrecht erhält, ist nicht da; nehmt euch nur nicht heraus, euch auch noch zu beklagen! Das kann ich euch sagen, ob es nun die eine oder die andere tut, ihr verkauft euch an den Fuchs und der wird euch fressen!« Kaum hatte ich so gesprochen, als die Tür aufging und jemand hereinkam. Die beiden Mädchen waren starr vor Schrecken, dann lief die eine hinter den Wandschirm und warf sich mir zu Füßen, während die andere in die Küche flüchtete. Es war Herr Parangon.

Tiennette mußte wiederkommen. »Bleibt der Herr hier?« – »Nein, nein«, sagte er mit frommer Miene...»Sie werden immer hübscher, Tiennette.« »Sie wollen mir schmeicheln, Herr!« – »Ja, das ist wahr, das will ich«, und er zog sie auf seine Knie. Ich fürchtete eine Wiederholung des jüngst Erlebten, und da ich glaubte, Herr Parangon würde meine Anwesenheit nicht entschuldigen, hustete ich. Er sprang auf: »Wer ist da?« – »Es ist Herr Nicolas, er vertrat mich, solange ich in der Küche war.« Herr Parangon öffnete den Wandschirm, um mich zu sehen. Lucie kroch hinter meinen Stuhl und verbarg sich so. Ich hob nicht einmal die Augen, ließ den Federhalter im Mund und suchte krampfhaft ein Wort im Wörterbuch. Endlich grüßte ich und sagte: »Ach, ich sah Sie gar nicht, brauchen Sie etwas?« – »Nein, nein, aber Sie scheinen ja sehr beschäftigt.« – »Ich höre nie etwas, wenn ich bei der Arbeit bin; Sie wissen, meine Zeit ist kurz bemessen, ich will sie nützen.« – »Sehr recht, sehr gut, also ich gehe – Tiennette! ich esse in der Stadt!« – »Gut, Herr.« Er ging; weil er aber sehr stark war, stieß er im Hinausgehen den Wandschirm ganz um. Lucie stieß einen Schrei aus. »Zum Teufel, wer ist denn hier? Ah, Lucie, was machen denn Sie hier?« Ich sagte an ihrer Stelle, daß sie sich, als sie ihn kommen hörte, schnell versteckt habe, im Glauben, es sei Tourangeot, der zurückkehre. »Und sie flüchtet sich zu Ihnen?« – »Ja, Herr.« – »Lucie, glaub' mir, Tourangeot ist ein Lästermaul, der hier sagt nichts, aber er denkt sich das Seine.« Dann ging er weg, und wir waren alle drei froh, daß er nicht ungehalten über uns war.

Wir behielten Lucie zum Essen da; das war eine Freiheit, die uns Frau Parangon erlaubte, selbst in ihrer Abwesenheit. Tourangeot kam um acht Uhr wieder, zur gleichen Zeit wie Loiseau und Bardet; so waren die Mädchen in Sicherheit. Nach dem Essen spielten wir und Loiseau bewies, wie ein gescheiter Mensch das einfachste Spiel zur guten Unterhaltung machen kann. Als es Zeit war, Lucie nach Hause zu bringen, nahm sie meinen Arm und bat mich, sie ja keinem anderen anzuvertrauen. Ich sagte vor Loiseau zu Tiennette: »Behalten Sie doch Lucie hier, sie kann dann morgen nach Hause gehen.« Dieser Rat gefiel den beiden. Wir zogen uns zurück und die Mädchen warteten noch auf Herrn Parangon; denn dieser kam nie spät nach Hause. Er kam sehr vergnügt, aber als er sah, daß Lucie bei Tiennette war, schien er ärgerlich. Die beiden Mädchen gingen. Doch kurz darauf läutete er, um Tiennette zurückzurufen; allein sie war schon außerstande, sich zu zeigen, darum ging Lucie an ihrer Stelle. Herr Parangon verlangte etwas. Sie gab ihm das Gewünschte, aber im Dunkeln und ohne zu sprechen. Er wollte sie jedoch nur zurückhalten. »Liebe Tiennette«, sagte er, »ich liebe dich von ganzem Herzen. Beunruhige dich nicht über die Folgen, ich komme für alles auf und sehe mich vor.« – »Ach, Herr«, schrie Lucie, »haben Sie Mitleid mit mir.« – »Sie sind es, Lucie?« »Ja, Herr.« – »Aber, mein Kind, wie bin ich töricht; dich verführen, eine Waise, das wäre...Bleibe brav, mein Kind und vergiß das schlechte Beispiel, das ich dir eben gab. Geht zu Bett, und ob ich läute oder nicht, niemand soll kommen, auch Tiennette nicht. Die Geister des Weines sind es, die mich plagen.« Ich war sehr froh, Herrn Parangon gerechtfertigt zu sehen. So verging der Martinstag.

Als ich am Weihnachtsabend erfuhr, daß Frau Parangon noch nicht zurückkäme, ging ich nach Sacy, wo ich bis zum 27. Dezember blieb. Als ich dann wiederkam, gab ich die in bezug auf Tiennette gefaßten Grundsätze auf. Ich kam vom Elternhaus, freilich, aber als ich die sieben Meilen zu Fuß gehen mußte, gingen mir allerhand Hirngespinste über die Liebe durch den Kopf. Ich kam an, berauscht von diesen wollüstigen Ideen, die alles, was groß, kräftig und schön gebaut war, einem sofort in die Augen stechen ließen. Tiennette empfing mich wie einen Bruder, ich sie wie eine Schwester. Ich wärmte mich an ihrer Seite und nahm Wein mit Zucker, um, wie sie sagte, meine erstarrten Glieder zu wärmen. Ein noch nie gekanntes Feuer lief durch meine Adern. Ich umarmte sie. Wir hatten uns seit vier Tagen nicht gesehen; so machte sie mir keine Schwierigkeiten. Aber ich ward immer feuriger und ihr um so gefährlicher, weil ich sie nicht an mich drückte wie in anderen Fällen. Sie war ohne Mißtrauen – meine Wünsche waren heiß … sie stand auf … Ich lauerte ihr auf und machte sie stolpern: sie verlor das Gleichgewicht und wäre gefallen, wenn ich sie nicht gestützt hätte. Ich zog daraus natürlich meinen Vorteil! Tiennette – man weiß es – erlebte diese Art Attacke nicht zum erstenmal. Ich war überzeugt von meinem Erfolg und preßte meine Lippen auf ihren köstlichen Mund. Sie seufzte tief und voller Hingabe … Sie war sehr leidenschaftlich, aber sie wehrte sich noch etwas. Allmächtiger Gott, mit welchen Wonnen hast du den Akt der Fortpflanzung verbunden! Tiennette war berauscht von dem Taumel der Wollust. Endlich erreichten wir den Höhepunkt. In ihren Zügen spiegelte sich erst die Seligkeit des Erlebten, dann aber kamen die Gewissensbisse und verdüsterten es. Sie war so tief erregt, daß selbst, als sie wieder klar bei Sinnen war, freudiger Glanz aus ihren Augen strahlte. Die Begierde ergriff mich von neuem. Sie, verwirrt, ergab sich, ohne sich zu verteidigen, mit der Leidenschaft einer Zweiundzwanzigjährigen, tiefe Seufzer ausstoßend. Sie preßte mich an sich, sie war von Sinnen! Endlich sagte sie ein paar zärtliche Worte. – Es läutete. – Sie lief schnell, denn sie hatte Angst, entdeckt zu werden.

Als sie weg war, dachte ich nach. Zuerst an Frau Parangon, dann an Fanchette und endlich an das große Unrecht, das ich an Tiennette als meiner Freundin, meiner Schülerin, die mir anvertraut war, begangen hatte. Da kam sie wieder! Ich schaute sie an und nahm ihre Hand. Sie weinte … Und dann schlug sie ihre Augen auf und sagte: »Wir haben eine große Sünde begangen, ach, wenn das nicht wäre, frohen Herzens hätte ich Ihnen das gegeben, das eine; es wird mir ein Trost sein, es dem einzigen Manne, dem meine Liebe gehört, gegeben zu haben!« Dann ging sie weg, um das Abendessen aufzutragen.

Als man vom Tisch aufgestanden war, glaubte ich sie zu trösten, wenn ich ihr alle Achtung bewies, die ich vor ihr hegte. Alle gingen, sogar Bardet, und wir blieben allein. Ich zog sie auf meine Knie, küßte sie und sagte: »Ich hab’ dich von Herzen lieb, kannst du mir verzeihen?« – »Alles ist verziehen, ich kann nur auf mich selbst böse sein.« Ich küßte sie wieder und versuchte, abermals an mein Ziel zu kommen … Aber sie sagte: »Denke daran, was aus dir wird, wenn die anderen es entdecken.« – »Denkst du dabei an dich?« – »Nein.« – »Ach du, ich habe dich besessen, es war eine der schönsten Stunden meines Lebens.« – »Ich habe mich hingegeben«, antwortete sie; »ich fühlte, es müsse sein, ich habe mich hingegeben, denn ich war nicht mehr Herr über mich selbst. Immer wünscht man zu wissen, wie es ist … ich weiß es nun, aber ich glaubte nicht, es vor meiner Heirat zu erfahren … Unglücklich wäre ich, wäre es ein andrer als du gewesen! Alles in mir drängte danach, eins mit dir zu werden; ich werde dir nie etwas verweigern, aber was sagen wir zu Frau Parangon? – Antworte nicht«, sagte sie, als sie merkte, daß ich sprechen wollte, »ich weiß, du hast ein weiches Herz, das dir mehr Vorwürfe macht, als ich es tun könnte; das wird dir den Weg weisen. Ich bin dir nicht böse, aber ich bitte dich, nicht gewissenlos wollen wir sein, wir wollen unsern Körper achten! Du bist müde, geh schlafen! Laß mich allein warten!« – »Nein, denn ich bin seit heute abend eifersüchtig, ich kann dich nicht allein lassen … Tourangeot könnte kommen, und du bist erregt … du würdest unterliegen.« Sie schaute mich an und sagte: »Wenn du kannst, so nütze die Schwachheit meines Herzens und sieh, ob ich dir unterliege. Undankbarer, ward ich nicht angegriffen von Herrn Parangon, Bourgoin, Tourangeot und den Arbeitern? Es hat mich nicht einer auch nur geküßt! Ich stieß sie weg, wie Kinder. Sieh doch, ich bin groß und stark! – Geh«, sagte sie, schlug die Augen nieder und fuhr fort, »ich habe nur einen Wunsch, Gott allein weiß, welchen!« Ich verließ sie mit den Worten: »Du überzeugst mich, auf Wiedersehen, Liebste, gib mir noch schnell einen Kuß!« Ich bekam ihn, aber zart, als ob sie meine Schwester wäre.

Kaum war ich weg, als ich auch schon Schritte hörte. Neugierig lauschte ich; es war Bourgoin. »Ha, Tiennette allein? Was haben Sie? Kummer?« – »Ja, Herr.« – »Kann ich dich trösten?« – »Niemand kann es.« Er wollte sie küssen, ich sah dann, daß sie mir die Wahrheit gesagt hatte; sie warf ihn auf einen Stuhl und sagte: »Lassen Sie mich in Ruhe!« Er murmelte noch etwas wie: »Immer die gleiche, immer wild! Aber Sie sind anständig, und Sie haben recht!« Er ging weg. Tourangeot kam zurück. Er schob Tiennettes Haube weg und gab ihr eine Ohrfeige. »Du wirst es mir bezahlen«, sagte er und warf sich auf sie. Aber das starke Mädchen stieß ihn weg und warf ihn zur Türe hinaus. Er wollte gerade wieder eintreten, als Herr Parangon kam. Da floh er, aber für Tiennette kam nun der dritte Angriff. Er blickte hinter den Wandschirm. »Ich wollte sehen«, sagte er, »ob Herr Nicolas und Lucie noch da versteckt sind. Ah, Tiennette! Weißt du auch, daß ich dich heiraten werde? Hab keine Angst, du bist hübsch, und ich bin mir deines Wertes bewußt. Ich verspreche dir gute Versorgung, Verschwiegenheit und Heirat. Ich werde deinen kleinen Haushalt bezahlen.« Er wollte sie in den Arm nehmen, aber sie sagte: »Wenn Ihnen etwas geschieht, sind Sie selbst daran schuld!« Er ließ sie nicht los. Da warf sie ihn um, hielt ihn aber im Fallen auf, denn bei seiner Körperfülle hätte es ihm das Leben kosten können. »Willst du also wirklich nicht?« sagte er. »Nie, Herr, reden wir nicht mehr davon.« – »Ich achte dich noch mehr, wenn du unbedingt so tugendhaft sein willst, gut, aber wenn ich erfahre, daß ein anderer…das würde ich dir nie verzeihen!« – »Wenn ich schon so schlecht sein werde, eine Schwäche zu haben und eine, ich weiß nicht was, zu werden, so duldeten Sie mich nicht im Hause, das ist mir klar! –«

Als sie mit der Arbeit fertig war, ging er zu Bett und sie löschte die Lichter. Ich wartete auf sie. »Was, du hier?« – »Ja, ich habe alles gesehen! Du, du bist ein Schatz, den ich nicht verdiene… ich bin entflammt, ich will bei dir schlafen…ich will…dir meine Liebe beweisen!« – »Nie«, sagte sie, »selbst bei dir will ich nur ›eine‹ schwache Stunde gehabt haben; ich bin unterlegen, ich unterliege vielleicht noch einmal, aber nie will ich die Achtung vor mir selbst verlieren müssen! Achte dich selbst! Du wirst aus deiner Tiennette doch kein liederliches Frauenzimmer machen wollen!« – »Gute Nacht«, sagte ich, »etwas in mir sagt, daß du recht hast.«

Ich sah Tiennette kaum anders, als errötend. Ich war aufmerksam gegen sie und bewies ihr meine Achtung, und dadurch gewann ich mir auch die ihrige in vollem Maße wieder, die meine Verwegenheit zweifellos vermindert hatte.

www.ingramcontent.com/pod-product-compliance
Lightning Source LLC
LaVergne TN
LVHW050655200726
843506LV00010B/1524